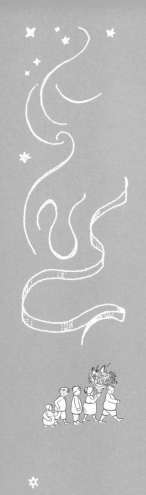

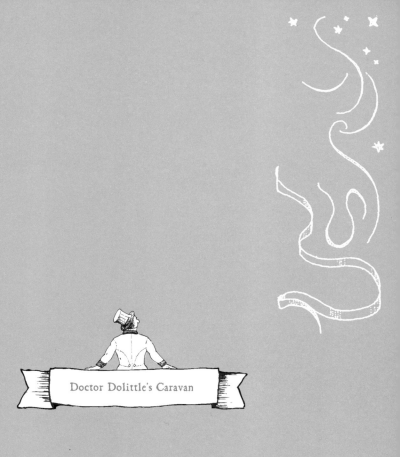

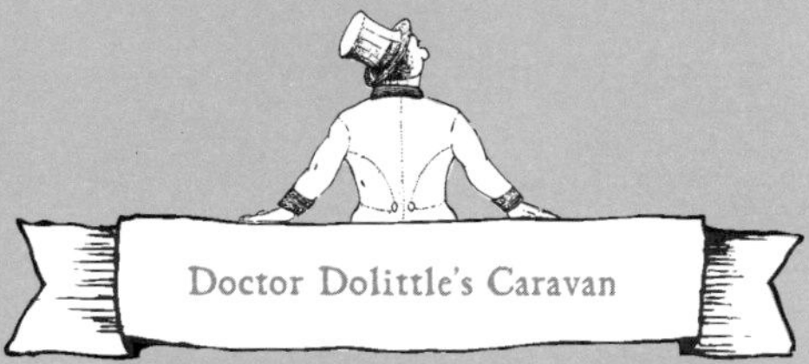
Doctor Dolittle's Caravan

Doctor Dolittle's Caravan

둘리틀
박사의
모험
6

둘리틀 박사의 캐러밴

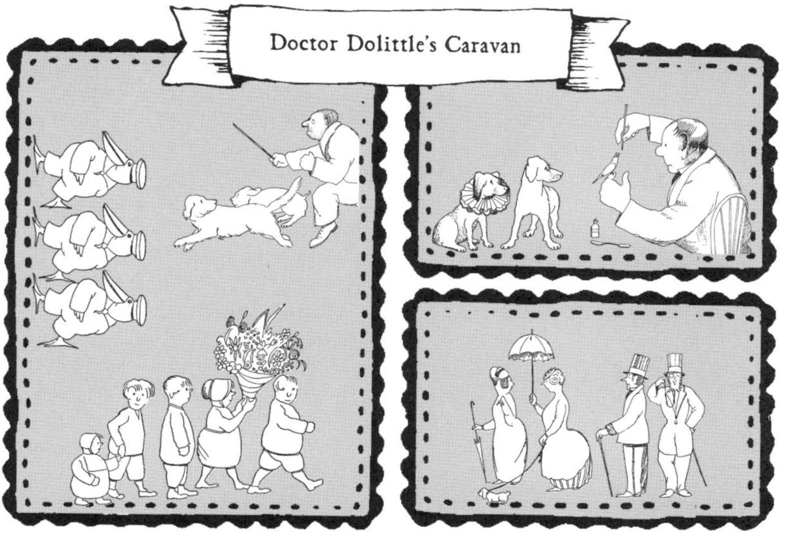

휴 로프팅 지음 | 임현정 옮김

궁리
KungRee

일러두기 |

이 책은 『Doctor Dolittle's Caravan』(J. B. Lippincott Company, 1926)을 우리말로 옮긴 것입니다.

차례

1부

2부

3부

1부

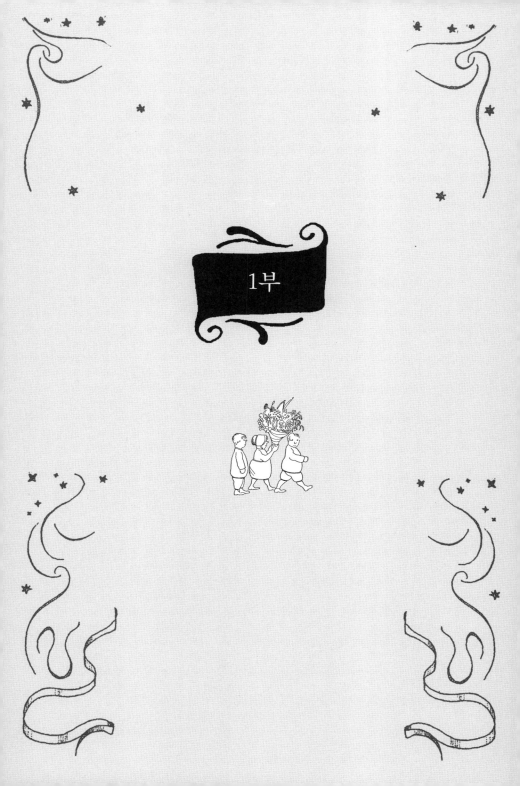

1장

동물 가게

둘리틀 박사의 이야기를 담은 이 책의 제목은 '둘리틀 박사의 캐러밴'인데 박사가 흥행사로 활약하는 동안 겪은 서커스와 모험 이야기가 어느 정도 이어지기 때문이다. 또한 런던에 도착한 다음 둘리틀 박사 식구들은 그린히스(런던 교외 지역)에 있는 캐러밴을 본거지 삼아 상당히 많은 시간 동안 동물들을 진료하고 치료했다. 따라서 '캐러밴'이야말로 이 책의 제목으로 안성맞춤이라고 하겠다.

여러분은 존 둘리틀 박사가 블로섬 서커스단의 새 단장으로 선출되자마자 런던의 여러 극장주로부터 자신들의 극장을 방문해 공연해 달라는 특별 초청을 받은 것을 기억할 것이다. 블로섬 씨가 맨체스터에서 번 돈을 몽땅 챙겨 도망쳐 버린 후 박사는 서커스단이 자립하는 데 필요한 돈을 벌기 위해 작은 도시에서 공연을 하는 중에도 짬이 날 때마다 런던에서 선보일 훌륭하고 독창적인 공연에 대해 생각하곤 했다.

그는 서커스단의 첫 런던 공연이 반드시 성공하기를 바랐다. 둘리틀 서커스단은 이제 부단장인 매슈 머그, 차력사 헤라클레스, 공중곡예사 핀토 형제와 광대 호프, 펀치와 주디 공연을 맡은 헨리 크로켓, 의류 수선을 맡은 시오도시아 머그, 박사가 최근에 고용한 동물원 사육사 프레드로 구성되었다. 물론 사자와 표범, 코끼리와 같이 우리의 큰 부분을 차지하는 커다란 동물들과 블로섬 씨가 '후리구리'라고 부른 주머니쥐와 같은 작은 동물들 몇 종, 푸시미풀류, 뱀들, 그리고 박사의 동물 식구들(멍멍이 지프, 돼지 거브거브, 올빼미 투투, 오리 대브대브와 흰쥐)과 다른 동물들 몇 마리도 있었다.

서커스단의 규모가 크진 않았다. 존 둘리틀 박사는 이 사실을 다행스럽게 여겼다. 블로섬 씨가 가혹하게 떠나 버린 후 서커스단 단원들을 위한 식량을 살 돈도 벌기 힘들었기 때문이다. 하지만 상황이 힘들어지자 그들 모두 한결같이 대단한 스포츠맨십을 발휘했다. 박사의 새로운 계획(박사는 그것을 협동조합 시스템이라고 불렀다.) 아래, 모든 단원들은 임금을 받는 대신 이익을 나누기로 했다. 사업이 잘 안 될 때는 세 끼 식사만 먹을 수 있을 뿐 임금은 받지 못했다. 그렇지만 아무도 서커스단을 떠나거나 불만을 드러내지 않았다. 모두들 존 둘리틀 박사가 얼마 지나지 않아 서커스단을 풍요로운 바다로 이끌고 나갈 거라 믿어 의심치 않으며 어떤 고난 속에서도 박사 곁을 지켰다. 그리고 마침내 그 믿음이 실현될 날이 다가왔다.

드디어 박사에게 런던 무대에 올릴 공연에 대한 참신한 아이디어가 떠올랐는데 그 방식이 다소 독특했다. 중요한 일 대부분이 그렇듯, 그건 작고 우연한 기회에 이루어졌다.

서커스단이 크지 않은 상업 도시로 이동한 어느 날 저녁, 박사는 매슈 머그, 지프와 함께 산책을 나섰다. 그들은 공연 준비를 하느라 하루 종일 바빴고 박사는 도시를 둘러볼 기회가 없었다. 그들은 중앙로를 지나 문 앞에 탁자와 의자가 놓여 있는 여관으로 갔다. 따뜻한 저녁이었고 박사와 매슈는 여관 옆 탁자에 자리 잡고 앉아 맥주 한 잔을 마시기로 했다.

그들이 쉬면서 도시의 고즈넉한 삶을 바라보고 있을 때 새의 노랫소리가 들렸다. 노래는 대단히 아름다웠는데 굉장히 힘차다가도 부드러웠고 나지막하면서 신비롭기도 했다. 실로 변화무쌍했다. 그 가수는 같은 멜로디를 부르는 법이 없었다.

박사가 공책에 새의 노래를 적으면서 관심을 드러냈다.

"매슈, 저 소리 들었어요?"

"멋지지요? 저 교회 옆 큰 느릅나무에 앉아 있는 나이팅게일이 틀림없어요." 동물 먹이 장수가 말했다.

박사가 말했다. "아니에요. 저건 나이팅게일이 아니에요. 카나

그들은 앉아서 맥주 한 잔을 마시기로 했다.

리아지요. 녀석은 자기가 들어 본 나이팅게일 노래를 부르는 거예요. 그리고 다른 새들 노래도 부르는군요. 어쨌든 카나리아 목소리예요. 지금은 개똥지빠귀 소리를 흉내 내고 있네요."

박사와 매슈가 앉아 있는 동안 그 새는 놀랄 만큼 다양한 소리를 선보였다.

박사가 말했다. "있잖아요, 매슈. 난 캐러밴에 카나리아를 한 마리 두고 싶어요. 카나리아는 정말 좋은 친구예요. 난 새장 안에 있는 새를 보는 게 질색이라 한 번도 산 적이 없지요. 하지만 새장에서 태어난 새라면 괜찮지 않을까요. 거리로 가서 목소리가 아름다운 이 새를 볼 수 있는지 한번 알아봅시다."

박사는 맥주 값을 치른 후 탁자에서 일어나 교회 쪽으로 걸어갔다. 교회로 가는 길에 몇몇 가게가 보였다. 박사는 이내 발걸음을 멈췄다.

박사가 말했다. "봐요, 매슈. 저 가게들 중에 동물 가게가 있군요. 저기에 카나리아가 있어요. 난 동물 가게는 딱 질색이에요. 동물들이 가엾게도 방치되어 있거든요. 가게 주인들은 제대로 돌보지도 못할 만큼 훨씬 많은 동물을 데리고 있어요. 그리고 다닥다닥 붙어서 너무 답답하죠. 가게들 말이에요. 난 요즘엔 동물 가게에 절대 들어가지 않아요. 가능하면 그 앞을 지나가지도 않죠."

"왜요?" 매슈가 물었다.

박사가 말했다. "동물들 사이에 얼굴이 알려진 다음부터 내가 들어가기만 하면 그 불쌍한 짐승들이 자기들을 사 달라고 내게 간

청하거든요. 새, 토끼, 기니피그 할 것 없이 모두가 말이죠. 난 뒤돌아서 다른 길로 가야겠어요. 그럼 창문을 지나치지 않아도 되겠죠."

그런데 여관 쪽으로 발길을 돌리는 순간 그 아름다운 노랫소리가 다시 들리자 박사는 머뭇거렸다.

존 둘리틀 박사가 말했다. "저 녀석은 놀라워요. 그냥 최고예요!"

매슈가 말했다. "한쪽 눈만 뜨고 얼른 지나가면 어때요? 걸음을 멈추지 않고도 그 새를 볼 수 있을 거예요."

"알겠어요." 박사가 말했다. 그리고 빠른 걸음걸이로 가게를 향해 걸어갔다. 그는 가게를 지나치면서 창문을 흘끗 본 후 서둘러 걸음을 옮겼다.

박사가 맞은편에 멈추자 매슈가 물었다. "어느 새인지 봤어요?"

존 둘리틀 박사가 말했다. "네. 문 근처 작은 나무 새장 속 초록 카나리아예요. 3실링이라고 적혀 있더군요. 매슈, 들어가서 내게 녀석을 사다 줘요. 그 정도는 살 수 있어요. 난 감히 못 들어가겠어요. 동물들이 날 보면 단번에 떠들썩해질 테니까요. 저 흰 토끼들이 벌써 날 알아본 것 같아요. 당신이 나 대신 들어가세요. 잊지 말아요. 문 근처 나무 새장 속에 있는 초록 카나리아예요. 3실링이라고 적혀 있구요. 돈은 여기 있어요."

그리하여 박사가 그 가게의 옆문 창 밖에서 기다리는 동안 매슈 머그가 3실링을 가지고 가게 안으로 들어갔다.

박사는 그 가게의 옆문 창 밖에서 기다렸다.

동물 먹이 장수는 오래지 않아 돌아왔는데 손에 카나리아는 들려있지 않았다.

그가 말했다. "박사, 당신이 잘못 안 거예요. 당신이 말한 새는 암컷이었어요. 걔들은 지저귀지 않잖아요. 우리가 들은 목소리의 주인은 가게 바로 밖에 있는 밝은 노란색 수컷이었어요. 2파운드 10실링을 달래요. 녀석은 상 받은 새인 데다 지금까지 가게에 있던 새 중에 제일 노래를 잘한다고 합디다."

박사가 말했다. "정말 놀랍군요! 진짜예요?"

박사는 그 순간 가게에 있는 동물들의 눈에 띄지 말아야겠다고 생각한 것도 잊은 채 창문 쪽으로 가서 다시 초록 카나리아를 가리켰다.

"내가 말한 건 저 새예요. 저 녀석에 대해서 물어봤어요? 세상에! 큰일 났군. 녀석이 날 알아봤어요."

창문 끝 쪽에 있는 초록 카나리아는 그 유명한 박사가 자신을 가리킨 순간 자신을 살 거라고 기대한 게 틀림없었다. 녀석은 이미 창을 통해 박사에게 신호를 보냈고 새장 속에서 기쁨에 넘쳐 폴짝폴짝 뛰고 있었다.

2파운드 10실링이라는 돈을 부담할 수 없었던 박사는 걸음을 옮기기 시작했다. 하지만 박사가 자신을 사지 않으리라는 걸 눈치챈 그 작은 초록 카나리아의 표정은 보기에 안쓰러울 지경이었다.

존 둘리틀 박사는 매슈와 함께 100미터도 채 못 가서 다시 멈췄다.

박사가 말했다. "어쩔 수 없어요. 지저귀지 못하더라도 저 새를 사야겠어요. 난 동물 가게 근처에 가기만 하면 항상 이런 식이에요. 거기 있는 동물 중에 가장 불쌍하고 쓸모없는 녀석을 사게 돼요. 다시 가서 그 새를 사다 줘요."

동물 먹이 장수는 다시 그 가게로 갔고 이내 갈색 종이로 덮인 작은 새장을 들고 돌아왔다.

"서둘러야 해요, 매슈." 박사가 말했다.

"차를 낼 시간이 거의 다 됐어요. 시오도시아는 우리 도움 없이 혼자 시중드는 걸 항상 힘들어하잖아요."

공연과 연관된 중요한 일들이 서커스단에 도착한 박사를 기다리고 있었다. 그는 매슈에게 카나리아를 캐러밴에 가져다 놓으라고 부탁하고는 자신은 저녁 식사 시간이 될 때까지 이 일 저 일을 처리하느라 정신없이 바빴다.

박사는 캐러밴에 돌아왔을 때조차 다른 일들을 생각하느라 자신이 산 카나리아를 까맣게 잊고 있었다. 녹초가 된 박사가 의자 깊숙이 몸을 파묻고 앉자 회계사 투투가 재정 상태에 대해 말을 꺼냈다.

그런데 돈과 숫자에 대한 지루한 대화가 시작되기 전 박사의 귀에 아주 활기찬 소리가 들려왔다. 그건 아주 부드럽게 지저귀는 새의 소리였다.

"세상에!" 박사가 속삭였다.

"저 소리는 어디서 나는 거지?"

소리는 점점 커졌다. 존 둘리틀 박사가 들어 본 소리 중에 가장 아름다운 노랫소리였고 심지어 여관 밖에서 들은 것보다 더 훌륭했다.

보통 사람들 귀에도 놀라웠겠지만 카나리아 말을 알아들을 수 있는 박사에게는 잊을 수 없는 경험이었다.

그건 긴 시였는데 다양한 장소와 수많은 사랑, 작은 모험과 크나큰 모험 등 많은 이야기를 담고 있었다. 슬프다가도 명랑하고 강렬하다가도 부드러운 노랫가락은 가장 훌륭한 나이팅게일이 최선을 다해 부르는 노래보다도 훨씬 놀라웠다.

완전히 혼란스러워진 박사가 되물었다. "저건 대체 어디서 나는 소리지?"

"종이에 덮인 채 선반에 놓여 있는 새장에서요." 투투가 말했다.

"세상에! 내가 오늘 오후에 산 새잖아." 박사가 외쳤다.

그는 벌떡 일어나서 포장지를 찢었다.

노래가 멈췄다. 작은 초록 카나리아가 찢어진 구멍 사이로 박사를 쳐다보았다.

"넌 암컷인 줄 알았는데." 박사가 말했다.

"맞아요." 새가 말했다.

"하지만 넌 노래를 부르잖아!"

"그게 뭐가 문제죠?"

"암컷 카나리아는 노래를 못 하는걸."

그 작은 초록 새는, 뭐랄까, 거들먹거리는 듯이 오랫동안 웃었다.

카나리아가 말했다. "그건 옛날 얘기예요. 정말 웃기네요! 그건 수컷들이 지어낸 말이죠. 교만한 수컷들 말이에요. 암컷들이 훨씬 더 훌륭한 목소리를 가졌는걸요. 하지만 수컷들은 우리가 노래하는 걸 좋아하지 않아요. 노래를 하면 걔들은 우리를 콕콕 쪼아댄답니다. 몇 년 전에 '암컷들을 위한 노래'라는 운동이 시작된 적이 있어요. 암컷 중 몇 마리가 우리 권리를 주장하기 위해 모였었죠. 그런데 여전히 시대에 뒤떨어진 암컷들이 정말 많았어요. 노래 부르는 게 처녀답지 못하다고 생각하는 노처녀들이었지요. 걔들은 둥지야말로 암컷들이 있어야 할 곳이고 오직 수컷들을 위해 노래를 불러야 한다고 말했어요. 결국 그 운동은 실패했죠. 그게 사람들이 아직도 암컷들은 노래를 하지 못 한다고 생각하는 이유랍니다."

"그런데 너 가게에선 노래 안 불렀지?" 박사가 말했다.

"박사님도 그런 가게에선 노래하지 않을걸요. 거기서 나는 냄새에 질식할 지경이었는걸요."

"흐음, 그럼 왜 지금 노래를 불렀니?"

"박사님이 보낸 남자가 가게에 왔을 때 전 박사님이 사려는 새가 오후 내내 이상한 소리로 꽥꽥댔던 멍청한 노란색 수컷인 줄 알았거든요. 물론 박사님이 안쓰러운 마음에 그 남자를 다시 보내 절 사신 걸 알아요. 그래서 전 우리 암컷도 노래를 부를 수 있다는 걸 보여 주는 게 박사님께 보답하는 길이라고 생각했어요."

박사가 말했다. "놀랍구나! 확실히 너 때문에 다른 새들은 이류 가수처럼 보이는구나. 넌 콘트랄토(여성 최저 음역으로 메조소프라

카나리아가 거들먹거리듯이 오랫동안 웃었다.

노와 테너 사이의 음역—옮긴이)로구나."

"메조콘트랄토예요." 카나리아가 정정했다.

"하지만 가장 높은 소프라노 음역까지 소리를 올릴 수 있어요."

"넌 이름이 뭐니?" 박사가 물었다.

"피피넬라랍니다." 새가 대답했다.

"방금 뭐에 대한 노래를 부른 거니?"

"제 삶 이야기를 노래로 부른 거예요."

"하지만 그건 시였어."

"맞아요. 그냥 재미로 시를 지어 봤어요. 새장에서 지내는 새들은 품을 알이나 먹일 새끼가 없으면 시간이 남아돌거든요."

박사가 말했다. "허어! 시인이면서 가수라니 넌 대단한 예술가로구나."

"그리고 작곡가이기도 하죠!" 녀석이 조용히 덧붙였다. "작곡도 온전히 제 힘으로 했거든요. 눈치채셨겠지만, 바닷가에서 슬피 우는 저를 버리고 미국으로 떠나 버린 제 바람둥이 남편을 얘기하는 부분에서 부르는 방울새의 사랑 노래를 빼면 전 보통 새들이 부르는 가사는 쓰지 않아요."

그때 대브대브가 와서 저녁 식사 준비가 다 됐다고 말했다. 하지만 새로운 흥밋거리에 정신이 팔린 박사는 배고픈 거브거브도 아랑곳없이 모든 걸 한쪽으로 치우고 예전 작품들을 들추더니 자신이 좋아하는 악기인 플루트 연주를 위한 곡을 써 두곤 하는 빈 악보집을 가져왔다.

박사가 카나리아에게 말했다. "미안하다만, 네가 살아온 이야기를 처음부터 다시 들려줄래? 정말 흥미롭구나."

작은 새가 말했다. "물론이죠. 먹이통에 물 좀 채워 주시겠어요? 여기 오는 동안 새장이 흔들리는 바람에 통이 다 비었지 뭐예요. 긴 노래를 부를 땐 간간이 목을 축이고 싶거든요."

"그럼, 물론이지!" 박사는 가수가 원하는 걸 해 주려고 서두르다가 거브거브 위로 넘어지면서 말했다. "자! 이제 아주 천천히 노래해 주겠니? 악보를 적고 싶은데 시간이 좀 오래 걸리거든. 그리고 네가 조성을 바꾸곤 한다는 걸 알고 있어. 당장은 가사로 널 귀찮게 하지 않으마. 두 가지를 한꺼번에 적을 수 없거든. 괜찮으면 나중에 다시 불러 달라고 부탁할게. 됐다. 언제든 시작해도 좋아."

2장

흰 페르시안 고양이

박사는 초록 카나리아가 자신의 삶을 노래하는 동안 앉아서 한 페이지씩 적어 내려갔다. 적어도 30분 넘게 계속되는 긴 노래였다. 노래가 이어지는 동안 거브거브가 한심하게도 두세 번 끼어들었다.

"그런데 박사님, 저녁이 식고 있다구요!"

노래가 끝나자 존 둘리틀 박사는 조심스럽게 악보집을 치운 다음 카나리아에게 감사 인사를 했고 저녁 식사를 할 준비를 했다.

"새장에서 나와서 우리와 같이 식사할래?"

"혹시 고양이가 있나요?"

"아니, 캐러밴에 고양이는 없단다." 박사가 말했다.

"아, 알겠어요. 박사님이 새장 문을 열어 주시면 나갈게요."

"그런데 넌 고양이가 있어도 날아서 쉽게 도망칠 수 있잖아?" 지프가 물었다.

"고양이가 어디 있는지 알거나, 아니면 적어도 고양이가 있다는 사실을 알면 그럴 수 있지." 카나리아가 날아서 탁자로 내려와 박사의 접시 옆에 놓인 부스러기를 집어 들며 말했다.

"고양이는 어디 있는지 모를 때 제일 위험해. 걔들은 능숙한 사냥꾼들이거든."

지프가 툴툴거렸다. "흥! 개들도 실력이 꽤 훌륭하다고."

카나리아가 말했다. "개는 사냥할 때면, 고양이랑 비교하면, 얼간이일 뿐이야. 기분 나쁘다면 미안하지만 떠오르는 단어가 그것밖에 없어. 너희들은 쫓아가거나 추적할 땐 굉장히 훌륭해. 심지어 고양이들보다 더. 하지만 꾀를 써서 사냥감을 쫓을 때만 그렇지. 너 혹시 땅 구멍 앞에서 몇 시간 동안 꼼짝 않고 앉아 조그맣고 불쌍한 쥐 같은 다른 동물들이 나오길 기다리는 개를 본 적 있어? 그렇게 할 만큼 인내심을 가진 개를 알아? 모를걸. 구멍을 찾으면 너희 개들은 짖고 으르렁대면서 구멍을 마구 긁어 대지. 물론 구멍 속의 쥐든 누구든 절대 나올 생각을 하지 않아. 내가 새니까 하는 말인데 난 고양이 한 마리가 있는 집보다 방에 가득 찰 만큼 개들이 많은 집에 갇혀 있는 편이 낫겠어."

"고양이 때문에 안 좋은 경험을 한 적이 있니?" 박사가 물었다.

카나리아가 말했다. "제가 당한 적은 없어요. 하지만 친구 일로 교훈을 얻었죠. 전 한때 앵무새와 한집에 살았어요. 어느 날 우리 주인이 멋지고 털이 부드러운 흰색 페르시안 고양이를 데려왔어요. 보기엔 사랑스러운 동물이었죠. 고양이가 온 그날 아침 앵무새가 저에게 말했어요. '쟨 점잖아 보이는걸.'

제가 말했죠. '폴리, 고양이는 고양이야. 녀석을 믿지 마. 고양이를 믿으면 절대 안 돼.'

박사가 말했다. "그래서 고양이들이 그렇게 된 게 아닌가 싶어. 아무도 녀석들을 믿지 않는다는 사실 때문에. 어떤 동물이든 간에 불신은 성격에 아주 나쁜 영향을 미치지."

카나리아가 말했다. "말도 안 돼요. 우리 주인은 그 고양이를 믿었어요. 밤에 우리와 같은 방에 두기까지 했는걸요. 제 새장은 사슬에 묶여 높은 곳에 매달려 있었기 때문에 전 녀석 발톱을 겁낼 필요가 없었죠. 하지만 새 중에 가장 품위 있는 내 친구, 불쌍한 폴리는 새장이 없었어요. 바보 같은 앵무새용 스탠드, 그러니까 가로로 긴 홰가 그 녀석의 집이었고 녀석 발목은 사슬에 묶여 있었죠. 폴리는 그 사랑스러운 흰색 동물이 위험할 거라고 믿지 않았어요. 어느 날 그 고양이가 홰로 기어 올라와 녀석을 덮치려고 할 때까진 말이죠. 정정당당하게 싸울 땐 앵무새도 훌륭한 싸움꾼이에요. 폴리는 녀석이 예상한 것보다 더 잘 싸웠어요. 고양이는 한쪽 귀를 물린 채 물러났죠.

제가 말했어요. '이제 내 말을 믿겠니? 그리고 잘 들어. 이제 녀석은 가능하면 널 해치려 들 거야. 재는 악마랑 힘을 합쳐서 방법을 찾아낼 거라고. 무슨 일이 있어도 녀석이 방에 있을 때 잠들면 안 돼. 잰 네가 맞서면 널 무서워해. 하지만 네가 긴장의 끈을 놓는 순간 더 이상 두려워하지 않아. 딱 한 번 뛰어서 단번에 목을 물어 버리겠지. 그럼 폴리 넌 바로 황천길로 떠나는 거야. 기억해. 녀석이 방에 있을 때 잠들면 안 돼.'"

초록 카나리아가 이야기를 잠시 멈추고 탁자를 가로질러 가더니 거브거브의 우유통에 든 우유를 마시자 동물 식구들은 그 뻔뻔스러움에 놀라움을 금치 못했다. 녀석은 양념통에 부리를 문질러 닦더니 이야기를 이어 나갔다.

"제가 그 바보 같은 앵무새 목숨을 몇 번이나 구해 줬는지 몰라요. 느긋하기 짝이 없었던 앵무새는 규칙적인 생활을 좋아했어요. 짝이 없는 수컷이었는데 습관적으로 하는 사소한 일들을 대단한 의식 치르듯이 했죠. 그리고 자기 생활을 방해하는 건 뭐든 참지 못했어요. 토요일 오후에 가정부가 자기를 목욕시키는 걸 잊거나 일요일 아침 식사 때 오렌지 껍질 주는 걸 잊기라도 하면 툴툴거리면서 샐쭉해지곤 했다니까요. 점심 식사 후 매일 낮잠 자는 것 역시 걔의 작은 습관 중 하나였죠. 저는 고양이가 밖에 있더라도 문이랑 창문이 닫혀 있지 않으면 낮잠 자는 건 위험하다고 수도 없이 경고했어요. 하지만 오랜 세월 혼자 규칙적으로 살면서 몸에 밴 습관의 힘은 너무 컸어요. 사실 전 방 안에 고양이가 득실거리더라도 녀석이 낮잠을 잤을 거라고 생각해요."

카나리아는 생각에 잠긴 채 또다시 부스러기를 집어서 씹어 먹

"앵무새는 고양이가 예상한 것보다 더 잘 싸웠어요."

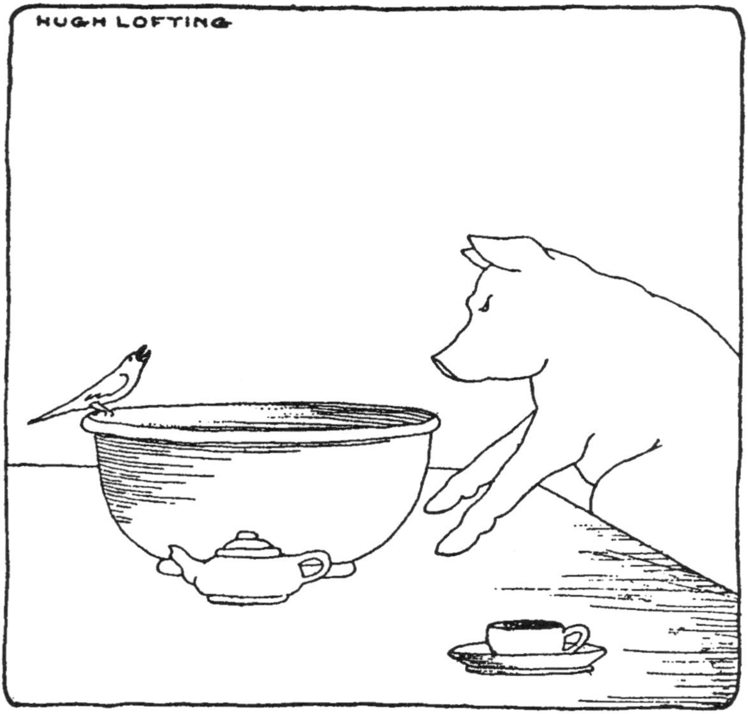

카나리아는 거브거브의 우유통에 있는 우유를 마셨다.

은 다음 이야기를 이어 나갔다.

"저는 앵무새의 독립성에도 좋은 점이 있다고 생각해요. 녀석은 자신의 원칙에 방해가 되는 건 그 어떤 것도 용납하지 않았어요. 물론 그 끔찍한 고양이는 기회를 노리고 있었죠. 폴리가 꾸벅꾸벅 졸 때마다 녀석이 폴리의 홰 쪽으로 슬금슬금 다가오거나 홰에 닿을 만한 탁자로 뛰어올라 몰래 기어오는 게 보였어요. 그럼 전 크고 멋지게 휘파람을 불어서 앵무새를 깨웠죠. 고양이는 게임을 망쳐 버린 저를 노려보며 슬그머니 내빼곤 했답니다.

어리숙한 우리 주인은 고양이가 위험한 손님이라는 사실을 결코 이해하지 못했어요. 어느 날 주인의 친구 한 명이 그 짐승을 새장도 없는 앵무새 주변에 두는 게 겁나지 않냐고 물었죠.

주인이 그러더군요. '쯧쯧! 야옹이는 착한 폴리를 해치지 않을 거야. 그렇지, 야옹아?'

그러자 털이 부드러운 그 위선자는 주인의 치마에 목을 문지르고 가르랑거리면서 내숭을 떨었어요.

전 최선을 다했어요. 하지만 그날은 저조차도 그 흰색 악마에게 허를 찔리고 말았죠. 노부인은 시골에 있는 친구 집을 방문하면서 자신이 집을 비우는 동안 가정부에게 휴가를 줬어요. 앵무새와 전 씨앗과 물을 두 배로 받았죠. 집은 다 잠겼고 열쇠는 깔개 밑에 있었어요. 우리가 항상 머무르는 응접실 문도 닫혔죠. 저는 어쨌든 이날만큼은 제 친구가 안전하겠다고 생각하고 행운에 감사했답니다.

정오쯤 폭풍우가 몰려오더니 음산한 바람이 웅웅대며 집 주변을 감쌌어요. 그리고 곧 우리 방문이 바람에 날려 열리는 게 보였죠. 부주의하게도 빗장을 지르지 않고 문만 닫아 뒀던 거예요.

'자면 안 돼, 폴리. 저 고양이가 언제 들어올지 몰라.' 제가 말했어요.

고양이는 오랫동안 들어오지 않았어요. 그리고 한 시간쯤 지나자 전 고양이가 다른 방 어딘가에 갇혀 있는 게 틀림없고 걱정할 필요가 없겠다고 생각했죠. 점심 식사를 마치자 폴리는 깊은 잠에 빠졌어요. 그리고 나른해진 저 역시 이내 낮잠을 자게 됐죠.

전 온갖 끔찍한 꿈을 꿨어요. 괴물 같은 고양이들이 허공을 가르며 뛰어올랐고 앵무새들은 검과 쇠스랑 같은 끔찍한 물건들로 자기 몸을 지켰어요. 그 최악의 꿈이 가장 비극적인 순간에 이르렀을 때 전 바닥에 뭔가가 쿵 하고 부딪치는 소리를 들은 것 같았어요. 악몽을 꾸면 늘 그렇듯 정신이 번쩍 들었지요. 그런데 바닥에는 폴리가 죽어 있고 멀리 떨어진 카펫 위에서 흰 고양이가 그 소름 끼치는 얼굴에 사악한 미소를 띤 채 저를 물끄러미 바라보며 앉아 있는 게 아니겠어요!"

카나리아는 몸을 조금 떨더니 악몽의 기억을 지우려는 듯 부리를 오른쪽 다리에 문질렀다.

"전 너무 무서워서 한 마디 말도 나오지 않았어요. 그리고 저 끔찍한 녀석이 불쌍한 내 친구를 먹어 버리는 게 아닐까 하는 생각이 들기 시작했어요. 하지만 갠 입도 대지 않았어요. 녀석은 폴리를 먹으려고 했던 게 아니었어요. 고양이는 노부인으로부터 하루에 세 번씩 집에서 가장 맛난 별식을 받아 먹었거든요. 녀석은 단지 죽이고 싶었던 거죠. 재미로 말이에요. 석 달 동안 녀석은 지켜보면서 기다렸고, 머리를 굴렸어요. 그리고 결국 이겼어요. 녀석은 제 쪽으로 또다시 승리의 미소를 짓더니 천천히 문을 향해 발걸음을 옮겼어요.

전 생각했죠. '흐음, 한 가지는 분명해. 녀석이 비난을 피할 순 없어. 이젠 녀석의 정체가 살인마라는 사실을 노부인도 알게 되겠지.'

그때 불현듯 어머니의 말이 떠올랐어요. 고양이는 악마의 도움을 받는다는 말이었죠. '악마의 도움 없이 걔들이 그렇게 영리할 수는 없어. 고양이와 지혜를 겨루려고 해서는 안 돼. 걔들은 악마의 도움을 받고 있으니까.'

전 그 말을 믿지 않았어요. 하지만 그날 오후, 전 그 말을 거의 믿게 됐어요. 생각해 보세요. 문이 바람에 열렸으니 누구라도 방에 들어와서 앵무새를 죽인 게 그 고양이라고 생각하지 않겠어요? 하지만 노부인 자신이 잘 닫았다고 생각한 것처럼 방문이 닫혀 있고 고양이가 방 밖에 있다면 아무도 그 '사랑스러운 야옹이'를 의심하진 않을 거예요. 전 이번에야말로 저 고양이가 빠져나갈 수 없을 만큼 곤란한 상황에 처할 거라고 확신했어요. 그때 기묘한 일이 일어났어요. 녀석이 복도로 나가자마자 다시 바람이 불기 시작하더니 웅웅거리며 집 주변을 휘감는 거예요. 그리고는 소름끼치게도 문이 천천히 닫히는 게 보였어요. 문은 점점 더 빠르게 움직이더니 마침내 온 집안이 흔들릴 만큼 '쾅' 소리를 내며 닫혔어요. 문이 닫히기 전 제가 복도를 힐끗 보자 '사랑스러운 야옹이'가 복도 바닥에 앉아 저를 향해 여전히 승리의 미소를 짓고 있었어요. 고양이가 악마의 도움을 받고 있다고 믿는 게 당연하다고 생각해요. 문이 2분만 먼저 닫혔다면 녀석은 방에서 나가지 못하고 갇혔을 테니까요.

집에 돌아온 노부인은 물론 영문을 알 수 없었어요. 앵무새는 목이 부러진 채 바닥에 누워 있는데 창문과 문은 닫혀 있었으니까요. 고양이는 정말 깔끔하고 영리하게 해치웠지 뭐예요. 딱 한 번 뛰어올라서 목을 문 다음 비틀었죠.

결국 그 멍청한 노부인은 사내아이들이 굴뚝을 타고 내려와 앵무새의 목을 비튼 다음 흔적도 남기지 않고 도망쳤을 거라고 말했어요. 수수께끼는 풀리지 않았죠. 주인은 몹시 화가 나서 내내 울었지만 이미 기차는 떠나 버린 후였어요.

주인이 흐느끼며 말했어요. '아아, 그래도 나한테는 카나리아와 사랑스러운 야옹이가 있잖아.'

악마 같은 녀석은 주인에게 가더니 쓰다듬어 달라며 가르릉거렸어요. 그러자 노부인이 녀석에게 우유 접시를 주는 게 아니겠어요! 절대로, 절대로 고양이를 믿으면 안 돼요."

박사가 말했다. "고양이는 재미있는 동물이야. 그걸 부정할 수는 없어. 그리고 배가 고프지 않은데도 동물을 죽이는 이상한 습관은 설명하기가 참 힘들어. 녀석들의 본성일 테지. 누구든 타고

노부인이 고양이에게 우유 한 접시를 주었다.

난 본성을 감안하지 않고 판단해서는 안 돼. 넌 참 흥미진진한 경험을 했구나. 네가 네 삶을 노래로 들려주는 동안 난 악보를 적느라 너무 바빠서 가사에 신경을 쓰지 못했단다. 저녁 식사가 끝나면 이야기를 처음부터 다시 들려주겠니?"

"물론이죠. 이번에는 노래가 아닌 이야기로 들려드릴게요."

"그래, 그게 더 낫겠다." 박사가 말했다.

"가사 운율이나 운에 신경 쓰지 말고 네가 겪은 모험을 자세히 얘기해 주렴. 거브거브, 네가 접시 가득 담긴 너도밤나무 열매를 다 먹고 나면 대브대브에게 탁자를 치우라고 해야겠다."

3장

동물 전기

박사가 첫 동물 전기를 쓴 건 그 작은 초록 카나리아를 데려온 후였다. 그는 그 전에도 동물 전기를 써 볼까 생각하곤 했다. 박사는, 제대로 쓰기만 하면, 동물들의 생애가 우리가 위인이라고 부르는 사람들의 생애보다 훨씬 흥미진진한 경우가 많다고 주장했다. 그는 심지어 『19세기의 위대한 동물들』과 같은 책을 시리즈나 전집으로 써 볼까 생각하기도 했다. 하지만 박사는 아쉽게도 자신의 경험을 전기의 재미난 이야깃거리가 될 만큼 세세하게 기억하는 동물들을 지금껏 만나지 못했다.

맨체스터에 자신의 동상이 세워지지 않아 실망한 거브거브는 모든 사람들이 읽고 싶어 할 거라며 자신의 생애에 대해 써 달라고 박사를 조르곤 했다. 하지만 존 둘리틀 박사와 동물 식구 모두 거브거브가 어떻게 살아 왔는지 다 외우다시피 했다. 그리고 박사는 거브거브가 살아온 이야기가 익살스러운 책이 될 거라 생각한 반면, 거브거브는 자신은 유명한 배우라면서 그런 식으로 쓰는 건 싫다고 했다.

거브거브가 말했다. "전 품위 있는 전기를 원해요. 제가 무대에선 웃기죠. 아주 웃기긴 해요. 하지만 전기 속에서는 위엄이 넘치는 모습이어야 해요."

지프가 투덜거렸다. "뱃살이 넘치는 모습이겠지. 네 전기는 엄청나게 먹고, 또 먹고 나서 모험 중에 배 아픈 이야기뿐일걸. 나라면 차라리 예쁘고 동글동글한 돌멩이의 일생을 읽겠어."

박사의 자연사 집필 계획은 그렇게 신기한 상황에서 박사의 식구로 합류한 카나리아 피피넬라의 출현으로 비로소 실현되었다. 박사는 피피넬라가 타고난 전기 작가라고 말하곤 했다. 녀석은 이야기에 사실감과 박진감을 불어넣을 작은 사건까지 놀랄 만큼 잘 기억하고 있었기 때문이다. 존 둘리틀 박사는 자신의 첫 전기 『경이로운 동물들 이야기』 서문에서 이 모든 이야기는 피피넬라가 한 것이며 자신은 단지 이 카나리아의 말을 영어로 옮겼을 뿐이라고 밝혔다.

그 책을 읽은 사람들은 이야기가 정말 흥미롭다고 말했다. 하지만 박사의 다른 책들과 마찬가지로 그 책 역시 지금은 절판되어 구하는 게 거의 불가능하다. 그렇게 된 이유 중 하나는 책방 주인들이 대개 그 책을 가게에 두려고 하지 않았기 때문이다. "칫! 카나리아의 일생이라! 하루 종일 새장에 앉아 있는데 뭐 대단한 게 있겠어?" 책방 주인들은 이렇게 말하곤 했던 것이다. 그들의 멍청함으로 인해 그 책은 박제 가게나 자연학자들에게 필요한 물건을 파는 가게처럼 특별한 곳에서만 팔렸다. 오늘날 그 책을 구하기가 힘든 까닭은 십중팔구 그런 이유 때문이다. 『콜로라투라 피피넬라, 콘트랄토 카나리아의 일생』이라는 제목이 붙은 책에는 둘리틀 식구로 합류한 이후 카나리아의 삶에 대한 많은 이야기가 담겨 있다. 박사는 피피넬라에게 일반 대중이 흥미를 가질 만한 소소한 사건이나 사소한 이야기들을 더 들려달라고 청했고, 원작자와 함께 원고를 몇 번이나 다시 살폈다. 이로 인해 책은 상당히 두꺼워졌다. 그 책을 박사가 쓴 그대로 옮기기엔 지면이 부족하다. 하지만 어쨌든 피피넬라가 존 둘리틀 박사의 동물 식구로 합류했으니 어느 정도는 여러분에게 들려주기로 하겠다.

거브거브가 쫄싹거리는 걸 간신히 멈추자 피피넬라가 이야기를 시작했다. "사람들은 새장에 사는 카나리아에 대해 쓴 이야기가 정말 지루하고 단조로울 거라고 생각하죠. 하지만 사실은 새장 속 새들의 삶이 들새들의 삶보다 훨씬 더 다채롭고 흥미진진해요. 전 들새 여러 마리의 일생에 대해 들어 본 적이 있는데 대부분 진짜 지루하고 별다를 게 없더라고요. 전 우리 가족과 다른 가족들이 함께 사는 새장에서 태어났어요. 아버지는 밝은 레몬 색 카나리아로 에르츠 산맥 출신이었어요. 어머니는 명문 가문 출신 방울새였구요. 슬하에 아들 셋과 딸 셋을 두셨답니다. 모두들 녹황색과 노란색이 섞여 있는 게 저랑 똑같이 생겼죠. 당연한 얘기겠지만, 우리가 눈을 뜰 때까지 제일 중요한 건 끼니를 넉넉히 먹는 거예요. 좋은 부모는, 제 부모님은 세상에서 가장 성실한 부부였어요, 알에서 태어난 자식에게 하루 열네 번씩 모이를 준답니다."

거브거브가 중얼거렸다. "하! 내가 먹는 것보다 더 많잖아."

"쉬잇! 말을 끊지 마." 박사가 말했다.

"미안하구나, 피피넬라야. 그런데 내가 흥미를 느끼는 게 그런 부분이야. 눈을 뜨지도 않은 어린 새들이 부모가 음식을 가져온 걸 도대체 어떻게 아는 거지? 어린 새들은 부모가 둥지로 돌아올 때면 항상 부리를 벌리고 있더구나." 존 둘리틀 박사가 말했다.

"제 생각에는 떨림으로 아는 것 같아요. 저흰 아주 어릴 때부터 부모님이 둥지 끄트머리로 걸어오는 걸 느낄 수 있어요. 그리고 눈을 감고 있더라도 부모님이 둥지 위로 몸을 숙일 때 내리쬐는 햇볕과 우리 사이에 생기는 부모님 그림자가 느껴져요."

"고마워." 박사가 공책에 적으며 말했다. "계속하렴."

피피넬라가 말을 이었다. "박사님도 보셨겠지만 어린 새들은 알에서 태어나자마자 짹짹거리고 지저귀기도 해요. 이 점이 아기 새와 사람 아기의 가장 큰 차이에요. 사람은 말을 배우기 전에 볼 수 있지만 우린 보기 전에 말을 하죠."

"허!" 거브거브가 또 끼어들었다. "그렇다면 네 말은 이치에 맞지 않는걸. 아무것도 못 보는데 도대체 뭐에 대해 말을 한다는 거니?"

카나리아가 거브거브를 향해 약간 거만하게 몸을 돌리며 말했다. "그것도 아기 새와 아기 돼지의 중요한 차이란다. 우리는 어느 정도 감각을 가지고 태어나지만, 내가 관찰한 바로는, 돼지는 어른이 된 후에도 감각이 굉장히 무뎌. 사실, 아기 새의 눈이 보이지 않는 시기는 배우고 성장하는 데 아주 중요해. 넌 아기 새들이 무슨 얘길 하느냐고 물었지. 별거 없어. 나랑 내 형제 자매들은 우리가 눈을 떴을 때 세상이 어떤 모습일지 서로의 생각을 교환하곤 했어. 그 시기의 중요성은 바로 이거야. 우리는 보지 않고도 육감이라고 부르는 걸 발달시키는 거야. 설명하기 좀 힘들지만 새들은 모두 잘 알고 있지. 투투가 너한테 얘기해 줄 거야. 새들이 감각을 가지고 있다고 얘기할 땐 항상 육감을 뜻하는 거란다."

"미안하다만," 박사가 끼어들었다. "그 부분을 좀 더 자세히 설명해 줄래?"

카나리아가 말했다. "물론이죠. 하지만 말씀드린 대로 설명하기가 몹시 힘들어요. 박사님이 조금 전 어머니 아버지가 둥지로 접근하면 아기 새들이 부리를 벌린다고 말씀하셨잖아요. 사실 부모님이 둥지에 발을 딛기도 전에 저흰 보거나 듣지 않고도 부모님이 거기 있다는 걸 알아요. 이 시기에 아기 새들의 귀는 정말 바쁘죠. 정말 많은 걸 듣거든요. 그리고 볼 수 없기 때문에 눈으로 볼 수 있을 때보다 듣는 능력이 훨씬 뛰어나죠. 저흰 세상이 어떻게 생겼는지 배우려고 모든 소리를 아주 주의 깊게 들어요. 쥐들이 정원에 있는 나무판 뒤나 나뭇가지를 긁는 소리, 새장 주변에 있는 창문 두드리는 소리에도 귀를 기울인답니다.

'바람에 세게 부네요. 그렇죠 아빠?' 저흰 이렇게 말하곤 했어요. '작은 가지들이 유리창을 할퀴고 있어요.'

'그래, 애들아. 북풍이란다. 재스민 나무가 유리창을 때릴 땐 북풍이나 북동풍이 불 때 뿐이지. 다른 바람이 불면 나뭇가지가 집의 다른 방향으로 흔들린단다.'

그 후로 우린 나뭇가지 끝이 유리창에 닿는 것만으로도 바람이 어느 방향으로 부는지, 얼마나 센지 알 수 있었어요. 그런데 우린 이 교육이 도대체 뭘 위한 건지, 왜 받는 건지 몰랐어요. 아마 이게 육감을 가장 잘 설명하는 말일 거예요. 왜, 어떻게 아는지 모르면서 그냥 아는 거요. 물론 많은 면에서 들새들이 우리보다 훨씬 영리해요. 지리를 예로 들어 볼게요. 새들은 육감으로 지리를 파악해요. 새장에서 사는 새들은 지리를 공부할 기회가 당연히 별로 없죠. 그렇지만 우리가 걔들보다 훨씬 뛰어난 면도 있어요. 특히 사람들을 훨씬 잘 알아요. 집에서 자란 카나리아가 사람들의 성격을 얼마나 잘 파악하는지 박사님이 안다면 아마 놀라실걸요. 전 어른 새지만 제가 아는 게 얼마나 많은지 스스로도 놀라곤 해요. 하지만 어떻게 아는지는 저도 모르기 때문에 박사님께 말씀 드릴 수가 없어요.

제가 배운 것들 중에 가장 중요한 건, 새들 모두가 그렇겠지만, 둥지에서 눈 뜨기 전에 듣거나 냄새 맡거나 느끼면서 세상이 어떻게 생겼는지 추측하며 알게 된 게 분명해요."

박사가 말했다. "고마워. 정말 재미있구나. 말을 끊어서 미안해. 하지만 이 부분은 자연학자인 내게 아주 중요하단다. 이제 네 이야기를 계속하렴."

피피넬라가 말을 이었다. "아기 새들은 처음으로 눈을 뜰 때가 되면 정말 신나죠. 녀석들은 눈 뜰 시간에 잠자고 있으면 안 되니까 아예 밤새도록 깨어 있어요. 그리고 오빠랑 언니들이 동생들에게 환성을 지르고 동생들은 처음으로 세상을 보게 되죠.

시간이 지나고 그날이 왔을 때 사실 전 조금 실망했어요. 박사님은 새장 속 새들이 보는 세상이란 게 탁 트인 초원이나 생울타리, 잎이 무성한 숲이 아니라 방이라는 걸 기억하시겠죠? 물론 저흰 부모님께 들어서 세상이 어떻게 생겼는지 알고 있었어요. 그렇지만 사람들 역시 아무리 잘 설명해 줘도 항상 어느 정도는 잘못된 생각을 하게 마련이잖아요. 저는 우리가 사는 세계가 응접실과 온실이 결합된 긴 방이라는 걸 알았어요. 화분과 야자수, 가구와 새장이 여러 개 있는 쾌적한 공간이었죠. 낮에는 어떤 여자가 와서 제 부모님에게 잘게 다진 달걀과 과자 부스러기를 줬어요. 그럼 부모님은 그것들을 자식들에게 먹였죠. 밤에는 주인처럼 보이는 남자가 와서 모든 걸 살폈어요. 그 남자는 괜찮은 사람 같았어요. 진심으로 우리를 걱정하는 게 분명했죠. 새장 청소, 물 갈아 주는 일, 새들에게 신선한 배추 주는 일을 제대로 하지 않는다며 맨날 그 여자를 타박했거든요.

노래 잘하는 새들을 키우는 게 이 남자의 취미였어요. 이 남자는 다른 방에 새장을 하나 더 갖고 있었죠. 새들이 노래하는 소리가 들렸거든요. 그리고 문이 열려 있을 때면 아버지는 그 새들에게 노래를 불러 줬고, 새들과 그 여자에 대해, 또 새로 받은 씨앗의 상태와 온실 기온, 그 집을 둘러싼 온갖 기이한 소문에 대해 얘기했어요.

우리 새장과 가까이에 다른 새장이 있었는데 그 안에도 어린 새들을 둔 가족이 있었어요. 우리 부모님은 그쪽 부모님들과 수다를 떨곤 했는데 어머니는 우리가 그쪽 어린 새들보다 훨씬 건강해 보인다고 언제나 자랑했답니다.

주인 남자에게는 아이가 둘 있었는데 걔들은 가끔 온실에 와서 우리를 보기도 하고 바닥에서 장난감을 갖고 놀기도 했어요. 우리는 아이들의 놀이를 보는 게 즐거웠어요. 걔들이 찾아와서 기뻤죠. 평상시에 온실엔 적막감이 감돌거든요.

아버지는 아주 훌륭한 가수였어요. 어머니를 도와 배고픈 자식들에게 모이를 주지 않을 때면 언제나 둥지 끄트머리에 앉아 노래를 불렀죠. 아버지의 목소리는 굉장했어요. 하지만 제가 아버지 목소리를 좋아했다고 말할 순 없어요. 가까이에서 들으면 고막이 터질 것 같았거든요. 우리는 어머니께 아버지를 말려 달라고 애원하곤 했답니다.

언젠가 아버지가 하루 종일 우리 곁을 떠나 있었어요. 어머니는 아버지가 카나리아 대회에 참가했다며 아버지가 상을 받을 만큼 훌륭한 가수인지 한번 보자고 하셨어요. 그리고 그날 저녁 주인 남자가 아버지를 우리에게 다시 데리고 왔을 때 집안은 온통 흥분의 도가니에 빠졌어요. 온 가족이 와서 떠들어 댔죠. 아버지가 대회에서 1등상을 받은 거예요. 그 후로 아버지는 그 어느 때보다 더 우렁차게 노래를 불렀고 우리가 어머니께 아버지를 말려 달라고 아무리 부탁해도 소용없었어요. 어머니는 아버지의 성공을 아버지 자신보다 더 뿌듯해하셨거든요. 아버지는 노래를 부르는 중간에 심사위원이 무슨 말을 했는지, 어떤 카나리아들이 출전해서 아버지와 경쟁했는지 등 대회에서 일어난 모든 걸 우리에게 들려줬어요.

박사님이 생각하는 지루한 삶과는 거리가 먼, 재미있는 생활이었어요. 전 깃털이 자라고 몸집이 커지는 동안 창문을 통해 정원에서 싹을 틔우는 봄 나무들을 바라봤어요. 핀치 한 마리가 날아가는 걸 볼 때마다 희미하게나마 탁 트인 곳으로 나가서 자유롭게 살고 싶다는 생각을 하기도 했답니다. 그러던 어느 날 전 매 한 마리가 다리를 저는 불쌍한 참새를 덮치더니 물고 날아가는 걸 봤어요. 오싹해진 저는 오빠, 언니 사이에 몸을 파묻고는 실내에서 산다는 사실에 감사했죠. 결국 전 새장에서 사는 게 좋은 점이 많다고 생각했어요. 새장은 고양이와 사나운 새로부터 우리를 보호해 주고 안락한 숙소인 데다 무엇보다도 우린 여기서 모이를 받아먹으니까요."

4장

첫 여정을 떠난 피피넬라

피피넬라가 이야기를 계속했다. “새 애호가의 집에서 태어난 모든 새들에겐 그 집에 계속 머무르게 될지, 팔려 갈지, 다른 새와 교환될지, 아니면 남의 집으로 가게 될지가 가장 큰 관심사예요. 주인 남자는 가게를 운영하지 않았지만 많은 친구가 그를 방문했는데 그들 역시 카나리아에 관심이 많았어요. 그 남자는 아주 유명한 사람 같았어요. 찾아오는 친구들 중 어떤 사람들은 그 남자와 새들을 보러 아주 먼 거리를 여행해서 왔거든요. 태어난 새들이 모두 모여 살기엔 거기 있는 새장이 좁았어요. 그래서 아기 새들의 몸집이 커지고 깃털이 다 자라고 나면 주인 남자는 그중에서 자신이 계속 키울 새들을 골랐어요. 훌륭한 목소리를 가졌거나 예쁜 무늬가 있는 새들이 뽑혔죠. 나머지 새들은 다른 새와 바꾸기도 하고 남에게 주기도 하고 팔기도 했어요. 암컷은 절대 많이 남겨 두지 않았죠.

우리가 둥지 밖으로 나온 뒤 2주쯤 지난 어느 날 저녁, 우리가 폴짝폴짝 뛰면서 스스로 모이를 쪼고 있을 때 부모님이 이 문제에 대해 얘기하고 있었어요. 물론 우리 아기 새들도 이 문제를 깊이 걱정하고 있던 터라 귀를 쫑긋 세운 채 들었죠. 어머니가 말했어요.

'그 남자가 우리 애들을 거의 다 없애 버릴 것 같아 겁나요. 새들을 키울 공간이 거의 다 찼고 주인 남자는 옆 새장에 있는 저 새들을 더 좋아하는 것 같아요. 삐쩍 마른 데다 목만 길고 버르장머리가 하나도 없는 애들인데도 말이죠. 난 재들을 다 준대도 우리 아이 하나하고도 바꿀 생각이 없어요.'

아버지가 말했어요. '애들을 생각하면 그 남자가 우리 아이들을 다른 곳으로 보내는 게, 특히 따로따로 보내는 게 나을 거요.'

'왜죠?' 제가 물었어요.

'카나리아가 너밖에 없는 집에 가야 더 따뜻한 보살핌을 받거든. 돌볼 새가 너무 많아지면 보살핌이 소홀해지고 형편없어져. 그중 최악은 동물 가게지. 환경이 나쁘기로 악명이 높아. 일주일에 한 번이나 새장을 청소하려나. 또 아무 곳에나 내걸어 두지. 작열하는 태양 아래 두기도 하고 세찬 바람 속에 두기도 해. 소음이랑 냄새도 심각해. 너희들을 동물 가게로 보내면 안 되는데….'

'하지만 아버지, 바로 팔리면 괜찮지 않나요?'

'그렇지. 하지만 암컷이면 팔리기 힘들어. 사람들이 암컷 카나리아를 사려고 동물 가게에 가는 경우는 드물거든.' 아버지가 말했어요.

'왜요?' 제가 다시 물었죠.

'암컷들은 노래를 부르지 않으니까.' 아버지가 말했어요.

박사님은 아버지가 '노래를 부를 수 없다'고 한 게 아니라 '노래를 부르지 않는다'고 말했다는 걸 눈치채셨겠죠. 전 제가 항상 청개구리 기질이 있는 게 아닐까 겁이 났어요. 전 수컷으로 태어났어야 했나 봐요. 아무튼 그날 저녁 전 특히 멍청하고 불공평하고 낡아 빠진 그 생각을 바꿔야겠다고 생각했답니다.

제가 말했죠. '아버지, 그건 말도 안 돼요. 암컷도 수컷처럼 훌륭한 목소리를 타고 난다는 걸 아버지도 잘 알잖아요. 그런데 암컷은 노래를 부르는 게 맞지 않는다는 이유만으로 어릴 때 노래 연습을 제대로 못 해서 결국 목소리를 못 쓰게 되는 거예요. 제 생각엔 그건 끔찍하게 수치스런 일이에요.'

그때 어머니가 끼어들었어요.

'어떻게 감히 아버지한테 그렇게 대들 수 있니? 정말 뻔뻔스럽고 제멋대로구나!' 어머니가 소리쳤어요. '요새 여자애들은 뭐가 되려고 저러지? 정말 모르겠어. 구석에 가서 무릎 꿇고 있어!'

어머니는 날개로 제 따귀를 때렸고 그 바람에 전 홰에서 떨어지고 말았어요.

전 꾸중을 들었지만 절대 후회하지 않았어요. 암컷들은 노래를 부르면 안 된다는 이유만으로 저와 언니들이 우리를 잘 돌봐 줄 사람에게 팔리는 대신 동물 가게로 보내질 가능성이 크다는 걸 알았으니까요. 전 목소리를 잘 가꿔서 제 자신이 남자 형제들처럼 귀한 새가 되도록 몰래 노래를 연습하기로 결심했어요.

다른 형제자매들이 먹고 얘기하느라 바쁠 때 전 모이를 쪼는 대신 조용히 목소리를 단련했죠. 제가 가족과 떨어져서 걸터 앉아 있는 걸 본 주인 남자가 마침내 저를 다른 새장으로 옮겼어요. 그 후로 저는 원 없이 큰 소리로 오랫동안 노래를 부를 수 있었고 다른 식구들이 할 수 있는 일은 옆방에서 제 목소리에 대해 험담을 늘어놓는 것뿐이었어요.

그리고 어느 날 주인 남자가 친구와 함께 우리를 보러 왔어요. 그는 친구에게 카나리아 한 마리를 선물로 주려는 듯했고 친구에게 두 가족의 어린 새끼들 중에 고르라고 제안했어요. 전 그 남자 얼굴이 맘에 들었고 할 수만 있다면 저를 선택하게 하고 싶었어요. 그 사람은 색깔이 예쁜 다른 카나리아 가족에게 마음이 기운 게 분명했고 한동안 그쪽 새장 곁을 맴돌았어요. 전 가장 큰 목소리로 최선을 다해 노래를 불렀고 그 남자가 점차 제게 관심을 보인다는 걸 알았어요. 그 남자는 제가 있는 새장으로 오더니 주인에게 저 역시 새로 태어난 새냐고 물었어요. 그렇다는 대답을 듣고는 저를 갖고 싶다고 말했죠.

그러자 기쁘게도 주인은 친구가 더 큰 새장을 살 때까지 쓸 작은 여행용 새장을 빌려주려고 가져왔어요. 전 그 새장으로 옮겨졌고 새장이 종이로 덮인 후에는 더 이상 아무것도 볼 수 없었어요.

하지만 제 부모님과 형제자매들은 여전히 종이를 통해 제 말을 들을 수 있었어요. 가족들은 저에게 작별 인사를 했고 행운을 빌어 줬어요. 제 새장이 탁자에서 들리는 게 느껴졌고 곧 제 삶의 첫 여정이 시작됐답니다.

전 종이로 덮인 새장 속에서 어디로 가게 될지, 새로운 집은 어떨지 궁금했어요. 갑자기 이리저리 흔들리는 걸로 볼 때 전 누군가가 아직도 새장을 든 채 걷고 있다고 생각했어요. 그런데 잠깐 어딘가에 놓였는데 갑자기 공기가 차가워진 걸로 봐서 제가 집 밖으로 나온 게 분명했어요. 다음으로 말발굽 소리가 들렸고 이어서 다시 높이 들어 올려졌어요. 그 새로운 움직임 후 흔들림과 규칙적인 말발굽 소리로 전 제가 말을 탔다는 걸 알았죠.

종이 사이로 바람이 부는 게 느껴졌어요. 곧 잘 익은 옥수수와 양귀비 향이 코에 닿았고 전 이제 소도시를 벗어나 탁 트인 시골로 접어들었다는 걸 알았어요. 한 번도 시골에 가 본 적은 없었지만 카나리아 대회에 참가할 때 가 본 적 있는 아버지가 시골에 대해 얘기해 줬거든요.

달리는 동안 춥고 덜컹거려서 불편했어요. 새장을 올려 둔 안장머리가 세게 흔들리는 바람에 먹이통에 든 물과 씨앗이 사방으로 튀었죠. 저에게도 튀었고요.

이내 말이 달리는 속도가 느려지더니 가까이에서 메아리가 되어 울리는 말발굽 소리를 듣고 전 제가 다른 소도시의 거리로 들어왔다고 짐작했어요. 전 이곳이 제가 살게 될 곳인지 아니면 새 주인이 이곳을 그냥 지나가는 건지 궁금했어요. 참새들이 짹짹거렸고 비둘기들은 구구, 개들은 멍멍 짖어 댔어요. 사람들의 얘기 소리도 들렸고요. 전 여기에 머물기를 바랐어요. 들려오는 소리로 짐작하건대 이곳이 멋지고 쾌활한 곳인 것 같았거든요.

아니나 다를까, 기쁘게도 그 끔찍한 흔들림이 멈췄어요. 새장이 내려지더니 다른 사람의 손으로 건네지는 게 느껴졌어요. 말을 타고 온 주인 남자를 맞는 여자였지요. 갑자기 공기가 따뜻해지더니 문이 쾅 닫혔어요. 집 안으로 들어온 거죠. 여러가지 냄새가 났는데 대부분 향기롭고 편안한 음식 냄새였어요. 제 새장은 탁자에 놓였어요. 주변에서 여러 목소리가 말을 했는데 아이들 목소리도 들렸어요. 손가락이 포장지를 뜯기 시작했죠. 기타 줄 튕기는 소리처럼 팅 하는 소리가 나더니 줄이 끊어졌어요. 드디어 전 볼 수 있게 되었죠."

→ 5장 ←

새 보금자리

피피넬라가 말을 이었다. "제가 있는 방은 그동안 본 방과는 사뭇 달랐어요. 물론 그때까지 제가 본 방이라고는 새 애호가의 온실뿐이었지만. 그곳은 상당히 컸어요. 의자가 많았고 커다란 나무 들보가 천장을 떠받치고 있었으며 벽에는 주홍색 코트를 입은 남자가 말을 탄 채 시골을 달리는 우스꽝스러운 그림이 걸려 있었답니다. 의자 위에는 수사슴 뿔 한 쌍이 걸려 있었고요. 벽난로 위의 유리 수조에는 거대한 죽은 물고기가 들어 있었어요.

새장 주변에는 남자와 여자, 아이 네댓 명이 모여 있었는데 모두 통통하고 둥근 얼굴에 뺨이 붉었지요. 사람들은 호기심 어린 표정으로 감탄하며 저를 바라보고 있었어요. 얼굴에 띤 미소를 보고 알았죠. 제 새로운 주인의 가족들인 것 같았어요. 곧 누군가가 다른 새장을 가져왔고 전 그 속으로 옮겨졌어요. 새장 안은 아주 넓고 좋았어요. 전 여행 때문에 엉망진창이 된 작고 갑갑한 새장에 있다가 그곳에 들어가게 되어 기뻤답니다.

가족들은 저를 어디에 둘지 상의했어요. 한 사람이 이곳을 가리키면 다른 사람은 저곳을 가리키는 식이었어요. 결국 앞뜰, 그러니까 마당이 보이는 커다란 퇴창에 새장을 걸기로 했지요.

박사님은 아시겠지만, 전 그때까지 사람들을 거의 보지 못했어요. 정말 어렸으니까요. 주인집에선 거의 언제나 한 사람씩 오고 갔어요. 하지만 이 집에선 완전히 달랐죠. 주변에는 언제나 얘기하는 사람들이 두세 명 있었어요. 하루 종일 보면서 사람들 얘기를 듣다 보니 곧 사람들의 말을 알아듣기 시작했어요. 첫날 그 가족 맏아들의 몸짓을 보고 그 아이가 어머니에게 저를 돌보는 일을 맡아도 되냐고 묻는 것까지 알아들었다니까요. 결국 어머니가 허락했는데 나중에 알고 보니 슬프게도 그 장난꾸러기는 가족들 중에 까먹기를 제일 잘했어요. 그애는 시도 때도 없이 제 물통 채우는 걸 까먹었고 녀석이 그 사실을 알아차릴 때까지 전 하루 종일 갈증에 시달렸죠. 그애는 자신의 실수를 깨닫고는 정말 미안해했지만 저한텐 아무 도움도 되지 않았어요.

그 집에 왔을 때 처음에 전 무척 당황했어요. 어마어마한 대가족인 것 같았거든요. 하루 종일 제가 보지 못한 새로운 남자들과 여자들, 아이들이 끊임없이 도착했어요. 어떤 사람들은 말을 타고 왔고, 어떤 사람들은 걸어서, 어떤 사람들은 마차를 타고 왔죠. 그들은 식당에서 식사를 했고 밤에는 위층에 있는 침실에서 잠을 자곤 했어요. 그러고는 다시 집을 떠났고 다른 사람들이 빈 자리를 채웠어요. 항상 누군가는 도착하고 누군가는 떠났지요.

그때 전 이 사람들 모두가 가족은 아닐 거라고 생각하게 됐고 새 주인이 친구가 참 많다고 추측했어요. 어느 날 푸른머리되새가 저의 어리숙함을 깨우쳐 주지 않았다면 얼마나 오랫동안 그렇게 믿었을지는 신만이 아실 거예요. 그날은 따스한 오후였고 퇴창의 창문이 열려 있었어요. 푸른머리되새 한 마리가 부리에 말털을 물고 왔다 갔다 하는 게 보였어요. 그 새는 마당에 있는 사시나무들 중 한 그루에 둥지를 트느라 바빴어요. 전 가족을 떠난 후 새와 얘기를 나눈 적이 없었기에 푸른머리되새에게 신호를 보냈고 그 새가 창문으로 가까이 오자 잠깐 얘기를 나눴어요.

제가 말했죠. '여긴 진짜 웃긴 집인 것 같아요. 온종일 집을 들락거릴 만큼 친구가 많은 주인 남자의 정체가 뭘까요?'

푸른머리되새가 웃었어요. '세상 물정을 하나도 모르는 걸 보니 누가 봐도 넌 새장에서 갓 태어난 새로구나. 그 사람들은 네 주인의 친구들이 아니야. 여긴 가정집이 아니란다. 이곳은 사람들이 돈을 내고 잠을 자고 식사를 하는 호텔이야. 매일 오후 5시에 덜컹거리면서 마당으로 들어오는 큰 마차를 못 봤니? 그건 북부에서 오는 마차야. 그리고 아침 일찍 오는 건 남부에서 오는 야간 마차란다. 마차의 말을 교체하는 거 못 봤니? 여긴 마차들이 단골로 찾

는 호텔이야. 이 시골 지역에서 가장 붐비는 곳 중 한 곳이지.'

전 곧 어머니의 품에서 벗어나 처음 겪게 된 이 모험이 저에겐 정말 행운이라고 생각하게 됐어요. 운이 좋게도 새장에 사는 새라면 누구나 부러워할 만한 곳에 오게 됐으니까요. 전 기분 좋게 북적거렸던 그 호텔을 즐겁게 떠올리곤 해요. 새장에 사는 새라면, 초록빛 숲과 탁 트인 하늘을 나는 자유로움을 누릴 수 없는 새라면, 이렇게라도 세상과 가까이 지내는 게 좋잖아요. 거긴 분명히 그런 곳이었어요.

거기선 항상 새로운 일이 일어났죠. 남자들은 호텔 앞 길을 통해 더 큰 도시로, 외국 땅으로 가기도 했어요. 그 길은 일곱 바다로 항해하는 배들이 출항하는 커다란 항구로 이어지는 중요한 도로였거든요. 오고 가는 나그네들이 각지에서 새로운 소식을 가져왔고 매일 오는 마차들은 항상 동, 서, 남, 북쪽에서 발간된 신문을 가져왔어요.

제 작은 새장에서 목격한 건 이게 전부예요. 여름이 되자 사람들은 매일 아침 절 문 바깥쪽 옆 벽 높은 곳에 두곤 했어요. 거기 있으면 길 먼 곳까지 볼 수 있었어요. 다른 사람보다 훨씬 먼저 마차가 오는 걸 알 수 있었죠. 날씨가 가물 땐 아주 먼 곳에서 피어나는 먼지 구름을 보고 마차들이 오는 걸 알 수 있었어요. 그러면 전 제가 만든 특별한 노래를 불렀답니다. 그 노래는 '여보세요, 나와 보세요, 마차가 와요' 이렇게 시작됐어요. 호텔에서 일하는 종업원들과 짐꾼들은 노래 가사를 이해하진 못했지만 모두들 곧 멜로디는 알아듣게 됐어요. 그들은 제 노랫소리가 들리면 몇 분 후 마차가 도착한다는 걸 알고 곧 손님 맞을 준비를 했답니다. 종업원들은 마지막으로 식당의 식탁을 살폈고 짐꾼들은 작고 큰 여행가방들을 가지러 문으로 갔어요. 마구간지기들은 마당 문을 열고서 지친 말들이 들어오면 쌩쌩한 말들로 교체할 준비를 했답니다. 조용하고 나른한 오후에 '여보세요, 나와 보세요, 마차가 와요'라고 노래 한 곡 불렀을 뿐인데 호텔이 별안간 북적거리면서 활기 넘치게 되다니 전 아주 짜릿했어요. 저는 이런 식으로 세상과 연결됐을 뿐 아니라, 어떤 의미로는, 세상의 구성원으로서 적극적으로 참여한 셈이죠. 전 비록 새장에 살았지만 호텔의 구성원으로서 책임감을 느꼈거든요.

새장에서 사는 새에게 중요한 다른 한 가지는, 사람들을 좋아해야 한다는 거예요. 행복하게 살고 싶다면 말이에요. 들새들은 사람을 두려운 존재로만 여기고 돌이나 콩이 다 똑같듯 사람들도 다 똑같을 거라고 생각해요. 하지만 사람들은 그렇지 않잖아요. 각기 다르죠. 참새나 카나리아가 서로 다른 것처럼 사람들도 굉장히 달라요. 하지만 들새들에게 그 사실을 믿게 할 방법이 없어요.

그 호텔에서 살게 된 후 얼마 지나지 않아 저에겐 정말 좋은 친구들이 많이 생겼어요. 사람 친구들이요. 특히 기억나는 사람은 북쪽에서 야간 마차를 몰고 오던 나이 든 남자예요. 그 남자는 아주 유명한 마부였어요. 사두마차를 아주 능숙하게 몰았죠. 그 남자는 매일 저녁 그 멋진 사두마차를 타고 느릿느릿 마당으로 들어

와서는 마부석에서 저를 불렀어요. '안녕, 피프!' 그리고 긴 채찍을 휘둘렀는데 총알 날아가는 소리가 났어요. 곧이어 말구종들이 달려 나와 말을 교체하고 마구를 반질반질하게 닦고 가죽 끈에 튄 진흙을 씻어 냈지요. 벌처럼 바쁘게 움직이면서 다음 여정을 위해 모든 걸 깔끔하게 준비했어요. 저는 잭이라는 이름의 그 멋지고 유쾌한 마부를 위해 또 노래를 지었어요. 그리고 매일 저녁 마부가 채찍을 휘두를 때마다 전 마차 주변에서 일하느라 바쁜 마구간지기 소년들을 격려하기 위해 그 노래를 불렀어요. 노래는 마구가 딸랑거리는 소리나 쉬쉬-쉬쉭-쉬식 하고 말털 빗질할 때 나는 소리랑 비슷했고 '잭! 휙!' 하고 갑자기 날카로운 소리를 내면서 끝났죠.

잭은 언제나 주머니에 각설탕을 가져와서 저에게 줬어요. 까먹는 법이 없었죠. 저녁 먹으러 가는 길에 각설탕을 새장 속에 넣고 어제 준 건 꺼내 갔어요. 북쪽에서 야간 마차를 몰고 오는 마부 잭이야말로 제 가장 좋은 친구 중 한 명이었어요."

6장

계속되는 모험

앞서 말한 대로 피피넬라의 생애는 굉장히 긴 이야기이다. 그리고 이 책은 박사가 겪은 모험 이야기를 엮은 책이므로 캐러밴에서 콘트랄토 카나리아가 둘리틀 박사 식구들에게 들려준 이야기를 그대로 옮기는 것보단, 내가 나머지 이야기를 정리해 적는 게 더 현명할 듯하다.

짧은 생애 동안 짜릿한 경험을 그렇게 많이 해 본 이는 새장 안 새들 중에도, 사람들 중에도 드물었다. 호텔에서 아주 행복하게 지내던 카나리아는 자신의 영토로 돌아가는 길에 그곳에 들른 한 귀족에게 팔려 갔다. 아주 멋진 성에 도착한 카나리아는 그 귀족의 아내에게 전해졌고 높은 탑 꼭대기에 있는 귀족 부인의 안방에서 몇 주 동안 살았다.

카나리아는 이곳에서 호텔에서 겪었던 생활과는 딴판인 삶을 접하게 되었다. 커다란 은색 새장에서 지내게 된 카나리아는 귀족부인 주변에 많은 문제가 있다는 걸 알게 됐다. 그 귀족(후작이었다.)은 도시 전체와 석탄 광산, 공장 등 끝없이 넓은 땅을 소유하고 있었다. 피피넬라가 사는 안방의 마님인 그 친절한 후작부인은 불행했다. 카나리아는 그녀의 기운을 북돋워 주려고 북쪽에서 야간마차를 몰고 온 나이 든 마부 잭을 위해 만든 노래 '마구가 댕그랑'과 종업원을 부르는 즐거운 노래 '여보세요, 나와 보세요, 마차가 와요'를 불렀다.

카나리아는 공장 지역과 광산에서 폭동이 일어났다는 소문을 들었다. 일꾼들이 불만을 품고 있었다. 후작과 후작부인이 성을 비운 어느 날, 성으로 몰려온 군중들이 약탈을 자행했고 불을 질렀다. 영토에 있던 개와 말은 일꾼들에 의해 구조됐지만 불쌍한 피피넬라는 그렇지 못했다. 수십 미터 높이의 탑 창문 밖에 걸린 은색 새장 안에 있었던 피피넬라는 일꾼들 눈에 띄지 않았고 불타는 건물 벽에 그대로 남겨져 있었다. 도망칠 수 없었던 피피넬라는 성 전체로 느릿느릿 번지는 불길을 바라보았다.

그런데 구조 기회가 거의 사라진 것 같았던 그 순간 골짜기에서 북 울리는 소리가 들렸다. 폭동을 진압하고 영지를 구하기 위해 보병 연대가 파견된 것이었다. 일꾼들은 도망쳤다. 불이 꺼졌고 처참하게 불타 버린 건물에 남겨진 유일한 생명체였던 피피넬라는 병사들에게 구조되었다.

극적으로 구조된 피피넬라는 그 후 연대의 마스코트가 되어 연대가 가는 곳이면 어디든 함께 여행했다. 살아 있는 카나리아는 행운을 가져다 줄 아주 중요한 존재라며 특별한 대접을 받았다. 퓨질리어(피피넬라가 함께 다닌 연대 이름) 연대가 폭동과 소요를 진압하기 위해 주변 여러 소도시를 다니는 동안 새장 속 피피넬라 역시 짐마차의 꼭대기에 앉아 이곳 저곳을 다녔다.

이 기간 동안 카나리아는 또 다른 노래를 작곡했는데 자신이 아주 좋아하게 된 병사들을 위한 행진곡이었다. 노래는 "오, 나는 작은 마스코트, 나는 깃털 달린 퓨질리어"라는 노랫말로 시작됐다.

어느 날 일꾼들이 일으킨 봉기를 진압하러 파견된 연대에게 무기를 지니지 않은 군중을 향해 발포하라는 명령이 내려졌다. 병사들은 드러내 놓고 명령에 저항하지는 않았다. 하지만 일꾼들을 불쌍하게 여긴 병사들은 스스로 패배를 선택했다. 연대의 마스코트인 피피넬라를 태운 짐마차가 포위되었고 연대의 애완동물이었던 콘트랄토 카나리아의 처지는 내기에서 이긴 어느 일꾼의 소유물로 바뀌었다.

얼마 후 싸움에서 진 퓨질리어를 돕기 위해 파견된 새로운 군대에 의해 이 소도시가 포위되었고 그 일꾼은 탈출을 시도했다. 그는 친구 한 명과 피피넬라를 데리고 떠났는데 보초선을 통과하다가 총에 맞고 말았다. 그는 총 맞은 몸을 이끌고 수 킬로미터를 더 갔지만 결국 목숨을 잃었고 카나리아의 소유권은 그의 친구에게 넘어가게 됐다.

피피넬라의 새 주인은 석탄 캐는 광부였는데 그는 이웃 소도시로 간 다음 갱에서 일자리를 구할 작정이었다. 그는 어느 식료품상에게 마차를 태워 달라고 애원한 끝에 마침내 목적지에 다다랐다.

이어지는 이야기는 굉장히 낯설고 애절하다. 사람들이 일하는 지하에 카나리아를 두는 건 광산에서 흔히 있는 일이었다. 사람들은 카나리아를 갱도나 굴에서 일하는 일꾼들의 머리 위 천장에 매달아 두었다. 광부들을 큰 위험에 빠뜨리는 치명적인 가스가 굴 천장에서 새어 나온다는 생각에서 비롯된 관습이었다. 새들의 행동이 광부들에게 위험이 닥친다는 경고로 받아들여진 것이다.

그 어둡고 우울한 곳에서 생활한 지 몇 주가 지났을 때 피피넬라는 갱도를 찾아온 나이 많은 여자 한 명을 보았다. 탄광 속 카나리아의 존재에 관심을 보인 노부인은 녀석을 살 수 있는지 물었다. 그녀는 비싼 값을 제시했고 카나리아의 주인은 큰돈을 벌 기회가 오자 좋아서 펄쩍펄쩍 뛰었다. 노부인은 피피넬라를 데리고 집으로 갔고, 새롭고 더 밝은 삶이 다시 시작되었다.

어느 봄날, 로지 아줌마(피피넬라는 새 주인을 그렇게 불렀다.)는 자신이 기르는 카나리아가 짝을 맺고 새끼를 낳아 길러야 한다고 생각했다. 그 지역 가축 시장에 간 그녀는 아주 똘똘하게 생긴 수컷 카나리아를 사서 피피넬라에게 소개시켰다. 피피넬라는 박사에게 그 수컷 카나리아는 굉장히 어리석긴 했지만 배려심이 깊은 성격이었다고 말했다. 그런데 그 수컷 카나리아의 가장 놀라운 점

그는 늦도록 앉아서 글을 쓰곤 했다.

은 바로 목소리였다. 피피넬라는 자신이 새들의 목소리를 잘 판단한다고 생각했다.(실제로 그랬다.) 피피넬라는 박사에게 테너 카나리아들의 목소리들 중에 자신의 첫 남편만큼 좋은 목소리는 한 번도 들어 본 적이 없다고 장담했다. 그 수컷 카나리아의 이름은 트윙크였다.

피피넬라와 트윙크가 낳은 튼튼한 새끼 카나리아들이 다 자라는 동안 몇 주의 시간이 조용히 흘러갔다. 충분히 자란 새끼들은 로지 아줌마의 친구들에게 보내졌다. 피피넬라와 남편은 또다시 둘만 남게 되었다.

피피넬라가 자신의 삶에 가장 큰 영향을 미친 남자를 알게 된 건 바로 로지 아줌마의 집에서였다. 그는 창문닦이였다. 피피넬라의 새장은 항상 창가에 걸려 있었다. 그 남자는 창문을 닦는 동안 카나리아에게 휘파람을 불어 주었고, 피피넬라도 그 남자에게 지저귀곤 했다. 피피넬라는 그가 평범한 사람이 아니며 단지 생업을 위해 창문닦이 일을 하고 있다는 걸 단번에 짐작했다. 로지 아줌마는 인정이 많았지만 싫증을 잘 내는 여자이기도 했다. 그녀는 창문닦이에게 피피넬라를 공짜로 주었고, 그건 피피넬라에겐 오히려 기쁜 일이었다.

피피넬라는 트윙크 곁을 떠나는 게 전혀 슬프지 않았다. 트윙크는 세상에서 가장 훌륭한 가수이긴 했지만 몹시 따분한 남편이었기 때문이다. 피피넬라는 크게 기뻐하며 창문닦이와 함께 떠났다.

피피넬라의 새로운 안식처는 낯선 곳이었다. 창문닦이는 낡고 고장 난 풍차 안에서 살았다. 그는 먹고살기 위해 창문을 닦느라 낮에는 대부분 집을 비웠다. 그리고 밤에는 늦도록 글을 쓰곤 했다. 그는 글 쓰는 걸 숨기려 했고 작업을 마치면 언제나 마룻바닥 밑에 있는 구멍 속에 원고를 숨겼다.

어느 날 그가 평상시처럼 일을 하러 나갔다. 봄이 다시 찾아왔고 창문닦이는 피피넬라의 새장을 풍차의 창문 밖에 박힌 못에 걸어 두었다. 새장은 땅에서 6미터쯤 위에 걸려 있었다. 평상시라면 돌아올 시간이었지만 그는 나타나지 않았다. 어둠이 내렸는데도 여전히 돌아오지 않았다. 이틀이 지났지만 창문닦이는 돌아오지 않았다.

물론 피피넬라가 받은 모이는 바닥난 지 오래였다. 피피넬라는 주인에게 무슨 일이 생긴 게 분명하며 주인은 내내 혼자 살았으므로 이제 자신이 굶어 죽는 건 시간문제라고 생각했다.

그런데 셋째 날 새벽에 거센 폭풍우가 몰아쳤고 풍차 탑의 못에 걸려 있던 카나리아의 새장이 바람에 날려 땅으로 추락했다. 새장은 반으로 쪼개졌다. 카나리아는 다치지 않았다. 그리고 동쪽에서 여명이 밝아올 즈음 피피넬라는 문득 자신이 생전 처음으로 자유의 몸이 됐다는 걸 깨달았다.

7장

자유

피피넬라는 박사에게 그 자유가 의미하는 바를 설명하는 데 시간을 할애했다. 처음에 녀석은 대단히 기뻐했다. 가고 싶은 곳은 어디든 갈 수 있고 좋아하는 것은 뭐든 할 수 있었다. 하지만 새장에서 태어나고 자란 피피넬라는 바깥세상을 경험하지 못한 새들이 탁 트인 세상에서 살게 될 때 편안함을 누리기보다는 위험에 처하기 쉽다는 사실을 곧 알게 됐다. 피피넬라는 다른 새들처럼 생울타리 사이로 지나가다가 날개가 블랙베리 나무 덤불에 엉키고 말았다. 고양이와 족제비, 매에게 쫓겼고 어디에서 나무 씨앗을 구해야 할지 몰랐으며 짧은 거리만 날아도 몹시 피곤했다. 녀석은 땅과 하늘에 있는 적들의 눈을 피하기 위해 풍차 탑에 있는 구멍 안에 웅크린 채 대부분의 시간을 보냈다.

그때 방울새가 나타났다. 기억하겠지만, 피피넬라는 카나리아와 방울새의 교배종이었다. 피피넬라가 매에게 쫓기는 걸 본 방울새는 그 위험한 적의 관심을 자신에게 돌려서 피피넬라가 목숨을 구하도록 도와줬다. 한적하고 아름다운 봄날 저녁 방울새는 피피넬라와 부부가 된 후, 야생동물들이 어떻게 살아가야 하는지 알려 주겠다고 피피넬라에게 제안했다. 피피넬라는 가슴이 뭉클해졌다. 이 방울새는 생명의 은인이었다. 피피넬라는 방울새와 함께 떠났다. 그들은 둥지를 틀고 새끼들을 길렀다.

그들은 자신들의 사랑에 어울리는 둥지를 틀기에 적당한 장소를 찾아 여러 곳을 돌아다녔다. 피피넬라가 남편이 그 유명한 멜로디, 훗날 피피넬라가 불러 사람들에게 잘 알려지게 된 그 곡을 흥얼거리는 걸 들은 게 바로 이 시기였다. 당시 카나리아는 그 노래에 '봄날 방울새의 사랑 노래'라는 제목을 붙였다. 한편 방울새는 아내에게 새장 속 새들이 모르는, 야생에서 살아남기 위해 필요한 모든 기술을 가르쳤다.

피피넬라가 박사에게 설명한 것처럼 목가적인 날들이었다. 하지만 비극과 슬픔이 그들 앞에 드리워졌다. 둥지를 트는 데 필요한 것들을 찾다가 돌아온 어느 날 저녁(그들은 부드러운 파도가 밀려오고 모래 해변 너머 야생화가 핀 덤불이 늘어진 작은 만에서 자신들의 안식처에 딱 맞는 장소를 찾아냈다.) 피피넬라는 남편이 다 자란 암컷 방울새와 대화하는 걸 보았다. 그리고 이내 자신의 결혼 생

"제 날개가 모두 블랙베리 나무 덤불에 뒤엉키고 말았어요."

"우리 셋은 꽃이 핀 산사나무 덤불에서 쉬었어요."

활이 끝났다는 걸 직감했노라고 박사에게 말했다. 하지만 피피넬라는 숙녀답게 행동했고 방울새 처녀에게 소개되자 예의 바르고 공손하게 처신했다. 밤이 되자 세 마리 새는 꽃이 핀 산사나무 덤불 끄트머리에 앉아 쉬었다. 피피넬라는 아무도 자신을 원하지 않는다는 걸 깨달았다. 어차피 자신은 교배종이고 새장 속 새일 뿐이었다.

피피넬라는 아주 일찍, 새벽빛이 친구들을 깨우기 전에 조용히 산사나무 덤불을 떠나 해변으로 향했다. 그리고 모래 해변에 앉아 모든 걸 잊고 새로운 삶을 시작하기 위해 외국 땅으로 날아가기로 결심했다.

이때 피피넬라는 야생 속 삶, 새장에서 자란 새에게 많은 위험을 초래하는 자유로운 삶에 이미 넌더리를 내기 시작했다. 자신의 옛 친구, 창문닦이를 찾고 싶었다. 그는 죽지 않았을 수도 있다! 그리고 그가 살아 있다면 아마 피피넬라가 필요할지도 모른다. 피피넬라의 모성 본능이 되살아났다. 피피넬라는 암컷 방울새에게 마음을 빼앗긴 남편을 떠나기로 결심했다. 그리고 바다 건너 외국 땅을 구석구석 찾아보면 옛 친구를 만날 수 있을지도 모른다고 생각했다. 그를 만나면 자신이 태어나서 줄곧 행복하게 지낸 새장 속 삶으로 돌아갈 것이다.

이때부터 카나리아의 이야기는 기나긴 모험의 연속이었다. 들새들이 가진 지리와 비행 지식 없이 바다를 건너는 건 당연히 그 자체로 무모한 시도였다. 게다가 피피넬라는 아직까지 긴 거리를 비행할 만한 인내심이 없었다. 시야에서 육지가 사라질 때마다 길을 잃었고 곧 지쳐 버리고 말았다. 녀석은 지나가던 마도요가 가장 가까운 육지까지 어떻게 가는지 방향을 알려줄 때까지 물에 둥둥 떠다니는 모자반 위로 몸을 피했다.

마도요의 설명에 따라 카나리아는 마침내 에보니 섬에 도착했다. 그곳은 밀림으로 덮인 산악지대로 사방이 수평방킬로미터 밖에 안 되는 땅이었다. 카나리아는 피로가 가시자 섬을 살펴보고는 그곳이 살기 좋은 곳이라고 생각했다. 피피넬라는 토종 새들, 그러니까 피피넬라의 사랑을 받으려고 다투는 수컷 핀치들에게 친절한 대우를 받았다. 하지만 신뢰를 저버린 남편 때문에 여전히 비탄에 잠겨 있었던 피피넬라는 누구에게도 마음을 주지 않았다. 자신이 어디서 왔는지조차 이야기하지 않은 채 그 섬에 사는 새들 사이에서 신비로운 여인으로 남아 있었다.

카나리아는 아름다운 새 노래를 작곡하며 시간을 보냈다. 그런데 여러 주가 지난 후 피피넬라는 자신이 만든 새로운 노래가 모두 슬프다는 사실을 깨달았다. "여보세요, 나와 보세요"와 같이 명랑하거나 "나는 작은 마스코트예요"와 같이 신나는 노래가 하나도 없었다. 왜 그런가 생각해 보니 자신이 여전히 친구인 창문닦이 때문에 슬퍼하고 있기 때문이었다. 섬 주변을 날 때면 항상 그가 가까이 있거나 자신이 오기 전에 그가 여기 머물렀을 것 같은 이상하고 설명할 수 없는 느낌이 들었다.

섬을 막 떠나려는 그 순간 피피넬라는 섬의 언덕 꼭대기에 서 있는 기둥에 창문닦이가 예전에 쓰던 걸레가 묶여 있는 걸 발견했다. 피피넬라는 그게 자신의 옛 친구가 창문을 닦을 때 쓰던 걸레라는 걸 확신했다. 그 걸레에 대해 속속들이 알고 있었는데 찢어져 꿰맨 흔적의 위치가 정확히 그 걸레와 일치했던 것이다.

피피넬라는 이 신호소(이 천은 지나가는 선박의 주의를 끌기 위해 깃발로 걸어 둔 게 분명했기 때문이다.)의 주변 지역을 샅샅이 뒤진 끝에 옛 친구가 머물렀던 동굴과 친구의 다른 흔적들을 찾아냈다.

피피넬라는 옛 친구가 탄 배가 난파된 후 이 섬에서 조난을 당한 게 분명하다고 생각했다. 이제 뭘 해야 하지? 저 멀리 서쪽으로 향하는 배가 눈에 들어왔다. 피피넬라는 항해에 대해 아무것도 몰라서 겁이 났다. 하지만 저 배를 따라가면 육지에 닿을 거라고 확신했다. 어쩌면 마지막으로 친구를 본 잉글랜드로 돌아갈 수 있을지도 모른다.

피피넬라는 길을 떠났다. 그런데 섬의 해변을 떠나자마자 폭우를 동반한 돌풍이 불어와 녀석을 바람에 날리는 잎새처럼 배를 지나 저 앞으로 날려 버렸다. 목숨을 부지하려는 피피넬라에게 남은 단 하나의 희망은 아직 시간이 있을 때 배로 몸을 피하는 것이었다. 피피넬라는 그렇게 했고 이내 선원 한 명에게 붙잡혔다. 새장에 갇힌 피피넬라는 배에 있는 이발소에 놓였다. 그곳엔 카나리아가 한 마리 더 있었는데 그 카나리아는 피피넬라에게 배에 관해 떠도는 온갖 소문을 말해 주었다.

이 새로운 생활은 나쁘지 않았다. 모두가 피피넬라에게 잘 대해 주었고, 피피넬라는 승객들이 면도를 하고 머리카락을 자르는 이발소에서 일어나는 일들을 구경하느라 지루할 틈이 없었다. 이 기간 동안 피피넬라는 다른 카나리아에게 노래를 가르쳤고 '면도날 이중창'이라는 신나는 노래도 작곡했다. 그 노래는 면도날을 갈 때 나는 소리와 비누 거품 컵에 담긴 면도솔이 달랑거리는 소리를 흉내 낸 것이었다. 이중창을 할 때면 피피넬라가 콘트랄토를, 다른 카나리아가 소프라노를 맡았다.

여전히 피피넬라는 탈출해서 옛 친구인 창문닦이에게 돌아가고 싶어 했다.

어느 날 바다에서 발견된 뗏목 때문에 배 갑판이 떠들썩해졌다. 배의 항로가 바뀌었고 뗏목을 타고 있던 조난자(그 사람의 얼굴은 텁수룩한 수염으로 뒤덮여 있었고 몸에 이상한 누더기를 걸치고 있었다.)는 구출되어 갑판으로 인도되었다. 조난자는 극도로 탈진한 상태였고 배의 의사가 그를 곧장 침대로 옮겼다. 며칠 동안 피피넬라와 승객들은 그를 더 이상 보지 못했다.

일주일이 지난 후 그가 이발소에 와서 텁수룩한 수염을 밀었다. 면도를 마친 그를 본 피피넬라는 단번에 그가 옛 친구, 창문닦이라는 걸 알아챘다! 옛 친구가 이발소를 나설 때 피피넬라는 그의 귀에 대고 미친 듯이 익숙한 휘파람을 불었고 창문닦이 역시 녀석의 목소리를 알아챘다.

얼마간의 논란과 확인 절차를 통해 창문닦이가 피피넬라의 주인이라는 사실이 밝혀진 후 녀석은 창문닦이의 선실로 옮겨졌다.

면도날 이중창

부랑자 한 명이 어깨 너머를 살피며 가까이 다가왔다.

선실에서 창문닦이는 자서전을 쓰기 시작했고 피피넬라는 생전 처음으로 자신의 삶에 대한 노래를 지어야겠다는 생각을 하게 됐다. 박사가 피피넬라를 캐러밴으로 데려왔을 때 녀석이 박사에게 불러준 노래가 바로 멜로디를 붙인 자신의 전기였다.

배가 이웃 항구에 도착하자 창문닦이는 자신과 피피넬라를 잉글랜드로 다시 데려다줄 배를 찾기 위해 해변으로 갔다.

마침내 그들은 고국 해변에 닿았고 창문닦이는 곧장 풍차로 향했다. 그는 카나리아의 새장을 밖에 둔 채 자신의 옛 집으로 들어가는 길을 찾기 위해 뒤쪽으로 돌아갔다. 그런데 그가 자리를 비운 사이 부랑자 한 명이 나타나 피피넬라의 새장을 누더기 코트 아래 숨긴 다음 창문닦이가 돌아오기 전에 떠나 버렸다.

그리하여 가장 극적이고 기이한 상황에서 옛 주인과 해후한 피피넬라는 오랫동안 함께 행복한 시간을 보냈던 옛집에 돌아온 바로 그 순간 다시 그와 헤어지게 되었다.

훌륭한 콘트랄토 카나리아 피피넬라는 몇 번 더 주인이 바뀐 후 동물 가게에 팔렸고 거기서 매슈 머그가 박사의 심부름으로 녀석을 사게 된 것이었다.

8장

존 둘리틀 박사의 명성

그때 오랫동안 뭔가 말하려고 꼼지락대던 거브거브가 창문닦이가 처음 풍차를 떠나고 나서 어떻게 됐는지, 어떻게 뗏목을 타고 바다에 둥둥 떠다니게 됐는지 알고 싶다고 말했다. 그러자 지프와 대브대브가 녀석에게 조용히 하라며 제발 피피넬라가 직접 얘기하도록 내버려두라고 애원했다.

"사실상 그게 이야기의 전부예요. 나머진 동물 가게에서 일어난 일들이죠."

"흐음! 살면서 참 많은 일을 겪었구나." 박사가 두 시간이 넘도록 멈추지 않고 빠른 속도로 글을 써서 경련이 일어난 손을 뻗으며 중얼거렸다. "피피넬라, 별거 아니긴 하지만 적어 두고 싶은 게

“노래를 들으니 이슬 맺힌 꽃양배추가 떠올랐어요.”

한두 가지 더 있단다. 그 노래를 다시 불러 줄래? 글로 기록해 두고 싶어. 멜로디는 이미 적어 뒀지. 방울새의 사랑 노래 말이야."

"물론이죠. 하지만 제 목소리는 예전 같지 않아요."

카나리아가 노래를 부르기 위해 고개를 젖혔을 때 매슈 머그가 캐러밴에 들어왔다. 박사가 조용히 하라는 신호를 보내자 매슈는 탁자에 자리를 잡고 귀를 기울였다.

작은 콘트랄토 프리마돈나가 짧지만 전율이 이는 노래의 첫 부분을 트레몰로로 속삭이듯 부르는 순간 식구들 모두 넋을 잃고 말았다. 피피넬라는 노래할 때 큰 소리로 내지르는 법이 없었다. 노래는 마치 멀리 떨어진 곳에서 목소리를 낮추고 콧노래로 부르는 자장가처럼 내내 은은하고 부드러웠다. 피피넬라는 멀어져 가는 듯했고 마법에 걸린 숲에서 무언가 찾아 헤매는 듯했다. 희망차다가도 다시 슬퍼졌고 멀어지다가도 가까이 있었다. 그 노래의 선율에는 이 세상의 신비와 아름다움이 모두 담겨 있었다. 노래는 조용해지고 부드러워졌으며 더 멀어지는 듯했다. 소리는 고음으로 향할수록 희미해져 갔고 마침내 가장 높은 음에서 거의 들리지 않는 종소리 같은 떨림으로 끝났다.

한동안 캐러밴에 정적이 흘렀다.

드디어 거브거브가 침을 꿀꺽 삼켰다. "대단해요! 노래를 들으니 달빛을 받아 희미하게 반짝이는 이슬 맺힌 꽃양배추가 떠올랐어요."

자신은 음악에 관심이 없다고 항상 말하곤 했던 매슈 머그, 사팔

뜨기 동물 먹이 장수도 존 둘리틀 박사에게 몸을 돌리며 말했다.

"박사, 이런 노래를 들어 본 사람은 한 명도 없을 거예요. 저 새는 놀라워요. 세상에! 이 새의 노래를 런던 공연에 집어넣는 게 어때요?"

"내가 지금 계획하는 게 바로 그거예요, 매슈. '카나리아 오페라.' 그 공연이야말로 우리 공연 중에 가장 멋진 공연, 지금까지 본 공연 중에 가장 예술적인 동물 공연이 될 것 같아요. 모든 게 다 있어요. 오페라의 줄거리는 피피넬라의 생애로 할 거예요. 이보다 더 훌륭한 극본은 있을 수가 없어요. 프리마돈나는 피피넬라 자신이지요. 우린 런던 사람들의 이목을 사로잡을 거예요."

매슈가 가슴을 쑥 내밀며 말했다. "두말하면 잔소리지요. 관객들이 어마어마하게 놀랄걸요. 다른 오페라 공연들은 다 망하겠어요."

박사가 말했다. "물론 합창단과 오케스트라, 무대 배경과 의상은 나중에 다시 의논합시다. 중요한 건 이거예요. 피피넬라의 목소리와 피피넬라의 이야기. 이 둘만 있으면 대단한 공연이 될 거예요."

거브거브가 꿀꿀거렸다. "그런데요, 박사님은 제가 맨날 끼어든다고 비난하시는데 이번엔 박사님이 그러고 있는걸요. 피피넬라 이야기가 아직 끝나지 않았잖아요. 전 피피넬라가 어떻게 해서 박사님이 녀석을 산 동물 가게로 가게 됐는지 알고 싶어요."

존 둘리틀 박사가 말했다. "네 말이 맞다, 거브거브. 미안하구나,

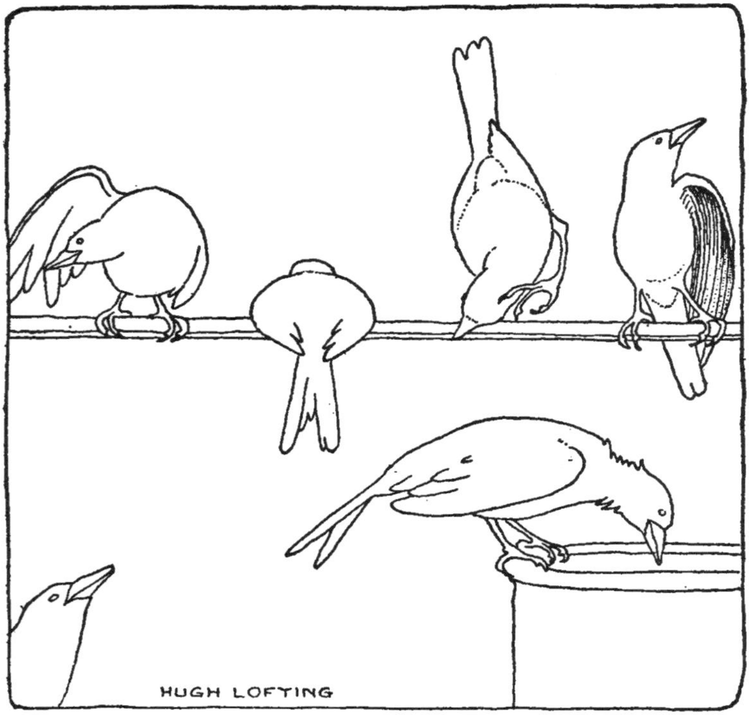

“‘그러게, 걔 옆에 있는 검은지빠귀 형편은 더 나빠.’ 다른 새가 말했어요.”

피피넬라야. 내가 너무 흥분했어. 매슈가 런던 공연에 대해 이야기하는 바람에 그렇게 됐네. 네 이야기를 계속하렴."

박사가 연필을 깎고 공책을 새 페이지로 넘기자 피피넬라가 담뱃갑 위로 올라가서 살아온 이야기를 이어 나갔다.

"이렇게 과거를 돌아보니 제가 박사님에 대해 들어 보지 못했다는 사실이 이상하게 느껴져요. 물론 제가 보통 들새였다면 박사님을 몰랐을 리 없죠. 하지만 살면서 산전수전을 다 겪는 동안 전 동물들보다는 사람들과 더 긴 시간을 보냈어요. 아까 얘기한 것처럼, 자유로웠을 때조차 다른 들새들과 섞여 지낸 시간이 길지 않았죠. 그렇다 하더라도 박사님의 이름을 아예 들어 본 적이 없다니 이상하긴 해요.

어느 날 전 그 동물 가게에서 낙심한 채 새장에 매달려 있는 더러운 홰에 앉아 창문닦이에 대해 생각하고 있었어요.(평상시처럼 창문닦이가 어떻게 지내고 있을까 궁금해했죠.) 그때 제 새장 속에 있는 다른 새들이 얘기하는 소리가 들리는 거예요.

지저분한 암컷 새가 다른 새에게 말했어요. '가게 맞은편에 있는 저 불쌍한 개똥지빠귀 좀 봐. 새장이 어찌나 작은지 잰 꼬리를 벽에 대고 구부리지 않으면 돌아서지도 못하겠어.'

다른 새가 말했어요. '그러게. 걔 옆에 있는 검은지빠귀 형편은 더 나빠. 재가 여기 온 후 새장을 한 번도 청소한 적이 없거든. 재도 아파.'

첫 번째 새가 말했어요. '박사님이 오시면 좋겠어. 난 이 끔찍한

곳에 정말 신물이 나.'

다른 새가 말했죠. '박사님이 오신다면 여기 있는 모든 짐승과 새, 물고기 중에서 널 고를 거라고 생각하는 거야? 박사님이 모든 동물을 다 살 거라고 기대하는 건 무리야.'

그때 먹이통에서 모이를 먹고 있던 몸집이 작고 꾀죄죄한 녀석이 다가오더니 부리에 모이를 가득 문 채 대화에 끼어들었어요.

'우리가 뭘 해야 하는지 말해 줄게. 존 둘리틀 박사님이 오시면, 박사님이 우리를 다 살 수는 없으니까, 제대로 운영될 만한 카나리아 가게를 차려 달라고 박사님께 부탁하는 거야.'

다른 새들이 물었어요. '그게 어떤 가게인데?'

몸집이 작은 암컷이 말했죠. '일단은 우리가 괜찮다고 생각하는 새장들만 쓰고 새장 안에 새들이 너무 많으면 안 돼. 하지만 가장 중요한 건 새들이 자기 주인을 고를 수 있어야 한다는 거야. 가게에 온 손님이 마음에 들지 않으면 그 손님에게 팔리지 않아도 되는 거지.'

'그런 말해 봐야 무슨 소용이니? 박사님은 오시지 않을 텐데. 내가 여기 일 년 넘게 있었지만 박사님은 한 번도 나타나지 않았어. 사람들이 그러는데 박사님은 동물 가게에 가는 걸 두려워하신대. 동물 가게 근처엔 얼씬하지도 않는다는 거야.'

'왜?' 작은 암컷이 물었어요.

'박사님은 보살핌을 받지 못하는 동물들의 모습을 차마 볼 수 없는 거야. 박사님이 나타나기만 하면 동물들 모두 자기를 사 달

"박사님의 키 큰 모자가 가게를 지나가는 게 보였어요."

라고 박사님한테 애원하면서 소리치거든. 물론 박사님은 그럴 수 없지. 돈이 충분치 않으니까. 박사님은 돈이 한 푼도 없대. 동물들의 말을 다 알아듣는 박사님이 동물들에게 아무 도움을 주지 못하니 동물 가게에 오면 기분만 우울해질 뿐이란 거지.'

몸집이 작은 암컷이 말했어요. '아직 몰라, 박사님은 언젠가 오실걸. 그리고 박사님이 오시면 날 사 달라고 박사님께 부탁할 거야.'

그때까지 전 대화에 끼어들지 않았어요. 수다를 떨기엔 너무 슬펐거든요. 사실대로 말하자면 그 새장에 들어간 후 전 입을 연 적이 없었어요. 그런데 이 이야기는 제 관심을 끌었죠.

'그 박사님이란 분이 대체 누구야?' 제가 물었어요.

새들이 모두 놀라서 절 쳐다봤지요.

'물론 둘리틀 박사님이지.' 카나리아 한 마리가 대답했어요.

'그분이 누군데?' 제가 물었어요.

몸집이 작은 암컷이 말했어요. '맙소사! 박사님에 대해 전혀 들어 보지 못하다니, 그게 가능해? 박사님은 이 세상에 단 한 명뿐인 진짜 수의사야. 카나리아부터 코끼리까지 모든 동물들의 말을 하시지. 이 세상에 박사님 이름을 들어 보지 못한 동물이 있는 줄은 몰랐는걸.'"

9장

런던 공연

“가게에 있는 무리의 이상한 대화에 어쩌다 합류한 후 전 곧바로 거기 있는 모든 동물들이 마음속에 희망 하나를 품고 있고, 그 희망이 바로 언젠가 박사님이 그 가게에 들어와 자신들이 박사님에게 팔리는 거라는 걸 알게 됐지요.”

“아아! 그럴 수 있으면 좋겠어. 하지만 네 친구들이 말한 건 사실이란다. 난 동물 가게 근처에 가는 게 두렵단다.” 박사님이 중얼거렸다.

피피넬라가 이야기를 계속했다. “흐음, 길었던 제 얘기는 이제 끝나 가요. 그 대화 후로 저 역시 무리의 희망에 동참했어요. 매일같이, 여러 주 동안, 저는 다른 새들처럼 박사님이 들어오는지 보려고 문을 바라봤어요. 박사님을 한 번도 본 적이 없지만 어느 날 박사님이 우연히 가게에 들어오게 되면 단번에 알아보려고 다른 새들에게 박사님의 생김새에 대해 물어봤답니다.

얼마 후 전 다른 새장으로 옮겨져서 창가에 놓이게 됐어요. 그리고 어느 날—그날을 절대 잊지 못할 거예요—박사님의 키 큰 모자가 가게를 지나가는 게 보였어요. 전 온갖 신호를 보냈지만 박사님은 보지 않았죠. 박사님은 동물들 눈에 띄는 게 싫어서 발걸음을 재촉했어요. 하지만 거기 있는 동물들의 절반은 이미 박사님을 알아봤죠. 박사님이 그냥 지나가자 전 다른 동물들처럼 낙심했답니다. 그때 박사님과 함께 있던 남자가 다시 온 거예요. 그 사람이 박사님의 조수라는 것과 박사님 대신 동물을 사러 왔다는 소식이 모든 새장과 우리로 전해졌어요. 하지만, 그 남자는 새의 말을 몰랐고 박사님께 가고 싶다는 제 뜻을 그 남자에게 이해시킬 방법이 없었어요. 그런데 마침내 박사님이 직접 나타났고 창문 안을 들여다봤어요. 전 있는 힘껏 소리를 질렀지만 유리창 너머 박사님에게 들릴 턱이 없었지요. 전 날개를 퍼덕여서 신호를 보냈어요. 그리고 박사님이 제 신호를 알아챘다는 걸 알았죠. 하지만 박사님은 그냥 가 버렸어요. 끔찍한 좌절감이 몰려왔죠. 그런데 그때 박사님의 조수가 가게로 다시 들어오는 거예요. 그 사람이 내 새장을 가리키면서 가게 주인에게 저를 사고 싶다고 말하는 순간 제가 얼마나 기뻤는지 박사님은 상상하지 못할 거예요. 나머지 얘기는 박사님이 아는 그대로예요. 박사님이 사지 않아 가게에 남겨진 다른 동물들이 참 안 됐어요. 아! 냄새가 지독한 곳을 떠나 저를 단지 파는 물건이 아닌 친구처럼 대해 주는 사람들이 있는 곳으로 돌아오게 되어 기뻐요."

피피넬라가 말을 마치자 잠시 침묵이 흘렀다. 공책에 콘트랄토 카나리아의 자서전의 마지막 부분을 적는 박사의 연필 소리만 들릴 뿐이었다.

마침내 박사가 입을 열었다. "흐음, 피피넬라, 놀라운 이야기야. 넌 정말 대단한 경험을 했구나. 누가 알겠니? 언젠가 우리가 서커스 공연으로 돈을 더 많이 벌게 되면 가게에 남겨 두고 온 네 친구들 말대로 카나리아들만의 가게를 열 수도 있겠지. 새장에 사는 새들이 자신의 주인을 고르지 말라는 법도 없잖니. 네 친구의 생각이 굉장히 좋은 것 같아. 어떻게 할지 한번 보자꾸나. 그리고 지금 너에게 부탁할 게 있는데… 매슈는 어디 갔지, 지프? 캐러밴에서 나가는 걸 못 봤는데."

"우리에 간 것 같아요." 지프가 말했다.

"그렇군." 박사가 다시 피피넬라 쪽으로 몸을 돌리며 말했다. "내가 머그 씨를 데려올 때까지 기다려 줄래. 너에게 부탁할 게 하나 있단다."

박사가 캐러밴을 나가자 거브거브가 한숨을 쉬었다. "아아! 이야기가 끝나서 너무 아쉬워."

흰쥐가 말했다. "끝나지 않았어. 피피넬라가 살아 있는 동안은 이야기가 끝난 게 아니야. 우린 과거 이야기를 들었을 뿐이잖아.

미래에 대한 이야기는 아직 남아 있어. 어쨌든 우리가 재밌는 이야기 속에서 살고 있다고 생각하는 게 안 그런 것보단 훨씬 좋잖아."

거브거브가 말했다. "응, 그런 것 같아. 예를 들면 스무 가지 요리가 나오는 식사를 생각해 봐. 내가 일상에서 먹는 점심이나 저녁보다 그게 훨씬 좋아. 진짜 인생은 별로 신나지 않는걸. 대부분 수육이랑 양배추, 쌀로 만든 푸딩을 먹는 게 다야."

"네 영혼은 참 낭만적이야. 음식, 항상 음식 타령이지!" 지프가 투덜거렸다.

거브거브가 말했다. "네가 관심만 있으면 음식에도 낭만이 가득하다는 걸 알게 될 텐데. 베르미첼리 미네스트로네(베르미첼리와 미네스트로네는 각각 이탈리아의 전통적인 파스타와 스프이다.—옮긴이)에 대해 들어본 적 있니?"

"아니, 그게 뭔데? 비누 이름이야?" 흰쥐가 말했다.

거브거브가 쏘아붙였다. "물론 아니야. 베르미첼리 미네스트로네는 시인이야. 음식에 관한 시를 쓴 유명한 시인이지. 타비 오크레와 결혼했어. 그 사람들은 사랑의 도피를 했단다. 하지만 타비 오크레는 비가 오나 눈이 오나 항상 베르미첼리 미네스트로네 옆에 있었어. 사람들은 타비 오크레가 개성이 뚜렷하지 않아서 누구하고나 잘 어울린다고 했지. 하지만 베르미첼리는 타비를 무척 사랑했고 그들은 아주 행복했어. 그 부부는 자식을 둘 뒀어. 필래프하고 마카로니였지. 미네스트로네는 훌륭한 남자였어. 그의 서재

“네 영혼은 참 낭만적이야.” 지프가 투덜거렸다.

엔 요리책밖에 없었지. 그 요리책들은 어른 아이 할 것 없이 다 볼 수 있고 모든 나라의 언어로 적혀 있었어. 그 사람은 아름다운 시도 썼지. 그가 쓴 스파게티 소네트랑 옥수수죽 설교, 감자 전분 판타지는 꼭 읽어 봐야 해. 그럼 음식에 낭만이 없다는 얘기를 다신 하지 못할 거야."

지프가 툴툴댔다. "시리얼 이야기였네. 지나치게 감상적인… 아, 박사님이 매슈와 함께 오는걸."

곧 서커스 단장인 둘리틀 박사가 조수인 머그 씨와 함께 캐러밴으로 다시 들어왔다. 회의 분위기를 조성하기 위해 들어오자마자 문을 닫고 탁자에 앉았다.

박사가 말했다. "자, 피피넬라, 나와 매슈가 말하는 걸 이미 들었겠지만, 너와 얘기하고 싶은 게 있어. 카나리아 오페라에 관한 거야. 네가 살아온 이야기는 정말 흥미로워. 뮤지컬 대본으로 손색없겠어. 아주 참신한 대본이지. 너도 알겠지만 우리는 런던에 있는 극장으로부터 초청을 받아서 거기서 공연을 할 거야. 우리는 뭔가 새롭고 멋진 걸 보여 주고 싶어. 카나리아 오페라야말로 우리가 생각하던 바로 그거야. 물론 네가 주역, 프리마돈나를 맡을 거야. 너와 함께 공연할 새들을 캐스팅해야겠구나. 특히 주요 배역은 목소리가 좋아야 해. 그리고 합창단을 구성할 새들도 필요해. 네가 우리를 도와줄래? 우리랑 같이 해 볼래?"

피피넬라가 머리를 갸웃한 채 잠시 생각에 잠겼다.

마침내 피피넬라가 말했다. "물론이죠. 기꺼이 하겠어요."

박사가 외쳤다. "좋아! 훌륭해! 그럼 매슈, 소도시에서 하기로 한 나머지 공연을 취소합시다. 그리고 준비가 되는 대로 런던 공연을 진행합시다."

10장

런던으로 향하다

계획한 것보다 일찍 런던에서 서커스를 시작할 거라는 사실이 알려지자 둘리틀 동물 식구들은 엄청나게 흥분했다. 맨체스터에서 보낸 황홀한 시간(거브거브는 온갖 사소한 것까지 끊임없이 떠올렸다.)조차 런던 방문과 비교하면 뒤로 밀릴 지경이었다.

"런던은 세상에서 제일 큰 도시야. 우리를 위해 이렇게 멀리까지 사람을 보내다니, 둘리틀 서커스단이 아주 중요해진 거지. 여왕님과 의회에서 일하는 사람들도 우리 공연을 보러 올지도 몰라."

전에 런던에 가 본 적 있는 지프는 지식을 뽐내고 싶어서 견딜 수 없었다. 지프가 런던의 놀라운 모습에 대해 들려주고 수백 가지 질문에 대답하는 동안 다른 동물들은 녀석을 에워싼 채 앉아 있었다.

그날 밤 매슈 머그는 길을 떠났다. 그는 런던에 있는 극단 단장들에게 보내는 편지를 주머니에 넣고 둘리틀 서커스단보다 먼저 공연 준비를 위해 출발했다. 둘리틀 박사는 퍼들비 팬터마임을 다시 연습해서 카나리아 오페라와 함께 런던 무대에 올리는 게 좋겠다고 생각했다. 만약 마지막 순간에 오페라를 공연하는 게 불가능하다고 판단되면 대신 팬터마임을 본 공연 차례에 올릴 수 있을 것이다.

거브거브, 대브대브, 투투와 세 마리 개 지프, 토비, 스위즐은 기다리는 며칠 동안 각자 배역과 춤을 점검했고 팬터마임을 처음부터 끝까지 막힘없이 기억하고 있는지 확인했다.

거브거브는, 실망스럽게도, 마지막으로 무대에 선 후 자신의 몸이 크게 변했다는 걸 깨달았다. 너무 뚱뚱해진 거였다. 의상을 입기가 힘들었을 뿐 아니라 처음 총연습을 할 때 의상 단추들이 사방팔방으로 날아가 버렸고 솔기 역시 우지직 소리와 함께 찢어져 버렸다. 심지어 녀석은 뒷다리로 걷는 게 거의 불가능하다는 걸 깨달았다. 상체에만 살이 쪄서 녀석의 상체가 너무 무거워진 탓이었다.

"박사님, 전 어떻게 하죠?" 거브거브가 눈물을 글썽거리며 물었다.

존 둘리틀 박사가 말했다. "흐음, 팬터마임 공연 때 연기를 하고

"박사님, 전 어떻게 하죠?"

싶으면 한 가지 방법밖에 없어. 넌 먹는 걸 조절해야 해."

"먹는 걸 조종해요? 뭘로요?"

"아니, 먹는 걸 조절해야 한다고. 무슨 말이냐 하면 특별한 것, 그러니까 살이 안 찌는 것만 먹어야 한다는 뜻이야."

거브거브는 고개를 떨궜다.

"그게 뭔데요?" 거브거브가 물었다.

"채소를 그만 먹어야 해. 죽 같은 걸 먹으렴."

"채소를 다 먹지 말라고요? 방풍나물도요? 감자는요? 순무랑 근대도요?"

박사는 거브거브가 말할 때마다 고개를 저었다.

"채소를 못 먹는 삶이 도대체 무슨 의미가 있죠?" 비참해진 거브거브가 물었다.

"무대냐, 채소냐. 그것이 문제로다." 스위즐이 지프의 귀에 속삭였다. "먹으면 아마도 꿈을 꾸겠지."

서커스단에 오래 일한 스위즐은 자신의 주인인 광대 호프가 무대에서 잘못 인용하곤 했던 셰익스피어의 유명한 말들을 많이 기억하고 있었다.

거브거브가 말했다. "그래야 할 것 같아요. 우리 배우들은 예술을 위해서라면 좋아하는 걸 포기해야겠지요. 공연을 끝내고 나서 더 먹으면 되죠, 뭐."

사흘 후 매슈 머그가 서커스단에 다시 합류했고 런던에서 모든 일이 만족스럽게 처리됐다고 말했다. 서커스단이 머무를 장소를 예약했으며 최대한 빨리 박사의 공연을 무대에 올리고 싶어 안달 난 단장들은 박사가 원하는 사소한 것들이 다 갖춰질 때까지 기꺼이 기다리기로 했다.

그리고 서커스단의 짐을 꾸리는 큰 작업이 시작됐다. 물론 이 도시에서 저 도시로 끊임없이 이동하는 삶을 살아 온 그들에겐 전혀 큰일이 아니었다. 하지만 이번 공연은 굉장히 특별한 경우였고 하루 빨리 런던에 도착하기 위해 매일 평상시보다 더 긴 거리를 이동하기로 예정되어 있었다.

처음 쉬기로 한 곳은 웬들미어였다. 박사는 자신의 캐러밴으로 하루 안에 그곳에 도착하기로 작정했는데 중간에 말을 교체하면 가능하다고 생각했다. 하지만 밤에 쉬지 않고 100킬로미터를 이동하는 건 당연히 다른 이들에게 너무 벅찼다. 차력사 헤라클레스는 다음 날 다른 마차를 타고 가기로 했다. 매슈는 박사의 캐러밴을 타고 여행하기로 했다.

다른 서커스 단원들이 거의 깨지 않은 이른 아침, 마구간의 말 중 가장 빠른 말이 끄는 둘리틀 단장의 캐러밴이 웬들미어를 향해 출발했다. 웬들미어까지 절반 정도 왔을 때 그들은 그곳 마을에 있는 여관에서 지친 말들을 전날 미리 보내 놓은 쌩쌩한 말들로 교체했다. 지친 말들은 그 다음 날 헤라클레스가 탄 마차가 올 때까지 푹 쉬도록 그곳에 남겨 두었다. 이 모든 건 서커스에 관한 한 세 사람 몫을 능히 해내는 매슈 머그가 미리 준비한 것이었다.

쌩쌩한 말 덕분에 땅거미가 진 후 얼마 지나지 않아 어렵지 않게 웬들미어에 도착한 이들은 교외 지역의 길과 경계를 이룬 잔디에서 밤 동안 야영을 했다.

대브대브가 저녁 식사를 위해 탁자를 놓고, 지프가 불을 피우기 위해 생울타리 주변에서 나뭇가지들을 찾느라 돌아다니고 있을 때 박사가 말했다. "이 소도시는 빵으로 유명해요. 웬들미어의 빵은 밴베리의 케이크나 멜튼모우브레이의 파이만큼 잘 알려져 있죠."

거브거브가 말했다. "박사님, 빵이라고 그랬어요? 매슈를 보내서 몇 개만 사오는 게 어때요? 이제 막 어두워졌으니 가게가 아직 열려 있을 거예요."

박사가 말했다. "빵은 몸매에 아주 안 좋아. 거브거브야, 늙은 광대 역을 하고 싶다면 지금은 빵을 먹어선 안 돼. 빵을 먹으면 엄청나게 살이 찔 거야."

거브거브가 한숨을 내쉬었다. "아, 세상에! 채소랑 빵, 모든 걸 먹을 수 없다니! 먹을 수 있는 게 죽하고 국물뿐이에요. 세상에! 이럴 수가! 공연이 끝나면 얼마나 먹어야 하는 건지! 도시마다 유명한 음식이 있다니 흥미롭지 않아요? 전 고기를 재활용해서 유명해진 곳에 대해 들은 적이 있어요. 그곳엔 호텔이 굉장히 많았는데 호텔들은 언제나 자르지 않은 새 고기를 원했답니다. 요리를 위해 쇠고기 채끝이나 양고기 등심을 쓴 다음 나머지는 재활용 고기를 취급하는 상인에게 보내지고, 그게 다시 판매되는 거죠. 신기해요."

"나라면 끔찍하다고 말하겠다. 넌 음식에 대해서는 심하게 많이 아는구나." 투투가 중얼거렸다.

거브거브가 뽐내듯이 말했다. "사실, 그래. 난 나중에 『식사의 역사』라는 책을 쓸 거야."

11장

런던에 도착한 캐러밴

오페라에서 주인공을 맡을 만큼 훌륭한 목소리를 가진 새를 어디서 구할지 피피넬라와 의견을 나눌 때, 박사는 피피넬라의 남편인 트윙크를 캐스팅할 수만 있다면 테너 남자 주인공으로 적격일 거라는 피피넬라의 생각에 동의했다. 하지만 트윙크를 찾을 수 있을 거라는 희망은 크지 않았다. 박사는 런던으로 떠나기 전 오페라 공연을 위해 트윙크를 빌릴 수 있는지 알아보기 위해 로지 아주머니의 집을 방문했지만 트윙크를 다른 곳에 줬다는 말을 들었다. 단서를 좀 더 추적하다보니 트윙크가 웬들미어에 있는 어느 동물 가게에 팔린 사실을 알게 되었다. 박사의 캐러밴이 런던으로 갈 때 다른 역마차들의 평소 경로에 비해 결코 짧지 않은 이 길을 택한 건 바로 이 때문이었다.

다음 날 박사는 매슈와 피피넬라를 데리고 웬들미어에 있는 동물 가게로 향했다. 존 둘리틀 박사는 트윙크에 대해 알아보기 위해 자신이 가게 안으로 들어가는 대신 매슈에게 피피넬라가 든 새장을 팔 아래 끼고 들어가도록 했다.

가게 주인은 체구가 작고 점잖은 사람이었고 자신이 아는 건 뭐든 기꺼이 얘기해 주었다. 하지만 동물 먹이 장수가 설명하는 그 새가 팔렸는지는 기억하지 못했다. 그는 지난 6개월 동안 노래하는 새들을 아주 많이 팔았고 그 많은 새 가운데 특정 새를 기억하는 건 아예 불가능하다고 말했다. 매슈와 피피넬라는 혹시 트윙크가 아직 가게에 남아 있는지 보려고 새장을 하나하나 둘러보았다. 피피넬라는 남편을 찾게 되면 매슈에게 어느 새가 남편인지 알리기 위해 크게 휘파람을 불기로 했다. 하지만 피피넬라가 예상한 대로 트윙크는 팔리고 없었다. 피피넬라는 다른 새 여러 마리에게 물어봤는데 녀석들은 트윙크를 아주 잘 기억하고 있었다. 새들은 트윙크가 다른 도시에서 온 중개인에게 팔린 것 같다고 했다. 그 중개인이 노래 잘하는 새들을 많이 샀고 트윙크도 그 새들 중 하나였기 때문이라고 했다. 하지만 새들은 그가 어디서 왔는지는 알지 못했다.

더 이상 할 수 있는 게 없는 것 같았다. 그들은 가게를 나와 길에 있는 박사에게 돌아갔다. 피피넬라가 가게를 방문한 결과를 설명했다.

존 둘리틀 박사가 말했다. “흐음, 트윙크가 없다니 너무 안타깝구나. 하지만 희망을 포기하지 않겠어. 매슈를 가게 몇 곳에 보내 오페라에 필요한 새들을 사도록 해야겠다. 매슈가 새들을 사는 도중에 네 남편과 마주칠지도 모르지. 네가 같이 가서 매슈를 도와주렴.”

그들은 캐러밴으로 돌아갔고 배려심 깊은 대브대브가 그들을 위해 아침상을 차려 둔 것을 보았다. 그들은 아침 식사를 마친 후 다른 서커스 단원들이 합류하기로 한 곳에서 기다렸다. 정오가 좀 지나자 차력사 헤라클레스가 맡은 첫 번째 캐러밴이 시야에 들어왔다.

나머지 하루는 여행의 다음 구간을 위해 말들을 쉬게 하고 퍼들비 팬터마임을 연습하며 보냈다. 저녁이 가까워지자 거브거브가 개들과 함께 산책을 하자고 박사에게 제안했다. 녀석은 가능하면 빨리 체중을 줄이고 싶어 했는데 자신이 전혀 좋아하지 않는 식이요법보다는 운동을 통해 살을 빼고 싶어 했다.

존 둘리틀 박사는 동물들을 다 데리고 시골길을 따라 빠른 걸음으로 산책에 나섰다. 지프와 스위즐, 토비는 토끼를 쫓기 시작하더니 불쌍한 토끼를 내버려두라는 박사의 말을 듣는 둥 마는 둥하고 생울타리를 지나 한참을 달렸다. 살을 빼기로 결심한 거브거브도 추격에 합류했다. 하지만 녀석은 개들의 속도를 따라잡느라, 생울타리 사이의 좁은 구멍을 통과하느라 고생했다. 그리고 녀석이 들판 두 곳을 채 가로지르기도 전에 어느 농부의 양치기 개가 이 사냥 잔치에 합류했는데 그 개가 토끼 대신 거브거브를 사냥감으로 낙점한 것이 문제였다. 사냥에 나섰던 거브거브는 숨 돌릴 틈도 없이 정신없이 쫓겨서 기진맥진한 상태로 캐러밴으로 돌아와서는 전체적으로 볼 때 음식을 가려 먹는 게 운동보다 살을 빼는 데 효과적일 것 같다고 박사에게 말했다.

매슈 머그의 아내이며 조용하지만 굉장히 유능한 시오도시아는 둘리틀 서커스단의 일지라는 걸 썼다. 그녀는 평상시에 의상을 수선하고 매일 오후 서커스단 관객들에게 차를 대접하며 이곳저곳의 일을 거드는 등 어렵지 않은 일을 맡았다. 시오도시아는 거브거브가 입을 의상에 단추 다는 일이나 아이들에게 줄 박하사탕을 포장하는 일이 끝나면 틈틈이 서커스단의 일과를 적는 걸 아주 즐겼다. 별달리 배우지 못한 그녀의 남편은 언제나 그녀가 능숙하게 읽고 쓰는 것을 대단히 높이 평가했다. 그리고 훗날, 박사가 실제로 서커스단이 언제 어느 도시를 방문했는지, 그가 흥행사로서 어떤 일을 했는지 등을 알고 싶어 할 때마다 시오도시아의 일지가 도움이 되었다.

둘리틀 동물 식구들이 몹시 들뜬 가운데 곧 캐러밴이 런던에 도착했다. 단원들은 매슈가 런던 외곽의 그린히스에 예약해 둔 야영장에서 곧바로 야영 준비를 했다. 그리고 그날 시오도시아는 자신의 일지에 붉은 글씨로 날짜를 쓰고 둘리틀 박사가 훗날 자신의 흥행사 경력에서 가장 훌륭한 업적으로 여기는 카나리아 오페라 공연을 위한 준비를 시작했다고 기록했다.

불쌍한 거브거브는 캐러밴으로 돌아오는 내내 정신없이 쫓겼다.

거브거브의 의상에 단추를 달았다.

박사는 망설이지 않고 공연에 참가할 새 합창단 모집 문제로 관심을 돌렸다. 그리고 가장 먼저 치프사이드에게 조언을 구했다. 박사는 그 현명한 새가 자신이 살고 있는 도시의 모든 자원을 훤히 꿰뚫고 있으므로 런던에서 동원 가능한 새들에 대해 가장 훌륭한 조언을 해 줄 수 있을 거라고 생각했다.

박사가 말했다. "치프사이드, 일단 주요 배역을 소화할 만한 좋은 목소리를 가진 카나리아들이 필요해. 둘째로 합창단을 구성할 새들이 많이 필요하지."

"어떤 종류의 새들이요?" 참새가 물었다.

"흐음, 그게 바로 문제란다. 다양한 합창단이 필요해. 어떤 새들로 할지 아직 결정하지 못했어. 런던에 어떤 새들이 있는지 너에게 물어보면 알 거라고 생각했지."

"흐음!" 치프사이드가 생각에 잠긴 채 말했다. "일단 런던 동물원에 가서 거기 있는 녀석들을 살펴봐야겠어요. 물론 거기서 새들을 살 수는 없지요. 하지만 박사님이 적당한 종을 고르면 제가 구할 방법을 알아볼게요. 물론 훌륭한 가수를 찾으려면 새를 파는 가게에 가는 게 나을 거예요."

박사가 말했다. "흐음, 그건 매슈가 해야겠는걸. 하지만 네 말이 맞는 것 같아. 네가 오늘 오후에 시간이 되면 내가 너와 함께 런던 동물원에 가서 합창단에 가장 적합한 종을 알아봐야겠다."

"좋은 생각이에요, 박사님. 오늘은 특별한 일이 없어요. 아내가 저녁에 먹을 잎채소를 가져다 달라고 부탁하긴 했는데, 리젠트 공원에서 모으면 되죠. 기꺼이 일정을 바꿀게요. 런던 동물원에 가 본 지 오래됐어요. 한때는 거기서 살았는데 말이죠." 치프사이드가 말했다.

"뭐라고? 동물원에서 말이니?" 박사가 물었다.

"아, 새장 속은 아니고요. 전 어릴 적 리젠트 공원 패거리 중 하나였어요. 일요일하고 공휴일을 빼면 조용해서 참새들에게 좋은 장소거든요. 동물원을 숱하게 어슬렁거렸죠. 거긴 제 손바닥 보듯 훤하고 사육사들이랑 자연학자들, 경찰관들도 다 알아요. 박사님을 그리로 모시고 가게 되어 기뻐요."

"잘됐다! 점심을 먹고 가보자꾸나."

→ 12장 ←

새들의 오디션

치프사이드의 아내 베키도 리젠트 공원으로 향하는 둘리틀 박사, 치프사이드와 동행했다. 런던 동물원에 도착한 이들은 일단 방문객들에게 음식을 제공하는 작은 찻집에서 차를 마셨다. 박사의 찻잔 옆 탁자에 앉은 새 두 마리는 케이크 부스러기를 잔뜩 먹었고 자신들이 런던 동물원에서 살던 시절 이야기들로 박사님을 즐겁게 했다.

차를 다 마신 후 그들은 런던 동물원을 둘러보기 위해 나섰다. 새들 말고는 더 볼 생각이 없었던 존 둘리틀 박사가 새들을 살피던 도중 다른 동물들이 사는 우리와 서식지를 지나치게 되었다. 그런데 박사가 동물들에게 어찌나 큰 관심을 보이는지 치프사이드는 박사를 동물들에게서 떼어 놓느라 진땀을 뺐다. 베키는 박사가 새들을 다 보기도 전에 틀림없이 깜깜해질 거라고 재차 말했다.

"저 작은 동물은 뭐지?" 박사가 작고 털이 북실북실한 동물이 사는 우리 옆에서 발걸음을 재촉하는 치프사이드에게 물었다.

"아, 제닛(유럽산 사향고양이과 동물. 사향고양이와 비슷하나 향기주머니가 없다.—옮긴이)이에요. 작지만 똘똘해 보이죠? 양 옆 아래쪽에 말쑥한 줄무늬들이 보이나요? 저 녀석을 보면 예전에 머리카락 한 올까지 남김없이 빗질을 해서 넘겼던 할머니가 생각나요. 녀석은 우리가 지저분해지는 걸 참지 못하죠. 저 녀석 머릿속엔 정리 말곤 아무것도 없어요. 녀석은 아이들이 자기한테 밀어 넣은 땅콩들을 창살 밖으로 다시 밀어내느라 정신없답니다. 땅콩을 안 먹거든요. 하지만 동물원에 오는 사람들은 전혀 달라지지 않아요. 사람들은 우리 안에 있는 모든 동물이 땅콩을 먹는다고 생각하거든요. 아마 사람들은 대리석 시계에게도 땅콩을 먹이려고 할걸요. 참 대단한 사람들이에요. 가엾은 제닛은 사람들이 가고 나면 반나절 동안 우리를 치운답니다. 나머지 반나절은 털을 빗고 손톱과 발톱을 닦으면서 보내요."

박사가 말했다. "하아! 별로 재미없는 삶이로구나. 하지만 시간을 보낼 만한 게 있어야지. 녀석은 동물원 생활이 따분한 게 분명해."

"제닛 같은 녀석은 사하라 사막에 가면 할 일을 찾을 수 있을 거예요. 거기서 모래를 치우면 되겠어요. 박사님, 다음 새장에는 웃는 물총새들이 있어요. 아주 명랑한 새들이에요. 장례식장 분위기도 활기차게 만들걸요. 저 새들을 합창단으로 쓰면 어때요? 쟤들 목소리는 멋지고 힘차답니다."

"흐음! 쟤들은 음악에 재능이 없는 것 같은데?" 기묘하게 생긴 새 10여 마리가 박사의 방문에 환영의 뜻을 나타내기 위해 별안간 기쁨의 함성을 지르자 박사가 말했다.

"네, 하지만 희극엔 잘 어울릴 거예요. 박사님이 준비하는 게 희극 오페라지요?"

"꼭 그런 건 아니야. 물론 재미있는 부분이 있긴 할 거야. 하지만 웃음은 무대가 아니라 객석에서 나와야 해. 저쪽 큰 새장으로 가 보자." 박사가 말했다.

그들이 다다른 곳은 굉장히 아름다운 곳이었다. 그곳은 가로와 세로가 각각 15미터, 12미터, 높이가 9미터에 이르는 큰 새장이었다. 안에 상당히 큰 나무들이 자라고 있었고 연못과 바위, 풀 등 없는 게 없었다. 굉장히 다양한 새들이 주변을 날아다니거나 물로 장난을 치고 나뭇가지에 앉아 있었다. 홍학과 왜가리, 갈매기, 오리 등 각양각색의 온갖 새들이 있었다. 정말 아름다운 한 폭의 그림 같았다.

박사는 외모가 무대 공연에 적당하다고 생각되는 녀석들을 골라서 불렀고 녀석들과 창살을 통해 대화를 나눴다. 그는 새들의 음역을 가늠해 보기 위해 모두에게 몇 소절씩 불러 보도록 했다. 생전 노래 한번 불러 본 적 없는 거대한 새들이 부리를 벌리고는 이상하고 낮은 소리로 꽥꽥거리는 통에 치프사이드 부부는 터져 나오는 웃음을 참느라 진땀을 뺐다.

치프사이드가 날개로 얼굴을 가리면서 킥킥거렸다. "오, 세상에! 베키! 차라리 거브거브에게 바리톤을 맡기는 게 낫겠어. 나라면 이 녀석들에게 뱃고동 역을 시키겠어."

새장을 떠나 그린히스로 돌아가기 전에 박사는 합창단을 두 파트로 구성하기로 하고 베이스는 펠리컨, 알토는 홍학에게 맡기기로 했다.

치프사이드는 자신이 런던 반대쪽에 사는 부자를 한 명 아는데, 그는 거대한 정원에 오직 새들과 물새들만 키운다고 했다. 그리고 내일 아침 거기 가서 새들 중에 펠리컨이나 홍학이 있는지 살펴보겠다고 덧붙였다.

다음 날 치프사이드가 캐러밴에 와서 자신이 말한 부자가 소유한 개인 정원에 펠리컨 열다섯 마리가 산다는 소식을 전했다. 박사는 곧장 출발해 펠리컨의 소유주를 만났고 펠리컨들을 빌려고 되겠냐고 물었다. 이 남자는 굉장한 부자였는데 그 자신이 자연학자였다. 희귀한 새와 난초를 기르는 게 그의 취미였다. 과학자인 존 둘리틀 박사가 마음에 든 그는 박사에게 자신의 사유지를 구경시켜 주었다. 박사는 아주 멋진 난초로 가득 찬 드넓은 온실을 둘러보고 야생 상태나 다름없는 곳에서 행복하게 사는 새들로 가득한 대형 정원을 거닐며 즐거운 오후를 보냈다. 박사는 각기 다른 새들에게 알맞은 잡목림과 연못, 둥지를 틀 만한 조용한 곳에 대해 이런저런 정보를 주는 등 부유한 자연학자에게 다양한 조언을 했다.

그날 저녁 박사는 캐러밴으로 돌아온 후에도 그날 본 것에 푹 빠져 있었다.

박사가 저녁 식탁에 앉으면서 말했다. "아! 대브대브, 그게 내가 생각하는 멋진 삶이란다. 취미 활동에 돈을 쓰고 싶은 만큼 쓸 수 있는 삶 말이야. 부자들 대부분은 극장이나 카드 놀이, 온갖 바보 같은 일에 돈을 낭비해 버리지. 돈 많은 과학자는 드물어. 그 사람은 자신의 시간과 재산을 자연사 연구에 바친 데 대해 크게 칭찬받아야 마땅해. 난 부자가 되고 싶다는 생각을 해 본 적이 없었어. 하지만 오늘 오후에 더할 나위 없이 아름다운 그 남자의 정원을 보면서 정말 부자가 되고 싶다는 생각이 들었단다."

"만약 박사님이 그 부자였다면, 박사님은 25년 전에 이미 모든 재산을 탕진했을 거예요." 대브대브가 심술궂게 대꾸했다. "전 가끔 박사님이 결혼해서 엄하고 알뜰한 아내를 얻었어야 한다고 생각하는걸요."

"결혼을 해 봐야 뭐가 좋겠니? 내가 하고 싶은 걸 아무것도 할 수 없었을 거야. 흐음, 기운 내렴, 대브대브. 우린 카나리아 오페라로 다 쓰지도 못할 만큼 어마어마하게 큰돈을 벌게 될 거야."

"저도 한때는 그런 희망을 가졌어요." 대브대브가 슬픈 듯 창밖을 응시하며 말했다. "하지만 박사님은 큰돈을 벌고 나서 다시 다 잃었죠. 퍼들비와 그리운 옛집, 정원은 이제 꿈이 되어 가고 있어

살림꾼의 눈에 눈물이 그렁그렁 맺혔다.

요. 그냥 꿈이요. 아이고! 다 무슨 소용이 있겠어요? 남은 생에도 우린 서커스 공연이나 하러 다니겠지요."

살림꾼의 눈에 눈물이 그렁그렁 맺혔다. 오랫동안 대브대브는 박사가 고향 집으로 관심을 돌리기를, 큰 정원이 딸린 작은 집으로 다시 돌아가기를 바랐다. 그런데 그때마다 서커스단에 박사의 귀향을 막는 새로운 일이 생기곤 했다.

박사는 쓰디쓴 실망감이 어린 옛 친구의 목소리에 진심으로 미안해하며 말했다. "오, 힘을 내렴! 힘을 내! 아직 절대 늦은 게 아니니까. 오늘 그 남자의 사유지를 보니 우리 집 정원이 생각났어. 많은 면이 비슷했지. 삶에서 가장 좋아하는 것들을 이뤄 나가는 곳이야. 그 정원을 보니 옥슨소프 길로 삐죽 튀어나와 있는 오래된 벽 풍경이 그리워지더구나. 대브대브, 정말 그랬어. 들어 보렴. 난 이번에 정말 열심히 할 거란다. 오페라는 대단한 성공을 거둘 거야. 그 자연학자가 내가 원하는 펠리컨과 홍학을 빌려주기로 했어. 대브대브, 우린 돈을 벌어서 퍼들비로 다시 돌아갈 거야."

13장

새 음악의 역사

곧 부자의 정원에서 살던 펠리컨과 홍학이 둘리틀 서커스단에 도착했다. 새들이 지내도록 울타리 안에 연못과 잡목림을 갖춘 우리를 마련했는데 이곳은 녀석들이 지냈던 널찍한 공간에 비하면 굉장히 비좁았다. 그런데도 녀석들은 굉장히 편하다며 존 둘리틀 박사를 돕기 위한 일이라면 어느 정도의 불편함은 기꺼이 감수하겠다고 말했다.

새들은 종류별로 10여 마리씩 있었다. 매일 서커스장을 방문한 사람들은 이 새들이 쇼의 일부라고 생각했다. 실제로, 이상하게 생긴 펠리컨들과 수려하고 화사한 홍학들이 우리 안을 활보하는 모습은 상당히 멋진 광경을 선사했다.

일단 박사는 새들이 천성적으로 타고난 수줍음을 극복하고 사람들의 얼굴을 보는 데 익숙해지도록 한 다음, 녀석들에게 무대에서 어떻게 행동해야 하는지 가르칠 생각이었다. 노래 연습은 오페라에 참가할 새들을 모두 뽑고 피피넬라와 총감독을 맡은 둘리틀 박사가 악보의 세세한 부분까지 모두 완성한 다음에야 진행될 예정이었다.

박사는 새들의 울타리 안에 무대를 세운 후 녀석들에게 무대에서 걷는 법과 인사하는 법, 자기 자리에 서는 법을 보여 준 다음 매일 녀석들이 따라하도록 시켰다.

호기심 많은 치프사이드는 오페라와 관련된 모든 것에 큰 관심을 보였고 박사가 가는 곳이라면 어디든 따라다녔다. 박사는 그걸 아주 반겼는데 이 민첩하고 작은 참새는 때때로 쓸모가 아주 많았기 때문이다. 치프사이드가 합창단 훈련 일을 금방 이해하자 박사는 지나치게 이른 감이 있음에도 녀석에게 합창단 조련의 전권을 맡겼다. 신기한 것들 투성이인 둘리틀 서커스단에 새로운 볼거리가 또 생겼다. 연습 시간인 오후 4시만 되면 펠리컨 우리를 둘러싼 담장 주변이 몸집 커다란 합창단원들을 연습시키는 작은 런던 토박이 참새를 보려는 사람들로 북새통을 이뤘다.

박사는 구경꾼들이 새의 말을 알아듣지 못해서 다행이라고 말했다. 만약 그렇지 않았다면 발을 헛디디거나 제자리를 벗어나는 어리버리한 합창단원들에게 치프사이드가 내뱉는 심한 욕설이 분명히 큰 문제를 일으켰을 것이다.

가슴을 한껏 편 채 덤불 꼭대기에 앉은 그 작은 합창단 조련사는 마치 서투른 신병을 훈련시키는 성난 병장처럼 보였다.

치프사이드가 소리를 질렀다. "자, 제군들, 발 맞추고, 고개 들고, 관객 보고, 웃으면서 걷는다. 아니! 아니지. 그렇게 하면 절대 안 돼. 누구라도 이 모습을 보면 오페라가 열리는 흥겨운 밤이 아니라 즉결재판소에서 맞는 월요일 아침이라고 생각할 거야. 이건 오페라야, 알겠어? 멋진 오페라라고. 죄 지은 표정 말고 즐거운 표정! 다시 들어가! 모두 다! 이런! 거기, 가스 영수증 생각하는 안짱다리 아줌마! 정신 차려요! 웃으라고! 경쾌하고 즐겁게 들어오란 말이야! 발걸음이 무거우면 안 돼! 자, 이제 한번 더 해 보자. 음악이 나오면 여러분들이 나올 차례야. 지금, 딴 따 따라라 따!"

다음으로 박사가 할 일은 오페라에 출현할 나머지 새들을 캐스팅하는 것이었다. 박사는 펠리컨과 홍학을 훈련시키는 일을 치프사이드에게 일임하자마자 그 바쁜 생활 중 하루 시간을 내서 교외로 나가기로 했다. 모든 동물들이 이 나들이에 동행했다. 매번 늑장을 피우던 거브거브까지 따라나섰는데 녀석은 일행이 자신을 따돌린다며 불평을 늘어놨다. 존 둘리틀 박사는 이 기이한 동물 식구들과 함께 대브대브가 준비한 맛난 소풍 도시락을 들고 산울타리와 숲속에 사는 들새들이 박사 옆에 모여 자신들의 노래를 들려줄 들판으로 향했다.

피피넬라 역시 박사가 목소리를 판단하는 걸 돕기 위해 교외로 나가는 원정대에 동행했다. 존 둘리틀 박사는 훗날 이보다 더 즐거

펠리컨 합창단

“지금 부른 게 너희가 말하는 ‘저녁 노래’니?”

웠던 여행은 없었다고 말했다. 이미 한 해의 끝자락에 접어드는 시기였음에도 여름이 다시 올 것만 같은 그런 날씨였다. 햇볕은 부드럽게 빛났고 아직 겨울 여행을 떠나지 않은 새들이 떼 지어 모여들었다. 이 새들은 박사가 계획한 이 대단한 음악 실험에 자신들이 꼭 뽑히기를 바랐다. 그날, 경험이 풍부한 박사조차 새들의 노래와 새들이 지저귀는 멜로디의 역사에 대해 많은 걸 배웠다.

가장 높은 음역대를 맡을 합창단을 구성하기 위해 여러 새들을 테스트해 본 후 박사와 피피넬라 모두 개똥지빠귀에게 가장 깊은 인상을 받았다. 잘생긴 수컷 개똥지빠귀가 멋진 멜로디의 노래를 마치자 박사가 말했다. "지금 부른 게 너희가 말하는 '저녁 노래'니? 그 노래는 항상 똑같니? 내 말은, 모든 개똥지빠귀가 항상 그렇게 노래를 부르냐는 말이야."

개똥지빠귀가 말했다. "아, 그렇진 않아요. 하지만 거의 700년 동안 이렇게 불렀어요. 중세에는 굉장히 달랐답니다. 음악적 관점에서 말씀드리면, 그 당시엔 노래 방식이 훨씬 엄격했죠. 예를 들면, 박사님께 불러 드린 노래에서 미들 크레센도로 부른 부분이 달랐어요. 그때는 단조가 아닌 장조로 끝났죠. 투들레두-두-티-투우 대신 투들레두-우우-투우-투 이렇게요! 13세기에는 많은 훌륭한 가수들이 장음계를 네 번 연속 이어서 부르거나 단음계를 일곱 번 연속 부르는 걸 금지시킨 낡은 음악 규칙에 반기를 들었어요. 대헌장이 제정됐을 때쯤이었죠. 당시에는 누구나 뭔가에 저항했어요. 그전에는 멜로디를 바꿔 부르는 걸 허용하지 않았어요.

지금은 개의치 않고 부르지만요. 하지만 개똥지빠귀의 저녁 노래는 대부분 똑같이 불러요. 그냥 지저귈 때와 노래를 부르는 중간에 나오는 소절을 들어 보면 새가 훌륭한 작곡가인지 아닌지 알 수 있어요. 그 부분은 순간적으로 머릿속에 떠오르는 대로 부르는 거거든요."

"소리로 표현하면 멋질 것 같은 아이디어가 떠올랐을 때 말이니?"

개똥지빠귀가 말했다. "네. 예를 들어, 멋진 일출을 보았을 때 그 느낌을 음악에 담아 내거나 지난 봄을 함께 보낸 연인에 대한 생각이 떠올랐을 때처럼 말이에요."

박사가 말했다. "그렇구나! 네가 정말 훌륭한 음악가라는 걸 알겠어. 내 부탁을 들어주면 정말 좋겠구나. 음악에 대한 사람들의 생각과 새들의 생각은 다소 차이가 있어. 내 계획은 카나리아 오페라를 통해 새들이 음악적으로 뭘 할 수 있는지 사람들에게 보여주는 것이란다. 그런데 사람들이 이해할 만한 작품을 쓰려면 해야 할 일이 있어. 난 네가 개똥지빠귀의 합창곡을 작곡하면 좋겠구나. 제2장 중간, 비가 내릴 때 나오는 고음 합창곡이야. 개똥지빠귀는 언제나 비가 그칠 때 가장 멋진 노래를 부르더라. 노랫말은 나중에 너에게 줄게. 네가 목소리에 비를 한껏 담아 내면 좋겠어. 노래에 비가 올 때 개똥지빠귀들이 느끼는 기쁨이 드러나야 해. 개똥지빠귀 스무 마리 정도로 합창단을 만들고 네가 걔들을 연습시키면 좋겠다. 그리고 새들이 함께 모여 있어야 한다는 걸 명심하렴. 새들이 같은 노래를 동시에 다 같이 불러야 해. 새의 음악에서는 이게 중요하지 않지만 사람들이 하는 음악에서는 아주 중요하단다. 오늘 밤 너에게 가사를 보내 줄게. 그리고 일주일 후에 이리로 다시 와서 어떻게 진행되고 있는지 확인해 보자. 할 수 있겠니?"

"물론이죠. 지금 바로 준비할게요." 개똥지빠귀가 말했다.

→ 14장 ←

트윙크의 발견

며칠 후 개똥지빠귀 합창단 일이 어떻게 되어 가고 있는지 알아보기 위해 다시 교외로 향한 박사는 새들이 '비 합창곡'을 부르는 걸 듣고 아주 기뻐했다.

서커스단으로 돌아온 박사가 매슈에게 말했다. "다음에 할 일은 주요 배역을 맡을 훌륭한 카나리아를 뽑는 거예요. 대여섯 마리는 있어야 해요."

"모두 합쳐서 세 마리만 있으면 되는 거 아니었어요? 피피넬라와 테너, 바리톤 이렇게요."

"아니, 피피넬라의 어머니, 아버지를 잊고 있군요. 게다가 대역도 필요해요."

"대역이 뭐죠?" 매슈가 물었다.

"대역은 추가로 필요한 배우인데 맡은 배역을 다 배워 둬야 해요. 주요 배역을 맡은 가수가 혹시라도 모두 아플 경우를 대비하는 거지요. 모두 카나리아여서는 안 돼요. 카나리아 네 마리와 방울새 세 마리가 필요해요. 그리고 가격에 관계없이 노래를 가장 잘하는 새여야 해요. 당신이 새를 구매하는 일을 맡아 주세요. 피피넬라를 함께 보내서 당신이 새들의 목소리를 판단하고 제대로 테스트하도록 돕게 할게요. 녀석이 특별히 목소리가 좋다고 생각하는 새를 당신이 알아볼 수 있게 신호를 보내면 될 거예요."

"알겠어요. 언제 갈까요?" 매슈가 말했다.

"내일 만사를 제쳐 두고 출발하는 게 좋겠어요. 시간이 부족해요. 다음 달 두 번째 주까지 준비를 끝내겠다고 극장 소유주들과 약속했거든요."

그리하여 매슈는 날이 밝자 일찌감치 피피넬라와 함께 카나리아를 구하러 런던의 새 가게로 향했다. 그리고 저녁이 되어 돌아왔을 때 박사는 매슈가 팔 밑에 프리마돈나가 든 작은 여행용 새장 말고도 새장을 하나 더 끼고 온 걸 보고 기뻐했다.

존 둘리틀 박사가 종이를 벗기고 안에 든 노랗고 까만색의 작고 예쁜 수컷 카나리아를 보자 피피넬라가 말했다. "박사님, 걔가 우리가 본 새 중에 제일 나아요. 목소리가 좋아요. 박사님도 좋아하실 거예요. 시간이 좀 걸리네요. 훌륭한 가수를 찾는 게 얼마나 힘든지 박사님도 놀라실걸요. 노래하는 방울새에 대해 말하자면, 걔들은 다이아몬드보다도 희귀한 것 같아요. 우린 열 곳도 넘는 가게를 다녔어요. 하지만 런던에 있는 가게 중 아직 반도 못 갔죠. 내일은 일이 더 잘 풀리면 좋겠어요."

박사는 오페라단의 새 단원을 보고 크게 기뻐했다. 그리고 그날 밤 두 카나리아가 함께 노래하는 첫 번째 막의 이중창을 연습시키기 시작했다.

다음 날 매슈와 피피넬라가 다시 길을 나섰고 그들이 돌아왔을 때 동물 먹이 장수가 박사의 캐러밴에 채 도착하기도 전에 박사를 부르는 피피넬라의 목소리가 들렸다.

"박사님, 박사님, 어서 나와 보세요!"

"왜?" 탁자에서 벌떡 일어선 존 둘리틀 박사가 문으로 향하며 물었다.

피피넬라가 말했다. "무슨 일이게요? 박사님은 짐작도 못 하실 걸요. 마침내 제 남편 트윙크를 찾았어요. 우리와 같이 왔다고요."

박사가 외쳤다. "정말 운이 좋았구나! 드디어 트윙크를 찾아내다니! 매슈, 새장에 씌운 걸 치워 보세요. 녀석을 정말 보고 싶어요."

피피넬라가 흥분해서 재잘거렸다. "맞아요, 정말 우연한 기회에 찾아냈어요. 우린 이스트엔드에 있는 지저분하고 작은 가게에 들어갔어요. 매슈는 처음엔 그 가게에 들어가려고 하지 않았죠. 너무 낡고 누추해 보였거든요. 하지만 전 훌륭한 가수들이 거기 있다면 그 끔찍한 곳에서 구출해 내야 한다고 생각했어요. 그래서

박사는 첫 번째 막의 이중창을 연습시키기 시작했다.

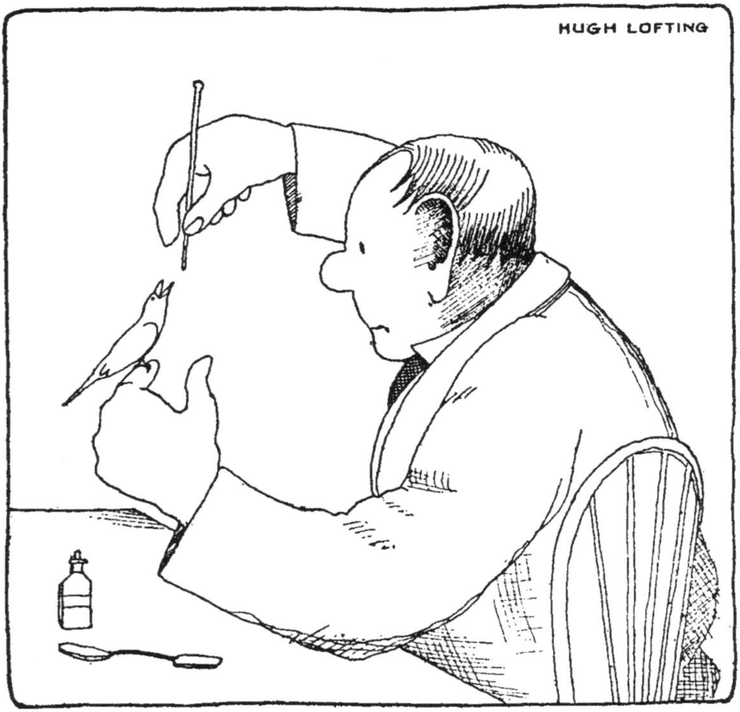

박사는 카나리아의 목 안에 약 두 방울을 떨어뜨렸다.

새의 말을 하나도 모르는 매슈에게 제가 원하는 걸 알려 주려고 최선을 다했죠. 매슈가 그 가게에서 몸을 돌릴 때마다 제가 새장 안 사방에서 푸드덕거리며 꽥꽥거렸고 매슈가 그제야 제 뜻을 알아차리고는 그 가게 안으로 들어갔어요. 저는 지금까지 모든 가게에 들어가면 '여기 있어요, 트윙크?' 하고 큰 목소리로 물으면서 찾기 시작했어요. 하지만 이번엔 그 가게의 더럽고 비참한 상태에 어찌나 놀랐는지 한 마디도 나오지 않았어요. 그런데 제가 문에 채 들어가기도 전에 카나리아 한 마리가 가게 뒤쪽에서 외치는 소리가 들리는 거예요. '피피넬라! 피피넬라! 나예요, 트윙크! 이리로 와서 나에게 말을 걸어 줘요.'

하지만 그리로 가서 트윙크와 얘기하는 게 쉽진 않았어요. 매슈와 가게 주인을 트윙크 새장쪽으로 어떻게 데려가야 할지 몰랐거든요. 트윙크의 새장은 가게 뒤쪽에 있는 다른 새장들 뒤에 처박혀 있었어요. 전 제 왼쪽 귀를 마구 긁어서 신호를 보냈고 마침내 매슈가 신호를 알아챘죠. 불쌍한 트윙크! 가장 훌륭한 테너 카나리아인 트윙크를 1실링에 샀지 뭐예요! 트윙크가 그 가게에 왔을 때 목이 심하게 쉬어서 거기 있는 내내 거의 울지 않았나 봐요. 그러니 가게 주인이 트윙크의 가치를 알 리가 없었구요. 명성이란 게 원래 그런 거죠! 인생이란 게 그런 거죠!"

이때 존 둘리틀 박사가 트윙크의 새장 겉에 씌운 종이를 벗긴 후 새장을 캐러밴의 탁자에 놓았다. 안에 있는 새는 밝은 레몬 빛을 띤 노란 카나리아였는데 피피넬라보다 약간 더 컸지만 맥이 하나도 없어 불쌍해 보였다. 부리를 열고 박사를 향해 말을 시작했을 때 녀석의 목소리는 피피넬라가 말하곤 했던 멋진 목소리와는 거리가 먼 잔뜩 쉰 소리였다.

"박사님, 전 끔찍한 감기에 걸렸어요. 그 바보 같은 주인이 제 새장을 외풍이 드는 곳에 둔 탓에 거기 있는 내내 목 상태가 점점 나빠졌어요." 트윙크가 말했다.

존 둘리틀 박사가 말했다. "오, 내가 카나리아 감기약을 가지고 올 테니 잠깐만 기다리렴. 그걸 먹으면 바로 괜찮아질 거야."

그러고 나서 박사는 검정 왕진 가방을 열더니 바닥에서 분홍색 액체가 든 작은 병을 꺼냈다. 그가 트윙크의 새장 문을 열자 새가 그의 손 위로 겅중 뛰어올랐다. 유리막대에 감기약을 조금 묻힌 박사는 트윙크가 부리를 벌리자 녀석의 목 안에 두 방울 떨어뜨렸다.

박사는 가방을 치우면서 말했다 "이제 곧 괜찮아질 거야. 내일 아침 두 방울 더 떨어뜨려 달라고 나에게 말해 주렴. 24시간이 지나면 아주 좋아질 거라고 약속할 수 있어."

박사는 피피넬라와 마찬가지로 트윙크의 모험 이야기가 간절히 듣고 싶었지만 일단은 트윙크가 한 마디라도 하는 걸 허락하지 않았다.

"네 목은 내일까지 푹 쉬어야 해. 네 새장을 두꺼운 천으로 덮어서 난로 곁에 두면 따뜻하고 아늑할 거야."

2부

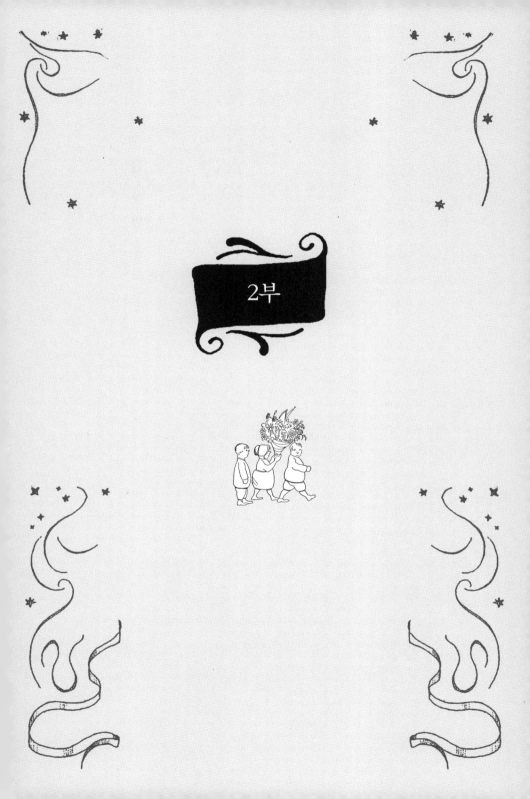

1장

변장한 박사

다음 날 둘리틀 박사가 침대에서 나왔을 때, 트윙크는 박사가 만든 그 유명한 카나리아 기침약을 다시 복용하기도 전에 상태가 많이 호전되었는지 부드럽게 지저귀고 있었다.

아침을 먹는 동안 트윙크는 피피넬라와 헤어진 후 자신의 똑똑한 아내와 재회한 그 가게에 오기까지 겪은 모험 이야기를 들려줬다.

트윙크가 이렇게 말하며 이야기를 끝맺었다. "그 가게는 끔찍한 곳들 중에서도 진짜 최악이에요. 동물 가게에 많이 있어 봤지만 어느 가게도 그렇게 지저분하고 형편없진 않았어요. 그곳엔 행복하거나 건강한 동물이 거의 없었어요. 새장은 더럽고 음식은 형편없었죠. 대부분의 새들은 크루프 병에 걸리고 개들은 구루병을 앓고 있었어요. 그리고 박사님, 가게 주인이 그 가게에 데리고 있는 새들 중 새장에서 태어난 새가 절반도 안 된다는 사실을 아세요? 대부분이 사냥꾼에게서 사들인 거예요. 아, 그 불쌍한 개똥지빠귀들과 찌르레기들, 방울새들이 새장에서 빠져나가고 싶어 하루 종일 푸드덕거리는 소리라니! 어제 아침에 어떤 남자가 들판에서 잡은 찌르레기 열 마리 정도를 팔려고 데려왔어요. 가게 주인은 18펜스에 걔들을 다 샀죠. 오늘 아침에 그중 두 마리가 죽었는데 새장에서 빠져나가려고 죽을 때까지 철망에 몸을 부딪쳐서 그렇게 된 거예요. 전 그걸 보고 토하는 줄 알았어요."

그 설명을 들은 박사는 크게 상심했다. 식구들은 박사가 새를 파는 가게들의 이야기를 듣고 굉장히 크게 화내는 걸 보곤 했다. 하지만 찌르레기에 관한 트윙크의 이야기는 박사가 지금까지 들은 얘기들 중에 가장 심각했다. 그는 잠시 침묵을 지키다가 입을 열었다.

"다른 찌르레기들은 어떠니?"

"제가 떠날 때까지 더 이상 죽은 찌르레기는 나오지 않았어요. 하지만 그중 한 마리는 모이를 거의 먹지 못했어요. 몇 마리나 살아남을지 누가 알겠어요? 그런데 찌르레기뿐만 아니에요. 거의 이틀에 한 번 꼴로 밀렵꾼이나 나쁜 놈들이 덫으로 잡은 온갖 종류의 새들을, 겁이 나서 정신없이 파닥거리는 홍방울새나 울새 같은 불쌍한 새들로 꽉 찬 새장을 들고 와요. 몇 마리는 살고 몇 마리는 버티지 못하죠. 모두들 거기서 지독히 비참하게 살고 있어요."

박사가 중얼거렸다. "휴우, 찌르레기들뿐이라면 매슈를 보내 녀석들을 다 사서 놔 줄 수 있겠는데. 하지만 다른 새들까지 다 사들이려면 큰돈이 필요해. 정말 끔찍하군. 지독해! 어떻게 멀쩡한 사람이 살아 있는 동물들에게 그렇게 고통을 줄 수 있는지 이해할 수가 없어."

저녁을 먹는 내내 박사는 거의 한 마디도 하지 않았다. 이제 주요 배역을 맡을 세 가수를 모두 구했지만 카나리아 오페라는 다 잊은 듯했다. 새 가게에 대한 트윙크의 설명 때문에 저녁 식사 시간은 엉망이 되고 말았다. 식사를 하는 동안 지프와 대브대브가 몇 번이나 박사를 대화로 끌어들이려고 했지만 박사는 녀석들이 하는 말에 거의 귀를 기울이지 않는 듯했다.

마침내 저녁 식사가 끝나자 박사가 주먹으로 탁자를 세게 내리치더니 중얼거렸다.

"그래, 해 보겠어!"

"뭘 말이에요?" 지프가 물었다.

박사가 식탁에서 모두에게 말했다. "들어 봐, 내가 변장하면 다른 동물이나 새들이 날 알아보지 못할 것 같니?"

박사가 질문을 던지자 잠시 동안 캐러밴에 정적이 흘렀다. 마침내 거브거브가 말했다.

"하지만 박사님, 도대체 왜 변장을 하려고 하죠? 전 이 세상 동물 모두가 박사님을 알아봐서 무척 뿌듯해하실 거라고 생각했는데요."

존 둘리틀 박사는 대답하지 않았다.

지프가 말했다. "박사님, 그건 박사님을 본 동물들이 박사님을 얼마나 잘 알고 있느냐에 달려 있어요. 왜 변장을 하려고 하세요?"

존 둘리틀 박사가 말했다. "그 동물 가게에 가고 싶어. 걱정이 돼서 그래. 너희도 알겠지만, 난 동물 가게에 들어가지 않는 걸 원칙으로 해 왔단다. 불쌍한 동물들이 나를 보면 모두 자기들을 사 달라고 아우성치니까. 그래, 내가 가게 한 곳에 있는 모든 동물들을 살 수 있을 만큼 부자라고 치자. 하지만 다른 가게엔 여전히 수많은 동물들이 남아 있잖니. 그런데 트윙크가 말한 그곳은 유별나게 끔찍한 것 같아서 원칙을 어기고라도 가 봐야겠다고 생각했단다."

"그래서 어떻게 하실 건데요?" 대브대브가 물었다.

"새장에서 태어나지 않은 새들을 모두 풀어 줄 거야." 박사가 말했다.

"호오! 모험의 낌새가 느껴지는걸요. 어떻게 하실 건데요?" 지프가 흥미를 느끼며 말했다.

존 둘리틀 박사가 말했다. "일단, 가게에 있는 동물들이 내 정체를 눈치채지 못하도록 변장을 해야 해. 그리고 한밤중에, 아니면 내가 눈에 띄지 않거나 방해받지 않는 시간에 그곳에 들어가는 거지."

"좋아요! 언제 가실 거예요?" 지프가 물었다.

박사가 단호하게 대답했다. "오늘밤에. 찌르레기들이 자유를 되찾았다는 걸 확인할 때까지 잠을 이루지 못할 것 같아. 트윙크가

지프와 대브대브 둘은 몇 번이나 박사를 대화로 끌어들이려고 했다.

"잠깐 손 좀 쓰고 오면 끝이에요!"

말한 대로 뭐든 하지 않으면 아침에 몇 마리나 살아 있을지 누가 알겠어?"

박사가 계획을 설명하자 매슈도 지프와 마찬가지로 그 아이디어에 흠뻑 빠져들었다. 그런데 자신이 가게 문을 쉽게 열어서 박사를 가게에 들여보낼 수 있다는 매슈의 설명에 박사는 그다지 신경 쓰지 않는 듯했다.

"매슈, 지금은 그렇게 세세한 부분까지 신경 쓸 필요 없어요. 눈앞에 닥쳤을 때 해결하면 되니까. 나와 동행하면 체포돼서 감옥에 갈 수도 있다는 걸 알아야 해요. 잡히면 경찰은 십중팔구 절도죄라고 할 거예요."

"경찰이 뭐라고 부르든 상관 안 해요. 우리는 잡히지 않을 테니까. 잠깐 손 좀 쓰고 오면 끝이에요! 아무튼 그자는 불쌍한 찌르레기들을 가둘 권리가 없어요. 그리고 경찰이 우리를 체포한다 하더라도 치안판사가 우리를 함부로 대하지 못할 거예요. 틀림없어요. 신문에 실리면 공연에도 큰 도움이 될 거예요. '저명한 자연학자 존 둘리틀 박사, 동정심에 의한 절도 중에 체포되다!' 어때요?"

"변장할 준비를 합시다. 동물들이 내 정체를 알아채지 못하는 게 가장 중요해요. 녀석들의 요구 때문에 내가 난처해질 뿐 아니라 녀석들이 아우성치기 시작하면 우리가 일을 반도 끝내기 전에 이웃들이 다 깨고 말 거예요."

매슈는 동물들 사이에서 잘 알려진 박사의 정체가 발각되지 않도록 박사를 변장시키는 일에 착수했다. 거브거브가 제일 신나보였다. 그는 광대로부터 분장용 상자를, 다른 서커스 단원들로부터 다양한 의상을 빌렸다.

매슈는 일단 박사의 볼에 숱 많은 눈썹과 어울리는 붉은 수염을 붙였다. 하지만 미관상 이 선택은 그다지 만족스럽지 않았다.

"흐음!" 매슈가 수염을 떼어 낸 후 고개를 한쪽으로 젖히더니 박사를 살피며 말했다. "별로예요. 이렇게 해서는 깜깜한 밤에도 당신을 알아볼 수 있겠어요. 콧수염을 붙여서 윗입술을 가려봅시다."

박사가 말했다. "뭐라고요? 내 얼굴에 털을 더 붙이겠다고요? 날 원숭이로 만들 참이에요?"

매슈는 대답 대신 박사의 입 위에 텁수룩한 붉은 수염을 붙였다.

"세상에!" 박사가 거울을 보더니 말했다. "퍼들비의 정육점 주인 같군요. 이런 모습이라면 동물들이 내 정체를 눈치채지 못하는 건 둘째 치고 겁에 질려 죽겠어요."

매슈가 말했다. "흐음, 당신 같은 얼굴은 변장하기가 쉽지 않아요. 알겠어요. 당신 말이 맞아요. 별로 자연스러워 보이지 않네요. 다르게 해 봐야겠어요."

전문가의 눈으로 이 모습을 바라보던 광대의 개 스위즐이 말했다. "박사님, 여자처럼 입어 보는 게 어때요? 동물들이 여자를 박사님이라고 생각할 가능성은 적을걸요. 아무리 변장을 잘 하더라

그는 고개를 한쪽으로 젖히고 박사를 살폈다.

도 남자 분장으로는 박사님같이 잘 알려져 있는 얼굴을 숨기기 힘들어요."

존 둘리틀 박사가 외쳤다. "멋진 생각이야! 매슈, 스위즐이 나에게 여자처럼 꾸미는 게 어떠냐고 제안했어요. 머그 부인에게 필요한 걸 빌릴 수 있을까요?"

"가서 물어볼게요. 그 아이디어는 일석이조인데요. 바지와 외투로는 어떻게 해 볼 도리가 없었는데. 여기서 잠깐만 기다려요."

매슈가 곧 달려 나가더니 이내 머그 부인의 물건뿐 아니라 부인까지 데리고 왔다.

그가 말했다. "아내와 같이 왔어요. 당신을 진짜 여자처럼 꾸며 줄 거예요. 콧수염을 떼는 동안 얼굴을 움직이지 말고 가만히 있어요, 박사."

거브거브와 흰쥐가 재밌어서 끽끽거리는 동안 머그 부인이 박사에게 치마와 보디스(블라우스 · 드레스 위에 입는 여성용 조끼—옮긴이)를 입혔다. 다음으로는 가발이 필요해 보였다. 재주가 뛰어난 매슈가 붉은 턱수염으로 앞머리와 곱슬머리를 만들었다. 그리고 챙이 긴 모자로 머리 뒤를 가리고 관자놀이 주변에 앞머리를 붙이자 박사는 다정하고 통통한 할머니처럼 보였다.

투투가 외쳤다. "훌륭해요! 아무도 박사님을 알아보지 못할 거예요. 박사님 여동생 세라마저도 모를걸요."

"난 몹시 우스꽝스럽게 느껴지는걸." 거울 쪽으로 걸어가다가 치맛자락에 걸려 넘어진 박사가 말했다.

시오도시아가 외쳤다. "세상에! 그런 식으로 걸으면 안 돼요, 박사님. 여자들은 절대 그렇게 걷지 않아요. 보폭은 줄이고 팔도 그렇게 흔들면 안 돼요. 그렇게요. 훨씬 낫네요. 얼굴에 베일도 쓰는 게 낫겠죠?"

박사가 말했다. "아니요, 지금도 충분히 불편한걸요. 게다가 베일을 쓰면 코를 풀지 못하잖아요."

머그 부인이 박사의 걸음걸이에 만족스러워하자 그는 즉시 매슈, 지프와 함께 특별한 원정길에 올랐다.

그린히스부터 이스트엔드까지는 상당히 먼 길이었다. 그런데 그들이 트윙크를 산 가게에 도착했을 때 위쪽 창문에서 아직 불빛이 새어 나오고 있었다. 가게는 문을 닫았지만 가게 주인이나 그의 식구들이 여전히 깨어 있다는 뜻이었다. 가게의 앞 창문 맞은편에는 '해리스 씨 카나리아 목소리 복원소. 한 병에 4펜스'라고 쓰인 팻말이 있었다.

존 둘리틀 박사가 그의 동행에게 속삭였다. "세상에! 대머리 치료제 같군요. 매슈, 다른 데 가서 기다리는 게 낫겠어요. 여기서 어슬렁거리면 안 돼요. 의심을 살지도 몰라요. 어디 식당에 가서 차나 한 잔 합시다. 지금 10시예요. 30분쯤 후에 다시 옵시다."

그들은 거리를 따라 걸어갔다. 그러나 이런 곳에서 그렇게 늦은 시각까지 문을 연 식당을 찾기란 쉽지 않은 일이었다. 게다가 박사는 치마 때문에 걷기가 무척 힘들었다. 마침내 그들이 아주 조용하고 한적한 골목에 다다랐을 때 매슈가 말했다.

박사는 벌떡 일어서서 전력을 다해 내달렸다.

"박사, 나 혼자 우리가 들어갈 곳을 찾는 동안 당신은 여기서 기다리는 게 좋겠어요. 이 근처 어딘가에 갈 곳이 있겠죠. 내가 찾을 수 있을 거예요."

박사가 말했다. "알겠어요. 하지만 서둘러요. 난 이 옷을 입고 걸을 만큼 걸었거든요."

매슈가 식당을 찾으러 간 사이 박사는 조용한 거리를 돌아다녔다. 누군가가 그곳에 나타날 때마다 박사는 아무 볼일 없는 사람처럼 보이지 않게끔 걸음을 재촉했다. 그는 굉장히 불편하고 기분이 좋지 않았으며 매슈가 빨리 오기를 바랐다.

그때 남자 한 명과 여자 한 명이 그리로 걸어왔고 박사는 볼일이 있는 듯 재빨리 발걸음을 옮겼는데 그들이 무슨 이유 때문인지 자신을 쳐다보고 있다는 걸 눈치챘다. 그 순간 그는 자신의 치마가 내려가는 걸 느꼈다. 어찌할 바를 몰랐던 박사는 문 앞 계단에 앉아서 한숨 돌리는 거지처럼 보이려고 했다.

박사가 곁눈질로 보자, 끔찍하게도, 거리 저 끝에 있던 사람들이 그에게 말을 걸려고 이쪽으로 다가오는 것 같았다.

그들이 다가오자 박사는 땅바닥을 쳐다보면서 얼굴이 눈에 띄지 않도록 최대한 몸을 웅크리고 앉았다. 몇 분 후 박사는 그들이 자신 앞에서 걸음을 멈췄다는 걸 알았다.

남자의 목소리가 들렸다. "세상에! 이 여자는 빈민촌에서나 마주칠 법한 사람이네."

이어서 여자의 목소리가 들렸다. "불쌍한 사람 같으니! 이봐요,

이 밤에 왜 여기 앉아 있어요?"

문간에 웅크린 사람은 대답이 없었다.

"갈 집이 없나요?" 여자가 물었다.

더 이상 침묵을 지킬 수 없어 고개를 든 박사의 눈에 들어온 건 자신의 여동생 세라와 그녀의 남편이었다!

박사는 두 손으로 내려가는 치마를 꽉 움켜쥔 채 벌떡 일어서서 전력을 다해 빈 거리로 내달렸다. 세라는 비명을 지르면서 남편의 품속으로 기절하고 말았다.

박사가 방향을 틀었을 때 매슈와 맞닥뜨렸다.

"무슨 일이에요?" 동물 먹이 장수가 물었다.

"세라예요! 그리고 이놈의 치마가 내려가요. 몸을 숨깁시다! 빨리!"

2장

새들을 탈출시킨 박사

놀란 매슈가 박사와 함께 재빨리 모퉁이를 돌아 급히 발길을 재촉하며 말했다. “세라라고요! 세상에! 당신 여동생은 보고 싶지 않을 때만 나타나는 놀라운 재주가 있군요. 그런데 왜 거기 있는 걸까요? 웬들미어에서 댕글 목사와 결혼하지 않았나요?”

“매슈, 딩글이에요, 딩글.” 박사가 길에서 헐떡거리며 이름을 정정했다. “그래요, 세라 남편은 그곳에 있는 교회의 목사 중 한 명이에요. 런던을 방문했나 보죠. 빈민촌 같은 곳에서 나온 것 같아요. 그들과 마주친 것도 다 내 운이에요. 매슈, 세라 부부가 우리를 쫓아오나요?”

동물 먹이 장수가 뒤를 돌아보며 말했다. “아니요, 아무도 안 보여요.”

“이 빌어먹을 치마를 추켜올려서 고정시켜야겠어요. 어두운 골목이나 건물 출입구 같은 곳 좀 찾아볼래요?”

조금 더 가니 마구간으로 이어진 아치형 출입구에 다다랐는데 그들이 바라던 대로 호젓한 곳인 듯했다. 그들은 자신들이 그곳으로 들어가는 걸 본 사람이 없는 걸 확인한 후 반가운 어둠 속으로 퇴각했고, 박사가 최선을 다해 숨을 고르는 동안 매슈는 치마를 위로 올리고 단단히 고정시켰다. 하지만 불빛 하나 없다 보니 매슈가 치마를 지나치게 높이 추켜올려서 치마 아래로 박사가 입은 바지가 다 보였다. 그들은 거리로 다시 나온 후에야 이 사실을 발견했다. 하는 수 없이 그들만의 임시 분장실로 돌아가 치마를 도로 내려야 했다.

“식당을 찾았어요, 박사. 지금 그리로 갈까요?” 매슈가 말했다.

“아니요.” 박사가 시오도시아가 입혀 준 보디스의 안쪽에서 간신히 자신의 시계를 꺼내며 말했다. “11시예요. 난 세라가 어찌 됐는지 걱정돼요. 그 가게로 다시 가는 게 낫겠어요.”

그들은 가게 방향으로 걸음을 옮겼다. 5분쯤 걷자 그 가게가 시야에 들어왔다. 이제 창문 안 불은 꺼져 있었지만 가게 맞은편 가로등 아래 경찰 한 명이 서 있는 게 보였다.

“매슈, 오늘 밤엔 운이 우리 편이 아닌 것 같군요.” 박사가 말했고 그들은 다시 모퉁이 쪽으로 향했다. “저 경찰은 그 많은 담당 구역을 놔두고 하필이면 저기 서 있군요.” “박사, 내가 거리 반대쪽에서 경찰 뒤로 간 다음 경찰 머리를 나사돌리개로 톡톡 치면 어떨까요?"

박사가 속삭였다. "세상에! 안 돼요! 게다가 도대체 어디서 나사돌리개를 구하겠다는 거예요?"

"내 주머니에 한 개 있어요." 매슈가 말했다.

"뭣 때문에 가져온 거예요?"

동물 먹이 장수가 말했다. "문 열 때 쓰려고요. 난 밤에는 호신용으로 항상 나사돌리개를 가지고 다니지요. 이건 매사에 쓸모가 있어요. 어떤 사람들은 지팡이나 우산을 갖고 다니지만 난 항상 나사돌리개를 갖고 다니죠.

"흐음, 경찰에게 그걸 사용하진 말아요. 저 친구는 우리가 좀 더 기다리면 갈 거예요. 경찰들은 담당 구역을 매번 돌아야 하잖아요. 저 가게 뒤쪽엔 뭐가 있죠?"

"작은 마당으로 통해요. 하지만 길에서 그리로 바로 갈 방법은 없어요. 앞에서 문을 열고 들어가야 해요."

둘이 모서리에서 코를 내밀고 가게 주변에 있는 경관을 엿보는 동안 지루한 15분이 흘러갔다.

마침내 그 경관이 하품을 하며 팔을 머리 위로 쭉 뻗더니 자리를 떠났다.

"이제 기회가 왔어요. 갑시다." 매슈가 나사돌리개를 꺼내면서 속삭였다.

매슈는 박사와 함께 가게를 향해 걸으며 덧붙였다. "박사, 만약 누군가가 우리 일에 끼어들면 일단 여자처럼 말하는 거 잊지 말아요. 알겠어요? 문을 열고 가게 주인에게 뭔가 말할 것처럼 행동해야 해요. 하지만 만약 그들을 처리하기 어렵고 우리가 잡힐 것 같으면 치마를 벗어 던진 다음 도망쳐요. 이제 내가 자물쇠를 살필 동안 당신은 거리 양쪽을 지켜보고 있어요."

"매슈, 걸쇠를 부수거나 문을 망가뜨리지 않게 조심해요. 가게 주인의 재산에 손실을 끼치면 안 돼요. 우리는 저 새들을 놔 주기만 하면 돼요."

"날 믿어요, 박사." 매슈가 껄껄 웃으며 작업을 시작했다. "난 눈 감고도 이 자물쇠를 열 수 있어요. 아무도 내가 여기에 있다 간 걸 눈치채지 못할걸요. 됐어요! 마음 놓고 들어가면 돼요. 이 정도 일을 하고 돈을 받을 수는 없지요."

거리를 지켜보던 박사가 몸을 돌리자 놀랍게도 문이 이미 열려 있었다. 매슈가 문턱을 향해 인사하면서 그 신기한 나사돌리개를 주머니에 다시 넣었다.

"맙소사! 잽싸게 끝냈군요." 존 둘리틀 박사가 안으로 발걸음을 옮기며 말했다.

"쉬잇!" 매슈가 소리 없이 문을 닫으면서 속삭였다. "실력을 발휘해야 할 곳은 바로 이곳이에요. 내가 등에 불을 밝힐 테니 이 헝겊들로 당신 장화를 싼 다음 묶도록 해요. 아니다, 길 건너 가로등 불빛만으로도 충분하겠어요. 발을 디딜 때 조심해야 해요."

박사가 말했다. "마당 쪽 창문을 열어요. 당신한테 새장을 넘겨

마침내 경관이 하품을 하며 팔을 쭉 뻗었다.

"당신은 거리 양쪽을 지켜보고 있어요."

줄 테니 새장 문을 연 다음 새들을 밖으로 내보내요. 휴우! 이 끔찍한 곳은 답답하기 짝이 없군요."

존 둘리틀 박사의 눈은 이제 길 건너편에서 가게 창을 통해 들어오는 희미한 가로등 불빛에 익숙해지기 시작했다. 그곳은 넓지 않았는데 천장부터 바닥까지 새장과 우리로 빽빽이 들어차 있었다. 방 중앙의 빈 공간에는 더 많은 새장들이 한 줄로 늘어서 있었고 작은 탁자들은 여러 색깔의 지저분한 천으로 덮여 있었다.

박사는 여기 오기 전에 검은새가 갇혀 있는 새장과 최근에 잡혀서 이리로 온 찌르레기와 개똥지빠귀가 들어 있는 새장이 정확히 어디쯤 있는지 트윙크에게 주의 깊게 들어 둔 참이었다. 박사는 매슈가 준 걸레로 자신의 커다란 장화를 감싼 다음 우리 더미와 상자 더미 사이를 조심스럽게 지나서 검은새들이 잡혀 있는 새장에 다다랐다.

거기엔 상당히 큰 새장들이 많았고 각 새장마다 두세 마리 정도가 갇혀 있었다. 그때 매슈가 가게 뒤편에 있는 창문을 열자 찬바람이 답답한 방 안으로 밀려 들어왔다. 박사가 새장을 한 개씩 넘겨 주자 동물 먹이 장수는 능숙하게 작은 문을 열고 크게 놀란 새들을 어둠 속으로 날려 보냈다. 새들은 무슨 일이 일어난 건지 알 길이 없었다. 하지만 망설이지 않았다. 고맙게도 녀석들은 지저분한 뒷마당을 벗어나 위로 날아올랐고 런던 시내 굴뚝들을 지나 자유와 탁 트인 전원을 향해 날아갔다.

"녀석들이 다 살아 있던가요, 매슈?" 존 둘리틀 박사가 검은새가 든 마지막 새장을 건네면서 물었다.

"지금까지는 죽은 새들은 없어요." 매슈가 속삭였다.

"잘됐어요. 우리가 늦지 않게 와서 다행이에요. 이제 찌르레기와 개똥지빠귀들을 내보냅시다."

존 둘리틀 박사는 야생 상태에서 잡혀 이 가게로 팔려 온 새들이 든 새장을 찾기 시작했다. 이 작업은 쉽지 않았는데 많은 새장이 가려져 있었기 때문이다. 그리고 빛이 너무 희미해서 갇혀 있는 새들이 들새인지 아닌지 분간하는 건 차치하고 새장에 든 새들의 종류조차 구별하기 힘들었다.

게다가 가게 주인이나 그의 가족들이 내려올까 봐 걱정된 박사는 가게 안에 있는 새들이 깨서 아우성치지 않도록 심혈을 기울여야 했다.

운 좋게도 이곳에는 레트리버 한 마리와 잡종 불도그 한 마리 말고는 개가 없었다. 그때까지 두 녀석 모두 그 방 왼편에 쌓여 있는 상자 더미 밑 작은 우리에서 곤히 잠들어 있었다.

이곳저곳을 오르락내리락하며 수색한 끝에 박사는 찌르레기로 가득 찬 큰 새장을 찾아냈다. 한두 마리의 재잘거림에 맞은편 모퉁이에 있는 새들이 잠결에 대답을 하긴 했지만 박사에게 새장을 넘겨받은 매슈가 별 탈 없이 새들을 밖으로 날려 보냈다. 개똥지빠귀가 갇혀 있는 두 개의 큰 나무 새장 역시 찾아서 같은 방법으로 새들을 날려 보냈다.

매슈는 일하는 와중에도 박사에게 조용히 있으라고 한 다음 위

마찬가지로 개똥지빠귀가 든 새장 두 개도 비웠다.

층에서 무슨 소리나 신호가 들리는지 귀를 기울이곤 했다. 그리고 그때마다 동물 먹이 장수는 가게 주인과 그의 가족들이 곤히 잠들어 아래에서 무슨 일이 일어나고 있는지 전혀 모른다고 확신했다.

박사는 찾아낸 검은새와 찌르레기, 개똥지빠귀를 모두 날려 보낸 후에도 들판이나 숲에서 잡혀 이곳에서 옴짝달싹 못 하게 된 불쌍한 녀석들이 더 있는지 보려고 여전히 소리를 죽인 채 방을 왔다 갔다 하면서 새장 헝겊을 들추고 안을 뚫어져라 살펴보았다.

박사가 그 일에 몰두하고 있을 때 헝겊으로 덮인 새장 속 앵무새 두 마리가 가게의 저쪽 끝에 있는 다른 새에게 낮은 톤으로 얘기하는 게 들렸다.

한 마리가 말했다. "들어 봐. 방에서 뭐가 돌아다니고 있는 것 같은데. 넌 안 들려?"

다른 새가 말했다. "응. 나도 들었어. 그 소리 때문에 내가 깼거든. 뭐지? 동물들이 밖으로 나갔나?"

첫 번째 새가 말했다. "모르겠어. 고양이가 아니면 좋겠는데. 문 가까이에 있는 우리 안에 회색 맹크스 고양이가 두 마리 있거든. 한 마리라도 우리 밖으로 나오면 우린 무사하지 못할걸."

대화를 골똘히 듣던 박사는 매슈에게 가만히 있으라는 신호를 보냈다.

다른 앵무새가 대답했다. "뭔지 알겠어. 이렇게 소리 없이 다닐 수 있는 건 고양이뿐이야. 그리고 둘 다 우리에서 나온 게 분명해. 조금 아까 이 방 양쪽 구석에서 동시에 소리가 난 걸 내가 분명히 들었거든. 어떻게 하지?"

다른 앵무새가 말했다. "소리를 질러서 주인에게 알리는 게 낫겠어. 왜냐하면…"

"아니, 아니. 그러지 마. 너희가…" 박사가 소리를 낮춘 채 앵무새 말로 속삭였다.

"세상에! 너 저 소리 들었어? 누군가가 앵무새 말로 이야기하잖아. 그런데 앵무새는 아니야. 말씨가 달라. 괴상한데!"

그때 박사는 이 앵무새들 말소리에 방 안에 있는 다른 새들이 잠에서 깼다는 걸 알았다. 사방에서 날개를 부드럽게 파닥거리는 소리와 횃대 긁는 소리가 났다. 박사는 매슈에게 이곳을 서둘러 떠나야겠다는 신호를 보냈다. 그런데 바로 그때 재채기가 나오려고 했다. 박사는 있는 힘을 다해 참아 봤지만 그 소리를 다른 소리로 착각할 수는 없었다.

"맙소사! 가게 안 어딘가에 사람이 있어!" 앵무새 중 한 마리가 말했다.

박사는 다시 매슈에게 이곳에서 나가야겠다는 신호를 필사적으로 보내면서도 앵무새들에게 자신의 정체를 밝혀야 할지 아니면 새들이 정체를 파악하기 전에 이곳을 떠나야 할지 망설였다. 두 번째 앵무새가 바로 대답하지 않고 이 상황에 여전히 어리둥절해 있는 것 같자 박사는 아무도 없을 때 이곳을 빠져나가야겠다고 결심했다.

그러나 천에 덮인 새장 속 앵무새들은 사람처럼 재채기를 하면서 말씨가 좀 다르긴 하지만 새처럼 말할 수 있는 건 이 세상에 오직 한 사람밖에 없다는 걸 깨달았다. 별안간 녀석들 중 한 마리가 큰 소리로 외쳐 댔다.

"존 둘리틀 박사님이 틀림없어!"

"쉬잇!" 박사가 말했다.

그러나 너무 늦었다. 두 번째 앵무새는 너무 기쁘고 흥분한 나머지 박사의 말을 귓전으로 들었다.

"그래, 맞아! 박사님이야! 애들아, 일어나! 박사님이 오셨어! 일어나! 일어나라고!"

곧 그곳에 있는 모든 새들이 목청껏 꽥꽥, 짹짹, 끽끽 하고 울어 댔다. 박사는 출입문을 향해 힘껏 뛰었다. 하지만 희미한 빛 때문에 바닥에 있는 상자를 보지 못한 그는 발이 상자에 걸려 꽈당 넘어졌고 옆에 쌓아 둔 빈 새장들이 그의 머리 위로 우당탕탕 쏟아졌다.

매슈가 말했다. "조심해요! 위에서 발소리가 들려요. 우리 때문에 온 식구가 깼어요. 나갑시다!"

박사가 말했다. "나갈 수 없어요. 내 가슴 쪽에서 이 새장들 좀 치워 줘요"

이때, 잠에서 깬 개 두 마리가 있는 힘껏 짖어 댔다. 매슈가 쏟아진 새장에서 박사의 다리와 치마를 빼내는 동안 위층 방으로 이어지는 계단 위쪽에서 불이 깜빡이는 게 보였다.

"진짜 박사님이세요?" 우리에서 불도그가 짖어 댔다.

"그럼 누구겠니?" 존 둘리틀 박사가 여전히 몸을 일으키려고 버둥거리며 말을 잘랐다. "제발 조용히 좀 해! 도망쳐야 하니까. 잡히면 감옥에 갇히고 말 거야."

"우리의 걸쇠 좀 풀어 주세요. 그럼 저희가 박사님이 무사히 도망칠 수 있게 망을 볼게요."

"매슈, 나한테 신경 쓰지 말고 개들을 풀어 줘요. 얼른!" 박사가 말했다.

매슈는 산전수전 다 겪은 모험가였지만 박사가 그런 목소리로 말하자 끊임없이 잔소리를 해 댔다. 가게 주인이 손에 부지깽이를 들고 이미 계단 꼭대기에 서 있었지만 매슈는 불도그와 레트리버를 우리에서 풀어 주느라 빨리 달아날 수가 없었다.

"경찰! 경찰! 살인자예요! 강도가 들었어요!" 가게 주인이 계단을 뛰어 내려오며 소리쳤다.

"도망쳐요, 매슈! 내가 어떻게든 해 볼게요!" 박사가 외쳤다.

박사가 아직 일어나지 못했는데도 가게 주인이 계단을 반쯤 내려오자 매슈는 이번엔 박사의 말에 토를 달지 않았다. 그는 박사를 혼자 남겨 둔 채 앞문을 통해 뛰어나간 다음 자취를 감췄다.

부지깽이를 머리 위로 쳐든 가게 주인이 세 발짝쯤 떨어진 박사 몸을 덮치려는 순간이었다. 별안간 존 둘리틀 박사의 양쪽에 있는 계단 밑에서 개 두 마리가 으르렁거리며 나타나는 바람에 가게 주인은 뒤로 물러설 수밖에 없었다. 박사는 몸을 꼿꼿하게 세운 다음 흘러내린 치마를 위로 추켜올렸다.

“당신은 창피한 줄 알아야 해요.”

“이렇게 구역질 나는 동물 가게를 운영하다니 창피한 줄 알아야 해요.” 박사가 가게 주인을 호되게 나무라는 순간 쓰고 있던 모자에서 가짜 앞머리가 바닥으로 떨어졌다. “너희 주인이 이것 때문에 너희들을 때리거든 내가 너희에게 집을 마련해 주마. 내 서커스단은 그린히스에 있어.”

그러고는 성큼성큼 걸어 열린 문을 나선 박사는 매슈 뒤를 쫓아 줄행랑쳤고, 저 멀리 거리 모퉁이에서 박사에게 손짓하는 동물 먹이 장수의 모습이 보였다.

3장

박사의 귀환

개 두 마리는 박사와 매슈를 동물 가게 주인(그의 이름은 해리스였다.)으로부터 도망시키는 데는 성공했지만 주인이 위층으로 올라가 침실 창문을 여는 것까지 막진 못했다. 그는 고래고래 소리를 질러 경찰을 불렀고 결국 존 둘리틀 박사가 몇 시간 전에 봤던 경관이 현장에 나타났다.

분노한 해리스 씨는 더듬거리며 누군가가 자신의 가게를 침입했다고 말했고 이어서 박사의 인상착의를 상세히 설명했다. 정확하게 보진 못했지만 매슈에 대해서도 최대한 자세히 말했다.

경관이 길게 호각을 불었고 곧 경찰 두 명이 합류했다. 그들은 흥분한 가게 주인이 가리킨 방향으로 범인을 잡으러 달려갔다.

그는 고래고래 소리를 질러 경찰을 불렀다.

한편 경험이 풍부하고 머리 회전이 빠른 동물 먹이 장수는 박사를 데리고 강가에 접한 미로 같은 뒷골목으로 갔다. 곧 그는 걸음을 멈추고 귀를 기울였다.

"박사, 일단은 우리가 사람들을 헷갈리게 한 것 같아요. 이제 이 낡은 창고 뒤로 몸을 피해서 그 사람들을 따돌립시다."

박사는 헛간 그늘 아래에서 치마와 조끼, 모자를 벗었다.

"시오도시아는 이것들이 없어도 상관없어요." 동물 먹이 장수가 소용돌이치는 강물에 그것들을 던지며 말했다. "박사, 우린 각자 다른 길로 돌아가야 해요. 경찰이 우리가 같이 있는 걸 보면, 아무리 당신이 옷을 바꿔 입었다고 해도, 우린 그린히스로 돌아가지 못할 거예요."

"그런데 난 모자 대신 뭘 쓰죠? 대머리를 보일 순 없어요." 존 둘리틀 박사가 강물에 떠가는 시오도시아의 모자를 보며 물었다.

"내가 다 생각해 뒀지요." 매슈가 주머니에서 모자를 꺼내며 말했다. "여분으로 모자 한 개를 가져왔어요. 어때요? 우리가 궁지에 빠졌을 때 당신이 이거랑 코트, 바지를 입기만 하면 그 자리에서 변신할 수 있겠다고 생각했지요. 유비무환 아니겠어요?"

"세상에, 너무 작잖아요!" 박사가 모자를 쓰려고 애쓰면서 말했다.

매슈가 말했다. "괜찮아요. 그냥 모자를 머리에 얹고 있어요. 그렇게요. 이제 좋아 보여요. 그리고 내가 떠난 다음 혹시 경찰이 나타나서 물어보면, 기억해요, 당신은 식료품 가게 점원이고 코번트 가든 시장에 가는 길이에요. 이렇게 일찍 일어나야 하는 직업은 많지 않으니까요. 잊지 마요. 식료품 가게 점원이에요."

"내가 정말 점원처럼 보여요?" 박사가 머리 뒤로 자꾸 내려가는 작은 모자를 잡으면서 물었다.

매슈가 말했다. "흐음, 그렇게 보여야 해요. 코트 깃을 세우고, 많이 배운 사람처럼 말하지 말아요. 어려운 말은 안 돼요. 알겠죠?"

"알았어요. 당신은 어느 길로 갈 건가요?"

"난 와핑을 통해 돌아갈 거예요. 당신은 다른 길을 찾되, 가능한 한 뒷골목으로 가도록 해요. 조금 전에 발이 큰 경관이 미친 듯이 호각을 부는 소리가 들렸으니 곧 런던 경찰청 소속 경찰들이 우리 뒤를 쫓을 거예요. 박사, 잘 가요, 아침 식사 때 봅시다."

곧 매슈가 모퉁이를 돌아 어둠 속으로 사라졌고 박사는 그가 사라진 주위를 잠시 멍하니 바라보다가 남동쪽으로 강과 나란히 뻗은 좁은 길을 택했다.

"난 식료품점에서 일하는 점원이야." 그는 걸음을 옮기면서 중얼거렸다.

박사가 길을 따라 걷기 시작한 지 얼마 지나지 않아 뒤에서 낯선 목소리가 그를 불렀다.

"이봐요! 당신, 거기서 뭐하고 있습니까?"

그가 몸을 돌리자 열 걸음도 떨어지지 않은 곳에 밝게 빛나는 볼록 렌즈 손전등을 허리띠에 찬 경찰 한 명이 보였다. 도망가 봤자 허사일 것 같았다. 그는 발걸음을 돌렸다.

박사가 경관에게 말했다. "죄송합니다만 저를 부르신 건가요?"

경관이 말했다. "그렇습니다. 이 밤중에 뒷골목을 돌아다니면서 뭘 하는 겁니까?"

"코번트 가든 시장에 가는 길입니다. 전 식료품 가게 점원이에요." 박사가 말했다.

경찰은 박사를 향해 손전등 빛을 비추더니 맞지 않는 모자부터 커다란 장화까지 박사의 모습을 천천히 훑었다.

"코번트 가든은 그쪽이 아닙니다. 코번트 가든에 볼일이 있다면 어느 방향인지 잘 알 텐데요. 말해보세요. 당신 이름이 뭡니까?"

어색한 침묵이 흐르는 동안 경관 어깨 너머로 골목 끝 쪽에서 더 많은 사람들이 몰려오는 게 보였다.

한편, 도시의 길과 경찰에 대해 잘 아는 매슈는 우회로와 조용한 거리로 이동하면서 점차 그린히스에 가까워지고 있었다. 회색빛 동이 트기 시작할 때 매슈는 서커스장 출입문을 기어 올라갔다. 자신의 캐러밴에 들어가자 아내가 여전히 깨어 있었다. 모험의 결과가 궁금했기 때문이다.

"잘됐어요, 시오도시아. 박사도 곧 올 거예요. 난 누워서 눈 좀 붙였다가 일하러 가야겠어요. 아침 식사 전에 박사가 오면 날 깨워요."

아침 식사 시간이 됐지만 박사는 오지 않았다. 그리고 오전이 지나도 그가 나타나지 않자 매슈와 그의 아내는 불안해지기 시작했다.

그런데 11시쯤 동물 먹이 장수가 박사를 찾으러 나갈 준비를 하고 있을 때 기진맥진한 박사가 부스스한 머리로 쫄딱 젖은 채 나타났다.

매슈가 말했다. "어떻게 된 거예요? 나랑 비슷한 시간에 올 줄 알았는데."

"어떤 멍청한 경찰이 나를 멈춰 세웠어요. 그리고 온갖 질문을 해 댔죠. 우리를 찾고 있는 게 분명했어요. 하지만 내 옷차림이 설명과 맞지 않잖아요. 경찰 질문에 대답만 제대로 하면 보내 줄 거라고 확신했지요. 그런데 그 경찰이 조사를 하는 도중에 그 끔찍한 동물 가게 주인이 다른 경찰을 데리고 현장에 나타난 거예요. 난 도망치기 위해 다른 수를 써야 했지요."

동물 먹이 장수가 말했다. "흐음, 그래서 어떻게 했어요?"

박사는 난처하고 부끄러운 듯 말했다. "유감스럽지만 주먹을 쓸 수밖에 없었어요. 다른 경찰들이 골목으로 몰려올 때 그 멍청한 경찰은 반대쪽에 있었죠. 그래서 난 어느 쪽으로도 빠져나갈 수 없었어요. 내가 변장을 하지 않았더라도 해리스가 날 알아볼 거라고 짐작했지요. 그래서 난 경찰 턱에 주먹을 날려 쓰러뜨린 다음 그자를 뛰어넘어 도망쳤어요. 골목 끝에 나를 잡으려는 경관 두 명이 더 보였죠. 남은 선택은 강밖에 없었어요. 난 강으로 뛰어들었고 바지선 밑으로 헤엄쳐서 반대쪽으로 올라왔어요. 그들은 내가 물에 빠져 죽었을 거라고 생각할 거예요. 아무튼 내 뒤를 쫓는 소리는 더 이상 들리지 않았어요. 난 물길을 따라 2, 3킬로미터쯤

“난 강으로 뛰어들었어요.”

더 헤엄쳐서 반대편 강둑으로 기어 나온 다음 이리로 돌아왔어요. 그 경찰에게 주먹을 날린 건 미안하지만 달리 어쩔 수 없잖아요?"

매슈가 킥킥댔다. "사과하지 말아요, 박사. 사과할 필요 없어요. 내가 그 모습을 보지 못한 게 아쉬울 뿐이에요. 그런데 그렇게 물이 뚝뚝 떨어지도록 젖었는데도 당신을 의심의 눈초리로 보는 사람들 없이 여기까지 왔다는 거예요?"

박사가 대답했다. "그렇지 않아요. 사람들이 떼를 지어 나를 쫓아왔지만 나를 멈춰 세울 순 없었죠."

매슈가 얼굴을 찡그리며 중얼거렸다. "허! 그건 별로 좋은 것 같지 않군요. 난 경찰들이 물에 빠져 죽었을 거라며 당신을 그렇게 쉽게 포기할 거라고 생각하지 않아요. 특히 당신이 말한 대로 얼굴에 주먹을 얻어맞은 후라면 더더욱 그렇죠. 그리고 빌링스게이트에서 여기까지 오는 내내 물을 뚝뚝 흘리면서 말 많은 사람들하고 같이 왔다면, 옷을 갈아입는 대로 짐을 싸서 당분간 여기를 떠나 있는 게 좋겠어요. 느낌상 오후에 경찰서에서 한두 번 부를 것 같거든요. 아니! 저 개는 뭐지?"

박사가 캐러밴에서 밖을 내다보자 해리스 씨 가게에 있던 잡종 불도그가 지프, 스위즐, 토비와 함께 서커스장을 가로질러 박사 쪽으로 걸어오는 게 보였다.

"안녕." 개의 무리가 계단 앞에 다다르자 존 둘리틀 박사가 말했다. "그 몹쓸 작자가 간밤에 일어난 일로 너에게 못되게 굴었니?"

불도그가 말했다. "그러려고 했어요. 하지만 저와 레트리버는 같이 싸우면서 서로를 지켜 주기로 약속했거든요. 그자가 우리 둘을 동시에 때릴 수는 없었죠. 그러자 가게 주인은 우리 둘을 떼어 놓고는 도움을 청하려 했어요. 그래서 전 레트리버(녀석의 이름은 블래키랍니다.)에게 윙크를 했고 우린 함께 도망쳤어요. 해리스는 거리에 있는 모든 사람들에게 개들이 도망친다며 잡아 달라고 고함을 지르면서 우리 뒤를 쫓아왔어요. 전 우리가 같이 움직이면 박사님께 갈 수 없겠다고 생각했죠. 그래서 블래키에게 속삭였어요. '다음 모서리에서 네가 한 쪽으로 가면 난 다른 쪽으로 갈게. 같이 가면 도저히 안 되겠어!'

'알았어.' 녀석이 말했어요. 그리고 우린 갈라졌죠. 녀석이 잘 도망쳤는지 모르겠어요. 그런데 해리스가 우리 둘 중 하나를 쫓아서 여기로 올 수도 있어요."

박사가 말했다. "알겠다. 흐음, 미리 걱정할 필요는 없어. 아직 너를 따라온 건 아니니까. 넌 이름이 뭐니?"

"그랩이에요." 불도그가 말했다.

"해리스가 온다면 우리가 거하게 환영 인사를 해 주자." 지프가 이빨을 내보이면서 그르렁거렸다.

스위즐이 말했다. "당연하지. 박사님, 그랩이 여기서 우리랑 같이 있고 싶어 해요. 그래도 될까요?"

박사가 말했다. "되고말고. 블래키도 마찬가지란다. 물론 해리스와 의견을 조율할 수 있다면 말이야. 그 작자는 일부러 나한테 팔지 않으려 할지도 몰라."

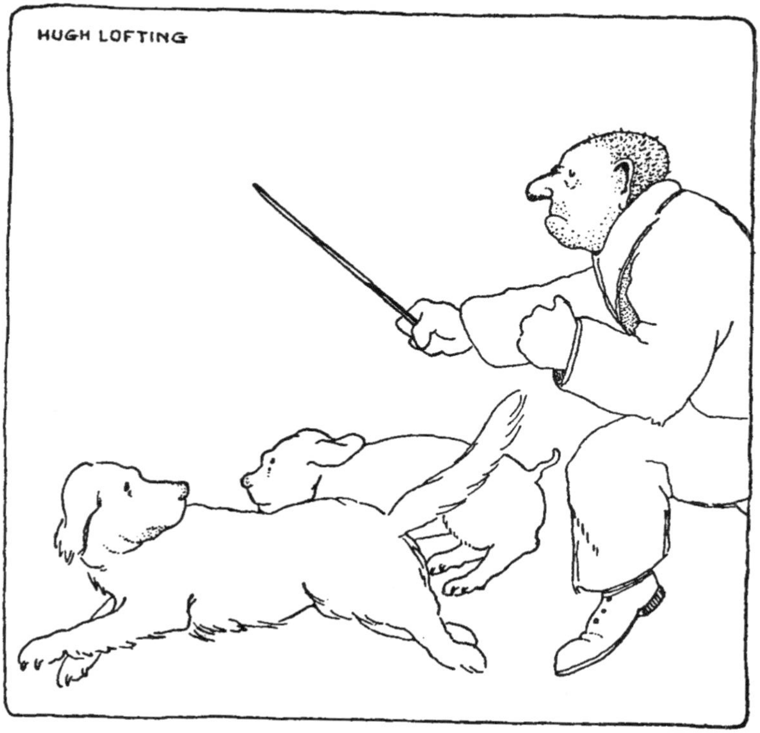

“해리스는 급하게 우리 뒤를 쫓아왔어요.”

매슈가 말했다. "박사, 걱정하지 말아요. 늙은 해리스가 여기 오고 우리가 잡혀 가더라도 감옥살이를 하는 건 기껏해야 며칠뿐일 테니까. 그리고 공연 홍보로는 효과 만점일 거예요."

"그래요. 내가 경찰을 때려눕히지만 않았어도 별 문제 없었을 거예요, 매슈. 우리가 제대로 보살핌을 받지 못하는 동물들을 위해 그렇게 했다는 걸 알면 판사들이 우리가 저지른 절도를 대수롭지 않게 여길지도 모르죠. 하지만 어느 판사도 체포되는 걸 피하려고 경찰 턱에 주먹을 날린 나를 가볍게 풀어 주진 않을 거예요."

그랩이 말했다. "박사님, 저를 박사님의 캐러밴에 들여보내 주시고 잠깐 문을 닫아 주세요. 박사님께 드릴 말씀이 있어요. 해리스에 관한 건데 박사님께 도움이 될지도 몰라요."

그러자 존 둘리틀 박사는 그랩을 캐러밴 안으로 데려갔다. 지프, 토비, 스위즐 모두 불도그가 박사에게 하는 이야기가 못 견디게 듣고 싶었지만 들어갈 수 없었다.

10여 분 후 문이 다시 열렸을 때 지프는 박사가 나오면서 하는 말을 들었다.

"그리고 그 남자의 이름이 뭐지, 그랩?"

"제닝스예요. 제러마이아 제닝스요. 그 사람은 화이트채플에 살았어요."

"알겠다. 기억하마." 박사가 말했다.

존 둘리틀 박사가 계단을 내려올 때 별안간 하늘 어디선가 검은 새 한 떼가 나타나더니 박사의 캐러밴 지붕 위에 내려앉았다.

그중 한 마리가 박사의 어깨로 내려오더니 말했다. “박사님께 고맙다는 인사를 드리고 싶었어요. 어젯밤에는 우리를 놔 준 사람이 누군지 몰랐어요. 풀려나는 게 너무 기뻐서 물어볼 생각을 못 했죠. 그런데 오늘 아침 들판에 있는 찌르레기 한 마리가, 걔는 박사님을 위해 합창을 한대요, 우리에게 자기 친구 두 마리가 잡혀서 같은 가게로 팔려 갔다고 말했어요. 그런데 박사님이 걔들도 풀어 주신 것 같더라고요. 그제야 누가 그랬는지 알았죠. 그래서 박사님의 친절에 정말 고맙다는 인사를 하러 와야겠다고 생각했답니다.”

박사가 말했다. “천만에. 세상에! 저건 블래키잖아. 해리스가 그 뒤를 쫓아오는군. 골치 아프게 됐군.”

그들이 돌아보자, 아니나 다를까, 레트리버가 전속력으로 출입구를 통과하고 있었고, 그 뒤를 동물 가게 주인인 해리스가 쫓고 있었다. 지프와 스위즐이 호랑이처럼 으르렁대며 그를 향해 달려가려 하자 박사가 녀석들을 말렸다.

“그냥 두렴. 지금은 그렇게 해 봐야 아무 소용없으니. 흐음, 해리스 씨, 안녕하십니까!”

“안녕할 리가 있겠소!” 그 키 작은 남자가 소리쳤다. “당신은 도둑이야. 이제 당신을 찾아냈으니 감옥에 보낼 거야. 내 아내도 재판소에서 당신을 알아볼 수 있을 거야. 당신이 가게에서 검은새들을 훔치는 걸 봤거든.”

매슈가 말했다. “여기 있는 사람들을 도둑이라고 부르다니, 불

"나머지 한 명이 바로 당신이군." 해리스가 말했다.

쾌한 말 삼가세요. 건방지게 굴면 빗자루로 당신을 패고 싶어질지도 모르니."

"나머지 한 명이 바로 당신이군." 해리스가 몸을 돌리더니 동물 먹이 장수에게 손가락질하며 말했다. "잘됐어! 이제 둘 다 잡았으니 경찰을 데려와 당신들을 감옥에 처넣겠어. 바로 여기 증거가 있거든. 당신이 훔친 새들이 저기 지붕에 앉아 있고, 당신이 꾀어낸 개 두 마리도 여기 있으니. 내가 당신들을 현행범으로 잡은 거야."

박사가 조용히 말했다. "난 검은새들을 훔치지 않았어요. 녀석들은 자유고, 마땅히 그래야 해요. 당신도 알겠지만 내가 녀석들을 데리고 있는 게 아니에요. 그리고 개들에 대해 말하자면, 저 녀석들은 스스로 원해서 나한테 온 겁니다. 나랑 같이 살고 싶어 해요. 난 녀석들을 당신에게서 사고 싶어요."

"저 녀석들은 내 가게로 돌아갈 거고 정직한 손님들에게 팔릴 거요. 당신이 검은새들을 훔친 거야. 당신이 떠난 후 가게 안에서 문이 열려 있는 새장을 찾아냈다고. 경찰을 부르겠소."

분노로 인해 얼굴이 보라색으로 변한 그 키 작은 남자가 발길을 돌려 출입문으로 향했다.

'어어, 잠깐만요, 해리스 씨." 박사가 불렀다.

"뭐요?" 가게 주인이 멈춘 채 으르렁댔다. "난 바보 같은 짓에 쓸 시간 따윈 없어. 오늘 안에 당신들을 감옥에 처넣을 거야."

"당신에게 개인적으로 할 말이 있습니다. 잠깐 제 캐러밴 안으로 들어오시겠습니까?"

"나한테 할 말이 뭐든 재판정에서 하면 될 거요." 해리스가 으르렁대더니 다시 출입문을 향해 걸음을 옮기기 시작했다.

"당신은 내가 이 사실을 재판정에서 말하길 바라지 않을 것 같은데요." 존 둘리틀 박사가 그의 뒤에서 말했다. "제닝스에 관한 이야기예요. 화이트채플에 사는 제러마이아 제닝스."

서두르던 가게 주인이 돌연 걸음을 멈췄다. 그는 얼굴을 찡그린 채 박사를 향해 몸을 돌렸다. 그리고 천천히 되돌아와서 캐러밴 계단을 올라갔다.

→ 4장 ←

해리스 씨의 과거

해리스의 갑작스런 태도 변화에 호기심이 인 매슈와 세 마리 개들은 눈을 동그랗게 뜬 채 박사가 그 남자 뒤를 따라 캐러밴 안으로 들어가는 걸 지켜보았다.

"뭔지 궁금한걸." 참견꾼 토비가 속삭였다. "사람이 저렇게 갑자기 조용해지는 걸 본 적 있니?"

"박사님이 뭔가 풍문으로 들은 게 있는 거야." 지프가 말했다. "해리스 씨가 태도를 바꾼 이유지."

"박사님께 무슨 말을 한 거야, 그랩?" 스위즐이 물었다. 하지만 불도그는 대답하려 들지 않았다.

"내 일이야, 박사님 일이고." 녀석이 말했다. 그리고 녀석은 입을 다물었다.

한편 캐러밴에 들어간 존 둘리틀 박사는 손님에게 의자를 권했다.

"앉아서 이 문제에 대해 조용히 이야기해 봅시다." 그가 말했다.

"아니요, 앉고 싶지 않군요." 해리스가 무뚝뚝한 말투로 말했다. "말해 보세요, 제러마이아 제닝스에 대해 알고 있는 게 뭐죠?"

박사는 담뱃대를 꺼낸 후 선반에 있는 담배통을 향해 팔을 뻗었다. "흐음, 난 사람의 과거를 들먹이거나 다른 사람들 일에 쓸데없이 참견하는 걸 좋아하지 않아요. 하지만 당신은 내가 하지도 않은 일 때문에 날 구속시키겠다고 협박했어요. 난 저 검은새들을 훔친 게 아니라 당신의 가게 창문을 통해 날아가게끔 놔준 거예요. 그 새들은 들새들이고 당신은 사냥꾼들로부터 그 새들을 살 권리가 없기 때문이에요. 그건 그렇고, 당신이 운영하는 동물 가게는 인간의 수치더군요. 하지만, 이 모든 사실에도 불구하고, 법률상 난 절도죄로 유죄판결을 받아 십중팔구 금고형에 처해질 겁니다. 물론 당신이 날 고소하지 않는다면 그런 일은 없겠지요."

박사가 말을 멈추고 성냥을 그을 때 해리스가 말했다. "그래서요?"

존 둘리틀 박사가 말을 이었다. "아주 신뢰할 만한 소식통을 통해 당신이 동물만 판 게 아니라 훔친 물건을 받아 장사를 하기도 했다는 사실을 듣고 관심을 갖게 됐어요. 해리스 씨. 맞죠?"

안절부절못한 채 캐러밴 안을 서성거리던 키 작고 못생긴 남자

“뭔지 궁금한걸.” 토비가 말했다.

가 탁자를 내리치며 말했다.

"그건 거짓말이에요!"

박사가 조용히 말했다. "절도죄로 두세 번 감옥살이를 한 적 있는 화이트채플의 제닝스 씨가 당신의 단골손님 중 한 명이었어요. 당신 때문에 내가 받을 형량보다 훨씬 더 오랫동안 당신과 그 남자를 옥살이시킬 충분한 증거를 갖고 있어요. 난 캐번디시 광장 70번지에서 일어난 일에 대해, 당신은 그걸 작은 '일'이라고 부른 것 같은데, 다 알고 있다구요. 누군가가 당신에게 팔려고 가져온 은제품이 장물이라는 사실을 당신도 알고 있었죠. 한쪽 손 손가락이 세 개뿐인데도 금고 따기 명수였던 스퀸티 테드에 대해서도 많은 걸 알고 있지요. 그리고 제프 보텀리와…"

"그, 그만해요!" 해리스가 말을 더듬었다. "도대체 이걸 다 어떻게 안 거죠? 제닝스가 당신한테 말했나요?"

박사가 말했다. "아니요. 수상쩍은 당신 친구들로부터 들은 게 아니에요. 훨씬 더 믿을 만한 소식통을 통해 알았지요. 그리고 난 내가 한 말을 다 증명할 수 있어요. 심지어 당신이 웨더비 경의 대저택에서 훔친 황금 촛대를 숨겨 둔 지하실 벽 구멍으로 당신을 안내할 수도 있어요."

그 키 작은 남자는 놀라서 숨을 죽인 채 증오와 두려움으로 일그러진 얼굴로 잠시 박사를 노려보았다.

"당신은 악마가 틀림없어." 마침내 그가 낮은 소리로 중얼거렸다. "그래서 뭘 어쩌겠다는 거요?"

박사는 꺼진 담뱃대에 다시 불을 붙였다.

"아무 일도 없을 겁니다, 해리스 씨." 한참 있다가 박사가 말했다. "당신이 내가 제시하는 몇 가지 조건에 동의한다면요."

해리스가 미심쩍어하며 툴툴거렸다. "허! 만약 내가 동의 못 한다면?"

박사가 말했다. "그럼 이 정보를 경찰에게 넘겨 그들에게 처분을 맡겨야겠죠."

해리스 씨가 잠깐 생각에 잠겼다. 그러더니 고개를 들고 말했다.

"조건이 뭐요?"

박사가 말했다. "일단, 나를 고소하지 않는 것에 동의해야 합니다. 그리고 도둑들이 훔친 물건은 물론이고, 도둑들로부터 어떤 도움도 받지 않겠다고 맹세해야 해요. 다음으로, 두 마리 개, 블래키와 그랩을 나한테 양도해야 합니다. 물론 값은 치르겠어요. 마지막으로 동물 가게 일을 그만둬야 합니다. 당신처럼 동물 가게 일을 이해하지 못하는 사람은 절대 장사를 해선 안 돼요."

해리스는 절망감에 망연자실했다.

"당신은 나를 파멸로 몰고 갈 작정인가요?" 그가 울부짖었다. "나더러 정직하게 돈을 벌라는 말이에요?"

"덫에 걸린 불쌍한 들새들을 팔지 않고, 부정하게 얻은 재산도 받지 않고 돈을 벌면 돼요. 내가 알기론 당신은 한때 주철 제조업자였어요. 가게로 들어온 귀중한 금속들을 녹이는 그 일은 상당히 쓸모가 많아요. 주조공장에서 그 일을 다시 시작하도록 해요."

"당신은 나를 파멸로 몰고 갈 작정인가요?" 그가 울부짖었다.

해리스는 얼굴을 찌푸렸다.

존 둘리틀이 덧붙였다. "그래요, 알아요. 가게에 앉아서 힘없는 동물들이나 파는 거에 비하면 편한 직업은 절대 아니죠. 나중에 다른 일을 찾을 수도 있을 거예요."

해리스가 징징대기 시작했다. "당신은 친절하게 생겼어요. 나같이 불쌍한 사람을 가혹하게 대하진 않겠죠. 난 먹여 살릴 자식들이 있어요. 그리고…"

"이봐요!" 박사가 단호하게 말을 자르며 탁자를 주먹으로 쾅 내리치는 바람에 탁자 위에 놓인 사기그릇이 달그락거렸고 밖에 있는 지프가 얼굴을 찡그리며 귀를 쫑긋 세웠다. "그 불쌍한 새들에게도 먹여 살릴 새끼들이 있고, 당신에게 자식들이 중요한 만큼 그 새들에게도 새끼들이 중요해요. 일주일 시간을 줄 테니 재고를 처리하고 가게 문을 닫도록 해요. 당신은 사지가 멀쩡한 사람이에요. 다른 방법으로 먹고살 수 있어요. 일주일 안에 내가 제시한 조건들이 이행되지 않으면 장물 취득자인 당신의 행적을 적어 경찰에 넘길 거예요. 어쩔 건가요?"

키 작고 못생긴 그 남자가 천천히 탁자에서 모자를 집어 들었다. 박사의 굳게 다문 입은 더 이상의 언쟁과 호소가 안 통할 거라고 말하고 있었다.

그가 시무룩한 표정으로 말했다. "알겠소. 일주일 안에, 그럼…"

"반 파운드예요." 존 둘리틀 박사가 주머니에서 동전을 꺼내며 말했다. "그랩과 블래키 값으로 각각 5실링씩 지불하겠어요. 개들은 여기서 나와 머무를 겁니다. 일주일 후 당신 가게에 가서 살펴보겠어요. 그리고 당신이 훔친 물건을 받는 건, 내가 다른 정보를 얻는 것과 똑같은 방법으로 알아낼 수 있다는 걸 기억해 둬요."

박사가 캐러밴의 문을 열자 해리스가 느릿느릿 계단을 내려가 출입문을 향해 걸음을 옮겼다.

"세상에! 이런!" 매슈가 그의 뒤를 응시하며 중얼거렸다. "박사, 저 작자는 아까처럼 화가 난 것 같지 않은데요. 다시 경찰서로 가는 길인가요?"

"아니에요."

박사가 그랩의 머리를 쓰다듬으며 말했다. "저 사람이 경찰을 찾는 일은 없을 거고 동물 가게 일도 접을 거예요."

5장

무대장치, 의상, 오케스트라

존 둘리틀 박사가 해리스를 성공적으로 물리친 데 대해 매슈와 다섯 마리의 개가 축하의 말을 건네는 동안 검은새들이 여전히 캐러밴 지붕 주변에 앉아 있는 게 보였다. 녀석들은 박사에게 뭔가를 말하고 싶은 게 분명했다.

박사는 녀석들의 대장처럼 보이는 수컷들 중 한 마리를 불러 말했다. "아, 이 소동 때문에 너희들을 까맣게 잊고 말았구나. 나를 찾아오다니 너희들 모두 배려심이 참 깊어. 내 서커스단에 대해 어떻게 생각하니?"

검은새가 말했다. "무척 마음에 들어요. 동물들 모두 활기가 넘치고 자기들 일을 즐기고 있어요. 방금 투투가 박사님이 계획한 새 오페라에 대해 얘기해 줬어요. 저희가 박사님을 도울 일이 있는지 알고 싶어요. 아시겠지만, 저희는 노래를 아주 잘한답니다."

"고맙구나. 멋진 생각이야. 사실은 합창단이 하나 더 필요하겠다고 생각했거든. 너희들의 미끈한 까만색 깃털은 화려한 무대장치를 배경으로 눈에 확 띌 거야. 그런데 지금은 시간이 정말 없어. 내가 일주일 안에 공연 준비를 끝내겠다고 약속했거든. 그렇게 짧은 시간 안에 합창단을 꾸릴 수 있겠니?

"아, 그럼요." 검은새가 말했다.

"좋아. 그럼 네가 수컷 열두 마리를 모으고 나면, 함께 악보를 꼼꼼히 읽어 보고 너희가 부를 가사를 정하도록 하자. 그건 그렇고, 난 작은 새들, 그러니까 둥지 속 새끼 가족 역할을 맡을 아주 작은 새들 몇 마리가 필요해. 누구를 추천하겠니?"

검은새가 말했다. "굴뚝새요. 이 지역에 있는 새 중에선 걔들이 가장 작아요. 그리고 굉장히 영리하죠. 박사님께서 뭐든 가르칠 수 있을 거예요."

"네가 네댓 마리 정도 나에게 데려올 수 있겠니?" 박사가 물었다.

"네, 그럴게요. 아직 날이 환하니까 제가 당장 출발해서 하이게이트 너머 숲속과 농장에서 몇 마리 찾아볼게요."

박사는 오래전에 오페라 작업을 시작했지만 이제야 오페라에 자신의 시간을 온전히 쏟아부을 수 있게 되었다. 지금까지는 너무 많은 일에 신경을 써야 했다. 박사는 그날 아침부터 공연을 시작하는 날 밤까지 온종일 열정적으로 일했다. 사실, 신경 써야 할 일들은 한도 끝도 없었다. 오페라는 아주 작은 무대, 그러니까 보통 방 정도 크기의 무대에서 하기로 했는데, 존 둘리틀 박사는 아주 작은 무대장치까지 완벽하게 제작해야 한다고 주장했다.

박사는 극장주들에게 무대 배경을 그려 줄 일류 화가를 섭외해 달라고 했다. 그리고 둥둥 떠 있는 해초 위에 반짝이는 달빛이나 산사나무 밑에 깔린 저녁 어둠처럼 세세한 부분 하나하나까지 수정하기 위해 의견을 나누고 여러 방법을 찾느라 긴 시간을 보냈다.

박사는 피피넬라와 모든 걸 의논했고 무대 배경을 맡은 화가의 결과물이 피피넬라의 마음에 들지 않으면 녀석이 만족할 때까지 바꾸고 또 바꿨다.

박사는 다른 장면이나 단락은 가능한 한 따로 떨어져서 연습하도록 했다. 예를 들어, 굴뚝새들이 도착하자, 박사는 어미 새에게 모이를 받아먹는 배고픈 새끼들 배역을 맡은 굴뚝새들을 다른 오페라 단원들과는 멀리 떨어진 낡은 천막으로 데려가서 둥지 장면을 연습하게 했다. 새들이 한데 모이면 남 얘기를 하며 수다를 떠느라 제대로 연습하지 않는다는 사실을 알았기 때문이다. 또한 새들이 아주 능숙해질 때까지 각각 맡은 부분을 따로 연습한 다음 자신들이 해야 할 대사와 노래에 충분한 자신감이 생겨 더 이상 헷갈릴지 모른다는 두려움이 없을 때 다 같이 모여 완벽한 공연을 하자는 게 박사의 의도였다.

오페라용 의상은 그다지 비싸지 않았지만 만들기가 까다로웠다. 박사는 몸집이 가장 큰 새들만 옷을 입히기로 결정했다. 펠리컨들은 선원 복장을 하고 홍학들은 배를 탄 숙녀로 분하기로 했다. 홍학들의 다리 색깔에 어울리는 옅은 빨강색의 작은 양산들을 만들기 위해 웨스트엔드에 있는 한 우산 회사에 특별 제작을 맡겼다. 홍학들은 낙낙한 시폰 소매로 감싼 오른쪽 날개로 양산을 들기로 했다.

당연하게도 재주꾼 시오도시아가 의상 제작을 위해 호출되었다. 바느질에 능수능란한 머그 부인은 언제나 모든 서커스단의 의상 제작을 도맡았다. 그녀는 펠리컨들을 위해 아주 말쑥한 흰색 선원복과 거기에 어울리는 작은 모자를 만들었다. 의상이 완성되자 합창단 조련사인 치프사이드는 선원 합창단에게 의상을 입힌 채 몇 번이고 총연습을 해야 했다. 새들이 전혀 입어 본 적 없는 옷을 입은 채 자연스럽게 걷고 행동하는 법을 익혀야 했기 때문이다.

어느 날 박사가 피피넬라와 트윙크, 다른 주요 배역을 맡은 단원들에게 말했다. "이제 오케스트라 반주에 대해 이야기해야겠다. 반주로 어떤 악기가 좋겠니?"

피피넬라가 대답했다. "흐음, 그건 물론 우리가 부르는 노래에 달려 있어요. 바이올린이나 플루트 같은 건 안 돼요. 그건 반주가 아니라 경쟁이 되거든요. 카나리아가 노래할 때 가장 좋은 악기는 재봉틀이랍니다. 하지만 조용하고 윙윙대는 소리라면 어떤 소리든 괜찮아요."

"피아노는 별로야?" 캐러밴의 저쪽 끝에서 듣고 있던 흰쥐가 물었다. "퍼들비에 있을 때 난 박사님의 피아노 안에서 살았거든. 그

그는 다양한 수정 방법을 찾느라 긴 시간을 보냈다.

그녀는 펠리컨을 위해 아주 말쑥한 흰색 선원복을 만들었다.

악기에 대해 많이 알아. 난 박사님이 아프리카에 가기 전에 갖고 계시던 낡은 피아노가 제일 좋더라. 스타인메츠라는 독일 회사 건데 굉장히 견고하게 만들어졌지. 겨울엔 참 따뜻해. 스타인메츠 다음으로 좋아하는 건 영국에서 만든 윌킨슨 피아노야. 해머를 덮고 있는 펠트 천이 진짜 두꺼워서 어린 새끼들을 위한 둥지를 만들 때 좋아."

피피넬라가 말했다. "안 돼. 피아노는 카나리아가 노래 부르기엔 너무 소리가 커."

"그래, 그렇긴 해." 흰쥐가 맞장구쳤다. "박사님을 찾아온 나이 많은 환자 중 한 명이 박사님이 정원에서 들어오기를 기다리며 스타인메츠 피아노를 연주하곤 했던 게 기억나네. 그 소리 때문에 잠자던 내 아이들이 깼지 뭐야. 난 박사님한테 불평을 늘어놓았고 환자들이 우리를 방해하지 못하게 피아노 건반 덮개를 열쇠로 잠가 달라고 부탁했지."

"오케스트라에 혁지가 필요해요, 박사님." 피피넬라가 말을 이어 갔다. "선상 이발소의 이중창을 할 때 말이에요. 그게 3막이죠? 연주하기 쉬운 악기여야 하거든요."

"아주 좋아." 박사가 공책에 적으며 말했다.

"혁지를 마련하마. 핀토 형제 중 한 명이 그걸 연주하면 되겠다. 그리고 매슈가 재봉틀을 돌릴 수 있을 거야. 또 뭐가 필요하지?"

피피넬라가 말했다. "'마구가 댕그랑' 노래를 하려면 사슬이 필요할 거예요. 댕그렁 소리가 맑고 낭랑하게 나는 멋지고 가벼운 사슬이요. 한쪽 끝을 악보대에 묶고 남자아이 한 명에게 일정한 간격으로 그걸 흔들게 하는 거예요. 댕 댕그랑-댕 댕 댕그랑 댕-댕그랑. 그럼 제가 네 번째 댕에서 노래를 시작할게요."

"좋아." 박사가 또다시 적으면서 말했다. "다른 건 없니? 방울새의 사랑 노래는 어떻게 할 거니?"

"그건 반주 없이 할 거예요." 프리마돈나의 충실하지 못한 연인 역할을 맡은 방울새가 말했다. "악절 대부분을 굉장히 부드럽고 속삭이듯 불러야 하니까 조금이라도 다른 소리가 나면 노래가 완전히 묻혀 버릴 거예요. 방울새가 노래하는 내내 관객들이 완벽히 침묵을 지키도록 극장에 요청하세요. 그렇지 않으면 공연이 모두 엉망진창이 될 거예요."

"그렇게 할게." 박사가 다시 공책에 적으면서 말했다. "프로그램에 특별 요청 사항을 인쇄할 거야. 이제 또 무슨 악기가 필요할까?"

"구두 수선공의 구둣골과 망치 말고 더 필요한 건 없어요. 그런데 그 악기들은 아주 능숙하게 연주해야 해요. 독창을 부를 때 여러 번, 그리고 2막 마지막에, 그러니까 제 남편이 방울새와 눈이 맞아 해변에서 우는 저를 두고 떠날 때 부르는 삼중창에 그 악기들로 박자를 맞춰야 해요. 또 찌르레기들이 비 합창곡을 부를 때 그걸로 빗방울 소리를 흉내 내야 하는데, 아주아주 부드럽게 연주해야 하죠."

"아주 좋아." 박사가 공책을 덮으면서 말했다. "그럼 우리 오케스트라는 재봉틀과 혁지, 사슬, 구두 수선공의 구둣골로 이루어지겠구나. 내가 그것들을 모두 준비할 테니 내일 작품과 음악을 맞춰 보자꾸나."

6장

사라진 프리마돈나

카나리아 오페라 공연이 사흘 앞으로 다가왔을 때까지만 해도 모든 일이 술술 풀렸다. 그런데 골칫거리가 잇달아 생겨 박사의 머리를 복잡하게 했다. 일단 심각한 전염병인 후두염이 돌아 검은새들 사이에서 목이 쉰 새들이 나오기 시작했다. 그 유명한 기침약에도 불구하고 전염병은 새들 사이에서 들불처럼 번졌다. 이로 인해 총연습을 접어야 했을 뿐 아니라(박사는 병이 다른 새들에게 번질까 봐 배우들이 한꺼번에 무대에 모이는 걸 허용할 수 없었다.) 첫 공연이 시작될 때까지 검은새들의 목 상태가 확실히 호전되지 않자 막바지에 오페라 악보를 수정해야만 했다.

한편, 박사는 새들을 시골로 보냈다.(박사는 새들이 도시의 나쁜 공기 속에서 목을 혹사한 탓에 병에 걸렸다고 판단했다.) 또한 치프사이드는 참새 떼들로 검은새를 대신하자고 제안했다. 녀석의 제안대로 하기로 했다. 도시 새들은 목소리가 썩 좋지 않고 외모 역시 다른 새들의 우아한 외모와 거리가 멀긴 했지만 어쨌든 합창곡은 익살스런 노래로 변신했고 연습 또한 아주 순조롭게 진행되었다.

사실 박사는 오페라에서 희극적 요소가 부족하다고 생각해 왔는데 4막 마지막에 배치된 참새들의 합창(건방진 새들이 다른 지역에서 새로 온 펠리컨 선원들을 놀리는 부분)은 결국 모든 공연에서 가장 성공적인 노래 중 하나가 되었다.

다음 문제는 공연이 시작되기 이틀 전 벌어진 프리마돈나의 갑작스럽고도 이유를 알 수 없는 실종 사건이었다. 아무도 피피넬라에게 무슨 일이 생겼는지 몰랐다. 박사는 이성을 잃은 채 이 스타 연기자에게 무슨 일이라도 생겼을까 봐 전전긍긍했다. 물론 박사는 대역을 맡을 카나리아를 훈련시켜 두긴 했다. 하지만 포스터와 모든 광고에 이번 공연이 위대한 콘트랄토인 피피넬라의 첫 런던 공연이며, 오페라가 피피넬라의 삶을 그린 이야기라는 사실을 강조한 상태였다. 지프 역시 사라졌다.

결국 박사가 치프사이드의 도시 참새 떼를 모아 피피넬라를 찾도록 하고 런던 주변에 있는 들새들 대부분에게 도움을 청한 후에야 런던 동부에서 피피넬라와 지프를 찾아 데려올 수 있었다.

피피넬라는 토요일 아침 서커스장에서 어떤 사람을 보았는데 녀석이 좋아하던 주인인 창문닦이일지도 모른다는 생각이 들었다고 했다. 피피넬라는 지프를 불러 도움을 청했고 둘은 도시를 곧장 가로질러 가는 그 남자 뒤를 쫓았다. 그러나 냄새가 지독한 부두 지역에서 지프가 그 남자의 자취를 놓치는 바람에 추적을 포기해야만 했다. 존 둘리틀 박사는 자신의 주연 여배우에게 다시는 사라지지 말라고 간청하면서 오페라가 순조롭게 진행되면 나중에 피피넬라가 그 친구를 찾는 데 도움이 될 방법을 알아보겠다고 말했다. 피피넬라는 다시는 떠나지 않겠다고 약속했고 다시 총연습이 진행되었다.

바로 그날 박사는 마지막 총 연습이 열리는 극장에 좀 더 가까이 머무르기 위해 단원들을 데리고 런던으로 이동했다. 박사는 비어 있는 커다란 타운 하우스 한 곳을 마음껏 쓸 수 있었는데, 또 전염병이 퍼지거나 사고가 생길까 봐 새 종류별로 각각 다른 방을 쓰도록 했다. 세상을 떠난 집주인이 서재로 쓰던 방을 주연배우인 피피넬라가 혼자 차지한 반면, 펠리컨들은 거실을 쓰고 카나리아는 식당을, 홍학들은 1층에 있는 커다란 2인용 침실을, 참새들은 부엌을 차지했다. 박사는 지하실에서 잠을 잤고 머그 부부는 다락방을 썼다.

새들 모두 첫 공연이 다가오자 굉장히 설렜다. 하루 종일 새들이 노래를 연습하자 그 소리가 어찌나 큰지, 앞 창문을 닫았는데도 밖에 있던 작은 남자아이들 무리가 귀를 쫑긋 세우고는 안에서 무슨 일이 일어나고 있는지 줄곧 궁금해했다.

공교롭게도 오페라의 첫 공연 주가 크리스마스 주간이었다. 런

밖에는 줄곧 남자아이들 무리가 보였다.

던 구경을 나선 거브거브와 지프, 그리고 박사의 다른 식구들은 크리스마스 장식으로 화려하게 꾸며진 가게들을 보며 즐거워했다. 가게의 창들은 호랑가시나무와 겨우살이 나뭇잎으로 꾸며져 있었고 창가에는 맛난 먹거리와 멋진 선물들이 진열되어 있었다.

아이들을 위한 다양한 무언극과 크리스마스 공연을 소개하는 수많은 벽보, 알록달록한 광고들이 보였다. 이들 사이에 눈에 잘 띄는 커다란 광고가 있었는데 이렇게 쓰여 있었다.

피피넬라
카나리아 오페라
콜로라투라 피피넬라 부인, 독보적인 콘트랄토 카나리아가
그 유명한 둘리틀 서커스단의 새 공연단과 함께
런던 스트랜드의 리젠트 극장에서 첫 선을 보입니다.
뒤이어 맨체스터에서 대단한 성공을 거둔
퍼들비 팬터마임이 이어집니다.

자신들의 런던 첫 공연 광고를 본 둘리틀 동물 식구들은 대단히 흥분했다. 그런데 지프는 다른 공연 벽보에도 역시 큰 관심을 보였다. 그리고 박사를 졸라 모든 식구들에게 딕 위팅턴이나 다른 공연을 보여 주겠다는 약속을 받아냈다.(그 공연은 프리볼리티 극장에서 열렸다.)

오페라가 시작되기 전날 밤 스트랜드의 굉장히 인기 있는 이탈

리안 식당인 패티스에서 만찬을 하기로 예정되어 있었다. 극장주들이 주최한 이 만찬은 존 둘리틀 박사와 단원들의 첫 런던 오페라 공연을 축하하기 위해 특별히 마련된 자리였다. 박사는 퍼들비에서 의사로 일하던 때 이후 한 번도 입은 적 없는 오래된 양복을 입었다. 매슈 머그 부부도 왔고 광대 호프, 차력사 헤라클레스, 펀치와 주디 인형극 진행자인 헨리 크로켓, 핀토 형제들과 아내들, 동물원 사육사인 프레드도 참석했다.

두 번째 요리가 나올 때 박사가 손님 중 한 명과 이야기하려고 식탁 너머로 몸을 구부리다가 안 그래도 너무 꽉 낀 재킷 뒷부분이 결국 큰 소리를 내며 터지는 일이 있긴 했지만 굉장히 즐거운 식사 시간이었다. 그때까지도 식탁에 둘러앉은 우아한 사람들과 단장들의 아내들이 입은 멋진 드레스에 기가 눌려 있던 매슈와 시오도시아는 박사의 재킷이 터지는 재미난 사고 덕분에 긴장을 완전히 풀고 기쁘게 남은 식사를 즐겼다.

식사가 끝날 무렵 포트 와인을 마시는 가운데 단장들과 박사, 매슈, 헤라클레스의 연설이 이어졌다. 단장들은 자신들의 극장에서 존 둘리틀 박사와 그의 오페라단을 맞게 되어 얼마나 기쁜지 모르겠다고 말했다.

박사는 동물들이 가진 음악적 아이디어를 제시함으로써 오로지 음악과 자신이 음악가들과 작곡가들을 위해 하고 싶은 일에 대해 이야기했다.

매슈 머그는 긴 연설을 했다. 흥행사가 되겠다는 자신의 젊은

매슈 머그는 긴 연설을 했다.

시절 포부에 대해 말할 때 빌려 입은 정장 속에 감춰진 그의 가슴은 자부심으로 한껏 부풀어 올랐다. 매슈는 단장들에게(그는 그들을 "나의 친구 흥행사 여러분"이라고 불렀다.) 자신의 파트너인 존 둘리틀 박사와 함께 가장 멋진 작품인 카나리아 오페라를 공개하기 위해 런던에 와서 이렇게 환영받는 지금이 자신의 인생에서 가장 뿌듯한 순간이라고 말했다. 그는 자신이 아주 오래전 공연 사업을 하라며 이 위대한 자연학자를 설득할 때부터 이미 이런 영예를 예언했다고 주장했다. 그는 훨씬 더 많은 걸 얘기했는데 만약 시오도시아가 그의 재킷 꼬리를 계속 잡아당기며 주의를 주지 않았다면 밤새도록 이야기를 계속했을 것이다.

헤라클레스는 협동조합에 관해 아주 짧게 얘기했다. 협동조합은 박사가 서커스단을 운영하는 방식으로, 서커스단 단원들이 모든 수익을 나눠 갖는 식이었다. 그는 이 운영 방식 덕분에 짧은 시간 안에 아주 부유해졌다고 말하며 곧 순회 공연에서 은퇴하고 싶다고 했다. 국화와 장미를 가꿀 수 있는 멋진 정원이 딸린 바닷가의 작은 집에 정착하는 게 그의 인생 목표였기 때문이다.

핀토 형제는 할 말은 없고 대신 식당의 샹들리에들을 이용해 공중곡예 공연을 선보이겠다고 제안했다. 하지만 샹들리에가 튼튼하지 않을 수도 있다는 우려 때문에 실행에 옮기지는 못했다.

이어서 손님으로 온 신문 기자들이 박사가 런던에 온 것을 환영한 후 만찬은 새벽 1시에 끝이 났고 모두 아주 기쁘게 집으로 향했다.

7장

카나리아 오페라의 첫 공연

요즘 대브대브는 박사의 건강에 대해 부쩍 걱정하고 있었다. 박사는 연기자들보다도 더 큰 열의를 갖고 소년처럼 열정적으로 모든 일에 매달렸다. 그는 쉴 새 없이 뛰어다녔고 실제로 동에 번쩍 서에 번쩍 하는 것 같았다. 생각 깊고 나이 많은 살림꾼 대브대브는 앞으로 닥칠지도 모르는 결과를 생각하며 심각하게 고개를 저었다.

"박사님이 철인이라는 건 알아. 하지만 지난 사흘 동안 쉬지 않고 정신없이 뛰어다닌 데다 거의 주무시지도 못했어. 고맙게도 드디어 오늘 밤 첫 공연이네. 이런 상태가 계속되면 인간의 육체는 더 이상 버티지 못할 거야."

'리젠트 극장'은 절대 작거나 시시한 극장이 아니었다. 이곳에서 수많은 위대한 배우들이 셰익스피어 희곡을 공연했다. 무대엔 최고의 공연만 올라갔고 단장들은 대중들로부터 좋은 평판을 누리고 있었다. 첫날 밤 공연에는 신문사 비평가들이 모두 참석했다. 리젠트 극장은 거의 200명을 수용할 수 있었다. 무대가 굉장히 컸고 조명과 무대장치 등 최신 발명품이 구비되어 있었다.

하지만 박사는 카나리아 오페라를 위해 그 커다란 무대의 상당 부분을 단장들이 큰돈 들여 구입한 어마어마하게 큰 카나리아 색 비단 막으로 가렸다. 프로그램은 카나리아 빛 종이에 인쇄되었고 관객들을 자리로 안내하는 안내원들 역시 카나리아 색 플러시 천으로 만든 제복을 입고 있었다.

공연이 시작되는 마지막 순간까지 박사는 무대장치 뒤에서 수천 가지 작은 일들을 살피느라 정신없이 바빴는데, 그것들은 최고의 공연에서조차 신경 쓰지 못한 채 첫 공연 밤까지 방치해 두는 것들이었다. 그는 능수능란한 매슈와 시오도시아, 치프사이드로부터 도움을 받았는데 이들은 박사의 인생 그 어느 때보다도 중요한 밤이라고 장담하면서 많은 일을 해냈다. 극장을 소유한 두 동업자도 박사를 돕기 위해 최선을 다했지만 그들에겐 시킬 만한 일이 별로 없었다. '무대 뒤'는 정말 바쁘고 들뜬 공간이었다.

팬터마임 의상을 빨리 입을 필요가 없는 지프가 그날 저녁 전반부 동안 안팎을 뛰어다니며 관객들 소식과 매표소에서 표가 얼마나 팔렸는지 등을 박사에게 알려 주었다.

네 번째로 들어온 지프가 선원 역을 맡은 펠리컨 중 한 녀석을 분장해 주고 있던 박사에게 다가가 속삭였다. "박사님, 밖에 군중들이 엄청나요. 경찰 세 명이 매표소를 둘러싼 사람들의 질서 유지를 위해 출동했어요. 줄이 거리까지 길게 늘어서 있는 걸요. 그리고 지금 막 엄청나게 멋진 마차가 출입문 앞에 서더니 온몸을 다이아몬드로 치장한 숙녀 두 명과 신사 한 명이 내리지 뭐예요. 그분들 중 한 명이 여왕님일지도 몰라요. 제가 알기론 그 마차는 최소한 공작들 이상이 타는 게 틀림없거든요."

몇 분 후 시찰을 위해 극장 앞을 둘러보던 단장 중 한 명이 지프의 말을 확인해 주었다.

그가 박사의 손을 굳게 잡으며 말했다. "이봐요, 오늘 밤이야말로 리젠트 극장 역사상 가장 멋진 개막 밤이 될 거예요. 좌석이 다 팔려서 벌써 입석표를 판매하고 있어요. 막이 오르기까지 20분이나 남았는데 말이에요."

"관객들은 어때 보여요? 교양 있는 사람들인가요?"

"이 도시 최고들이죠" 단장이 말했다. "이리 와서 이 구멍으로 사람들을 봐요. 특별히 음악에 조예가 깊은 사람들과 지성인들, 신사들을 모시려고 노력했어요."

박사에 이어 단장과 지프, 거브거브까지 막 쪽으로 갔는데, 막에는 배우들이 모습을 드러내지 않고 관객을 볼 수 있는 작은 구멍이 뚫려 있었다.

"어떻게 생각해요?" 박사가 구멍을 들여다보자 단장이 물었다.

배우들이 청중들을 볼 수 있는 작은 구멍이 있었다.

박사가 눈을 여전히 구멍에 댄 채 외쳤다. "맙소사! 파가니니가 왔군요!"

"푸가니니라구요?" 거브거브가 꿀꿀거렸다. "그게 누구죠?"

"아니, 파가니니." 박사가 다시 말했다. "세계에서 가장 위대한 바이올린 연주자란다. 다섯 번째 열에서 뒤에 앉은 은발의 나이 든 여성과 이야기하고 있는 남자가 바로 그 사람이야. 늘 파가니니를 만나고 싶었는데. 다행이야! 우리 공연의 음악을 이해할 수 있는 사람이 최소 한 명은 있으니."

오페라를 위한 그 별난 관현악단은 매슈 머그(재봉틀)와 조지 핀토(혁지), 헤라클레스(사슬)와 극장의 정규 관현악단 단원 한 명(구두 수선공의 구둣골과 망치)으로 구성되었다. 연주자들이 자신이 맡은 희한한 악기들을 들고 입장하자 청중들 사이에서 킥킥대는 소리가 들렸다.

청중들은 지휘자(존 둘리틀 박사)가 작고 평범한 흰색 지휘봉을 들고 지휘대 쪽으로 걸어가는데도 여전히 소리를 죽이고 웃어 댔다. 정각 8시에 박사가 청중들을 향해 몸을 돌리자 연설이나 공지를 하려나 보다 하고 생각한 사람들이 즉시 조용해졌다.

박사는 청중들에게 어떻게, 그리고 왜 카나리아 오페라를 기획하게 되었는지 간략히 이야기했다. 그는 오페라가 아무리 즐겁고 신나게 느껴지더라도 이어서 공연되는 퍼들비 팬터마임처럼 단순한 희극이나 풍자극으로 받아들이면 안 된다고 말했다. 음악적으로 말하자면, 이 공연은 대단히 돋보이는 작품이며, 이 작품이 사람과 동물의 음악적 착상을 한데 묶는 첫 시도란 점에서 작곡가와 음악가들이 연구할 만한 가치가 있다고 생각한다고 말했다. 그리고 객석에 앉아 있는 음악 전문가들에게 보통 사람들 귀엔 거슬릴지도 모를 이 음악을 일부만 듣고 비판하지 말고 전체 4막이 끝날 때까지 작품에 대한 판단을 미뤄 달라고 당부했다.

박사는 살짝 고개를 숙인 후 몸을 돌렸고 관현악단과 마주 본 채 악단의 주의를 환기시키기 위해 지휘봉으로 지휘대를 두드렸다. 청중들은 마지막으로 몸을 뒤척이더니(음악이 시작될 때면 항상 그렇듯) 편안한 침묵 속에서 귀를 기울였다. 박사가 작고 하얀 지휘봉을 들고 연주자들을 응시하자 서곡이 시작됐다.

관현악단이 연주하는 음악은 그 자체로는 분명 낯설고 새로웠다. 독특한 특징을 가진 악기들이 모였음에도 음악적으로는 의심할 여지없이 뛰어났다. 서곡은 매우 짧았지만 곳곳에 오페라의 주요 반주가 모두 녹아 있었다. 그리고 사슬이 낭랑하게 댕그렁 울리는 소리와 연이어 탁탁탁탁 박히는 재봉틀 소리, 구둣골과 망치가 툭툭 부딪치는 소리, 혁지를 부드럽게 지직지직 긁는 소리가 한데 어우러지자 놀랍게도 귀를 즐겁게 하는 소리가 나는 것이었다.

청중 몇몇이 다시 낄낄대기도 했지만 다른 청중들은 조롱하려는 뜻이 없는 게 분명했다. 안경을 쓴 어느 나이 많은 여성은 앞줄에 앉아서 몸을 기울이더니 옆에 앉은 청중에게 이 음악을 들으니 아주 오래전 러시아 흑해 해변에서 썰매를 탄 경험이 떠오른다고 말했다.

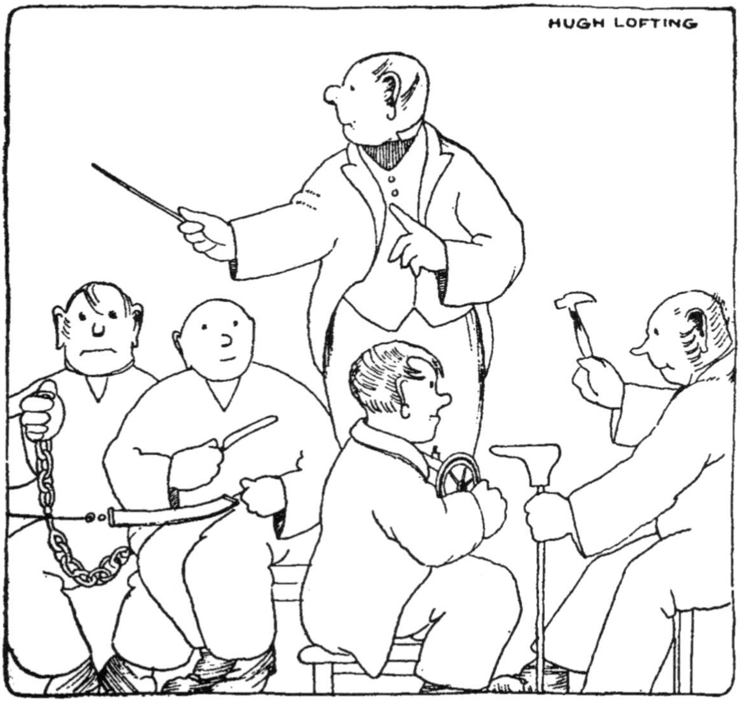

마침내 서곡이 시작됐다.

그녀의 속삭임이 박사에게 들렸다. "말들이 물가에서 눈 덮인 해변을 따라 전속력으로 달릴 때 물보라가 튀면서 우리 위로 쏟아지곤 했어요. 이 음악이 딱 그 소리 같아요. 말발굽 구르는 소리와 댕그렁거리는 마구 소리, 윙윙거리는 바람 소리, 바다가 속삭이는 소리 말이에요. 그때 나와 같이 있던 조카에게 만약 작곡가가 이 자리에 있었다면 그 소리를 주제 삼아 멋진 오페라를 만들었을 거라고 얘기한 게 생각나네요. 오늘 밤 여기 오게 되어 참 기뻐요."

5분 후 어느새 서곡이 끝났고, 곧 막이 올라갈 무대의 주변 조명이 바뀌는 걸 본 청중들이 예상대로 다시 자리에서 움직였다.

사실 박사는 나가는 사람들을 향해 한쪽 귀를 열어 놓고 있었다. 평범한 청중들이 이처럼 새롭고 이상한 걸 접하게 되면 서곡이 끝나기도 전에 어느 정도는 자리를 뜰 거라고 예상했던 것이다. 하지만 아무도 자리를 뜨지 않았다. 사람들은 음악에 열광하진 않았지만 어쨌든 흥미를 느끼고 있었다.

마침내 소리 없이 천천히 막이 올라갔고 무대 위에 마련된 참신하고도 아름다운 풍경이 모습을 드러내자 극장 안에 숨죽인 탄식이 흘렀다.

8장

피피넬라의 삶 이야기

언뜻 보기에 무대는 전체가 거대한 새장으로 채워져 있는 것 같았다. 하지만 좀 더 자세히 보면 새장 사이로 뒤에 있는 방이 보였다. 무대는 마치 관객들이 새장 속에 있고 거기서 바깥세상을 바라보는 느낌이 들게 꾸며져 있었다. 커다란 창살과 횃대, 물통과 씨앗통 너머로 조용히 벽난로 위 선반에 쌓인 먼지를 털고 다른 집안일을 하느라 이리저리 부산하게 움직이는 하녀(머그 부인)의 모습이 보였다. 황금빛 태양 한 줄기가 무대 뒤에 있는 창문을 통해 새장과 새장이 걸려 있는 방으로 쏟아졌다. 청중과 가장 가까운 새장의 앞쪽 높은 곳에 둥지가 있고 그 안에서 엄마 새의 머리가 살짝 보였다. 어마어마하게 큰 새장에 비해 둥지와 새들은 아주 작았지만 이상하다거나 비율이 안 맞는다는 느낌은 전혀 들지 않았다. 관객들이 아주 작아져서 카나리아들과 함께 새장 안에 있다는 느낌이 들 뿐이었다.

하녀가 앞으로 와서 상추 한 장을 새장 창살 사이로 밀어 넣었는데, 그녀는 새장과 비교할 때 비율이 맞도록 천을 덧대고 특별한 장화를 신어서 훨씬 커 보였다.

무대에는 특별히 설치된 조명과 극장의 맨 뒤에 앉은 청중들도 아주 작은 새 연기자들을 잘 볼 수 있게 확대경으로 만든 화면까지 있었다.

곧 눈에 띄지 않는 아래쪽 물통 근처에 있던 두 번째 새가 횃대로 깡총 뛰어오르더니 햇살 한가운데에 섰다. 캄캄한 극장에서 보니 녀석의 깃털이 노란색 광택으로 아름답게 빛났다. 이 새는 피피넬라의 아버지 역을 맡았는데, 위대한 프리마돈나의 어린 시절이 그려지는 1막에서 이곳은 피피넬라가 태어나는 둥지와 새장이었다.

잠시 후 아빠 새가 나가더니 상추를 갖고 와 위쪽 횃대로 물고 갔다. 그걸 둥지에 있는 아내에게 주자 엄마 새가 새끼들에게 먹였다. 굴뚝새들은 맡은 역할을 훌륭하게 해냈다. 새끼 피피넬라 역을 맡은 굴뚝새가 특히 잘했다. 가족 중에 성격이 당돌한 피피넬라는 언제나 발을 뻗어 다른 형제들에게 주는 모이를 덥석 움켜잡곤 했다.

엄마 새가 다시 앉아 새끼들을 품에 안자 아빠 새가 햇살 속으로 되돌아가더니 별안간 청중들과 마주 보고 오페라의 첫 번째 노래를 부르기 시작했다. 그 노래는 주로 상추와 햇살에 관한 경쾌하고 짧은 곡으로 활기가 넘쳤고 청중들은 즐거워했다.

재봉틀을 돌리면서 몰래 청중들을 바라보던 매슈는 극장에 있는 얼마 되지 않는 아이들이 어른들에게 어떤 영향을 미치는지 알게 됐다. 아이들은 어른들과 달리 자신들의 체면이나 음악적 견해의 중요성은 전혀 신경 쓰지 않았다. 웃기다고 느끼면 웃음을 터뜨렸고 깊은 인상을 받았을 때는 숨을 훅 들이마시며 솔직하게 놀라움을 드러냈다. 아이들은 둥지도 좋아하긴 했지만 아기 피피넬라 역을 맡은 장난기 많은 새끼 새를 보고 특히 재미있어 했다. 피피넬라가 엄마 새의 날개 밑에서 코를 삐죽 내밀고 아빠 새의 노래를 흉내 낼 때마다 아이들은 신나서 꺄르륵대며 웃었다. 곧 전염성 강한 아이들의 웃음이 모든 청중에게 퍼졌다.

매슈는 첫 번째 독창이 끝나자 재봉틀을 멈추면서 이 독창이 오페라 관객을 위한 멋진 환영식 같다고 생각했다. 왜냐하면 가장 훌륭한 목소리도 아직 듣지 못했고, 합창단이 무대에 오르지도 않았으며, 가장 멋진 무대 배경과 장치 역시 아직 등장하지 않았는데도 청중들은 이미 기분이 매우 좋아졌기 때문이다.

첫째 막이 끝난 후 박사는 청중의 반응을 몹시 듣고 싶었지만 지휘석을 떠나 서둘러 무대 배경 뒤로 향해야 했다. 다음 막을 위해 준비할 게 아주 많았고 박사는 그것들을 직접 챙기고 싶었기 때문이다.

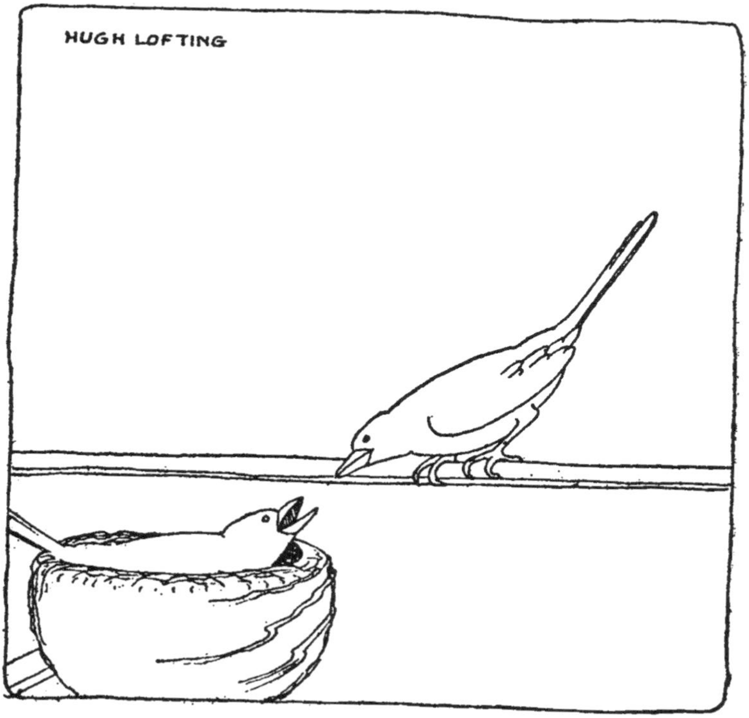

아빠 새는 둥지 속 아내에게 모이를 건네주었다.

곧 '좌석 입구'에서 분위기를 탐색하던 단장 한 명이 박사에게 왔다.

박사가 물었다. "청중 반응이 어떤가요?"

단장이 말했다. "얘기하기가 어렵군요. 사람들이 당신 음악에 흥미를 느끼고 있어요. 그 점은 분명해요. 난 청중들이 그렇게 딴짓 안 하고 집중하는 모습은 처음 봤어요. 그런데 사람들이 음악을 제대로 이해했는지는 모르겠어요. 전문가들조차 말이죠. 나 자신도 음악을 제대로 이해한 건지 모르겠어요. 하지만 내 생각이 잘못된 게 아니라면, 당신 음악은 많은 대화를 끌어내고 있어요. 때로는 그게 청중들이 당신을 사랑하는 것보다 더 나아요. 무엇이건 논의와 언쟁을 유발하면 대중들은 궁금해하게 되고, 그럼 와서 직접 보고 싶어 하거든요. 사람들 간의 논쟁이 대단해요! 당신 평생 그렇게 많은 논쟁이 이어지는 걸 본 적이 없을 겁니다."

"파가니니는 음악을 어떻게 받아들이던가요?" 박사가 펠리컨의 머리에 선원용 모자를 묶으면서 물었다.

"많은 말을 하진 않았어요. 하지만 굉장히 진지하게 생각하고 있어요. 항상 그렇듯 악마처럼 고요하게 앉아 깊이 몰두하고 있어요. 그 역시 흥미를 느낀게 분명해요. 그렇지 않다면 분명히 오래전에 자리를 떴을 테니까요. 모든 건 비평가들이 우리를 어떻게 다룰지에 달려 있어요. 내일 신문 지면에서 우리 이야기가 많이 다뤄지면 성공한 거예요. 내 경험에 따르면, 비평가들이 당신을 비판하는 것도 상관없어요. 우리가 원하는 건 바로 논란이거든요.

난 우리가 할 수 있을 것 같아요."

2막이 되자 피피넬라가 처음으로 모습을 드러냈다. 박사는 다음 3막에 걸쳐 거의 매번 등장하는 프리마돈나의 목소리를 아끼기 위해 피피넬라가 특별히 늦게 등장하도록 배치했다. 끝나기 전 몇 장면이 이어진 후 막이 내려왔고 막간에 리젠트 극장 정규 관현악단의 연주가 이어졌다. 첫 번째 장면은 호텔이었다. 희귀한 콘트랄토 카나리아인 피피넬라의 목소리를 평가하는 데 음악적 이해 같은 건 필요 없었다. 프리마돈나가 부른 첫 번째 노래는 '여보세요, 나와 보세요, 마차가 와요'였다. 노래는 대성공이었다. 그리고 피피넬라가 차력사의 사슬 소리에 맞춰 '마구가 댕그랑'을 부르자 넋을 잃은 청중 몇몇이 자리에서 일어나 앙코르를 외쳤다. 지휘자가 관현악단을 향해 고개를 끄덕이자 노래가 반복되었다. 두 번째 장면은 퓨질리어 연대였다.

"나는 작은 마스코트
나는 깃털 달린 퓨질리어"

이 신나는 행진곡은 말 그대로 극장을 무너뜨렸다. 박사는 무대 뒤에서 천막 치는 사람들로 하여금 음악에 맞춰 발을 구르도록 했다. 청중들은 이번엔 앙코르를 두 번 청했다. 몇몇은 두 번째 앙코르 후에도 계속 앙코르를 외쳐 댔고 지휘자 둘리틀 박사는 여주인공의 목소리에 무리가 갈까 봐 서둘러 오페라를 진행했다.

펠리컨 선원들의 합창

물론 모험으로 가득 찬 피피넬라의 삶 모두를 오페라 한 작품에 다 담을 수는 없었다. 그래도 중요한 부분은 모두 담겼다. 피피넬라의 어린 시절과 호텔에서 보낸 나날들, 병사들과 함께한 여정, 탄광의 지하에서 보낸 시간(까만 벽에 걸린 나무 새장을 비치는 광부의 작은 등을 제외하면 칠흑처럼 깜깜한 어둠, 무대 뒤에서 계속 들리는 곡괭이와 삽질 소리로 채워진 이 부분은 정말 인상적이었다.), 이어서 영리한 머그 부인이 연기한 로지 아줌마와 함께 머물렀던 날들이 등장했고 풍차에서 지낸 편안한 날들과 폭풍우, 피피넬라의 새장이 바람에 날려 떨어질 때의 아름다운 연출까지. 고양이로부터 탈출한 후(이 대목을 위해 박사는 극장의 고양이를 빌렸는데 녀석은 악당처럼 맡은 역할을 잘 해냈다.) 두 번째 남편과의 만남, 방울새, 피피넬라를 해변에 남겨 둔 채 무정하게 떠나 버린 남편, 바다 여행과 섬에 도착하는 이야기도 뒤따랐다.

이렇게 오페라의 3막이 이어졌다. 전체 이야기가 진행되는 동안 배우들의 언어를 모르는 사람들도 줄거리를 이해할 수 있도록 존 둘리틀 박사는 무대 그림을 통해 피피넬라의 삶을 놀랄 정도로 잘 표현해 냈다. 박사는 피피넬라와 함께 오페라의 대본을 쓰면서, 뮤지컬이든 아니든, 이렇게 해야 극을 제대로 구성할 수 있고 관객들이 노래를 거의 듣지 않고도 무슨 일이 일어나는지 알 수 있다고 말하곤 했다. 그리고 그는 이 카나리아 오페라에서 확실히 성공을 거뒀다. 극장 안에 있는 사람들은—아이들까지도—무슨 일이 벌어지는지 놓치는 법이 없었고 노랫말을 이해하진 못해도 노래의 전체적인 의미 역시 분명히 알 수 있었다.

음악적으로 볼 때나 시적으로 볼 때 관객들의 마음을 가장 사로잡은 부분은 말할 것도 없이 해변 장면이었다. 피피넬라와 그녀의 남편이 둥지 틀 장소를 찾을 때, 놀랍고도 신비스러운 곡인 방울새의 사랑 노래가 울려 퍼지는 바로 그 대목이었다. 무대 조명은 땅거미가 질 무렵을 나타내듯 흐릿했고 은은한 석양빛이 하늘과 바다를 비췄다. 방울새가 속삭이며 그 전율 돋는 세레나데를 부르고 무대 배경 뒤에서 피피넬라가 간간히 그의 노래에 응답하는 동안 관객으로 꽉 찬 극장 안은 바늘 떨어지는 소리가 들릴 만큼 조용했다.

아까 그 앞줄에 앉은 나이 든 여성이 손수건을 꺼내더니 눈물을 흘리기 시작했다. 그리고 피피넬라가 자신의 무정한 연인에게 버림받았다는 걸 알고 바다 건너 외국 해변을 향해 날아가자 감정을 주체하지 못하고 큰 소리로 흐느껴 울었다.

하지만 여객선 장면에서 시끌벅적한 펠리컨 선원 합창단이 혁지 이중창에 맞춰 면도를 하기 위해 고함치며 배의 이발소로 들어오자 그 여성은 몹시 즐거워했다. 그녀가 흘리던 연민의 눈물은 걸걸한 목소리를 가진 베이스들의 익살스러운 행동에 어느새 신나는 웃음으로 바뀌어 있었다.

마지막 장면이 끝나고 막이 내려오자마자 박사는 박수갈채를 듣는 둥 마는 둥 하고 배우들을 살피기 위해 서둘러 무대 뒤로 향했다. 그런데 박사가 의상실에 도착하기도 전에 단장 중 한 명이

박사는 지휘석에서 내려와 서둘러 무대배경 뒤로 향했다.

그의 팔을 잡았다.

“관객들 절반은 당신을 죽이려 하고 나머지 반은 당신에게 입을 맞추고 싶어 해요.” 그가 헐떡거리며 말했다. “어떤 사람들은 당신이 사기꾼이라 하고 또 다른 사람들은 당신을 천재라고 하는군요. 당신이 뭐든 한마디 해야겠어요. 당신을 부르는 저 소리들 좀 들어 봐요. 그리고 파가니니가 당신에게 보낸 특별한 전갈을 가져왔어요. 파가니니는 팬터마임이 시작되기 전에 당신을 만나고 싶어 해요.”

9장

대성공을 거둔 카나리아 오페라

존 둘리틀 박사가 그 이상한 천재 파가니니를 처음 만난 그 순간 그는 오랫동안 아무도 필적하지 못할 만큼 세계적인 명성을 누리고 있었다. 그는 바이올린으로 아무도 해내지 못한 걸 해냈다. 박사는, 그가 말한 대로, 젊은 시절 빈에서 파가니니의 연주를 처음 들은 후 언제나 그를 만나고 싶어 했다.

단장으로부터 전갈을 받자 박사는 당장 매슈 머그를 불러 팬터마임 공연을 위한 몇 가지 지시 사항을 급하게 전달하고는 안내인을 따라 극장 앞쪽으로 갔다.

니콜로 파가니니는 키가 크고 수척했는데 제멋대로 자란 머리카락이 야윈 얼굴을 감싸고 있었다. 그를 본 많은 사람들은 그의

박사가 통로로 가자 파가니니가 자리에서 일어섰다.

외모가 악마를 연상시킨다고 말했다. 박사가 통로로 가자 파가니니가 자리에서 일어섰다. 그리고 외국식으로 몸을 숙여 인사하며 악수를 한 후 존 둘리틀 박사를 자신의 옆 빈 좌석에 앉도록 했다. 그러자 청중들 중 많은 사람들이 박사를 가리키며 머리를 맞댄 채 수군거렸다. 무대 뒤로 돌아가던 단장은 이 모습을 보고 매우 흐뭇해했다. 말할 필요도 없이 이 위대한 바이올린 연주자의 두드러진 외모는 모든 사람에게 익히 알려져 있었는데, 그가 오페라 제작자에게 특별히 사람을 보냈다는 사실은 어쨌든 파가니니가 박사의 이 낯설고 새로운 음악을 인정한다는 의미였기 때문이다. 비평가들이 이 사실에 깊은 인상을 받았을 게 분명했다.

"당신이 들려준 음악은 정말 흥미롭군요." 파가니니가 진지하게 말했다. "혹시 직접 다루는 악기가 있습니까?"

박사가 대답했다. "플루트를 다룹니다만 아주 서툴지요."

"허! 이 공연 전에도 음악을 많이 작곡하셨나요?"

존 둘리틀 박사가 말했다. "아니요, 그리고 이건 제 곡이 아닙니다. 이건 새들이 직접 작곡했습니다. 전 새들의 지시에 따라 아쉬운 대로 악기 편곡을 했을 뿐입니다.

"정말입니까?" 파가니니가 말했다. "그런데 새들이 어떤 식으로 편곡하기를 원하는지 어떻게 알았다는 거죠?"

"어…어…전 새들과 말이 통합니다." 박사가 어색하게 말했다. "원래 그 사실을 얘기하진 않아요."

"왜죠?"

"사람들이 대개 저를 비웃거든요."

놀랍게도 파가니니는 의심이나 불신의 기색을 보이지 않았다.

"사람들은 얼마나 어리석은지!" 그가 나지막하게 말할 때 반짝이는 눈에 기이하고 꿈꾸는 듯한 빛이 스쳤다. "바보가 아닌 다음에야 당신의 오페라를 들으면, 당신이 새들이나 동물들의 생각을 그렇게 훌륭하게 음악으로 구현하기 위해 오랫동안 녀석들과 이야기를 나눈 게 틀림없다는 사실을 누구나 단번에 알 수 있어요. 특히 내 마음에 든 건 당신이 수준 낮은 취향도 가볍게 넘기지 않았다는 거예요. 물론 그런데도 음악은 굉장히 단순하고 순수하며 자연스러웠어요. 심지어 당신이 아리아에 사용한 음들은 너무 높아 보통 사람들의 귀에는 들리지 않았어요. 하지만 내 귀는 남들과 달라요. 대부분의 청중들이 소리도 안 나는데 저 새는 왜 아직도 부리를 벌리고 있냐고 물었지만 내 귀에는 아주 분명하게 들렸어요."

"네, 피피넬라가 저에게 그 부분에 대해 말했답니다. '마구가 댕그렁'과 방울새의 사랑 노래 중에 인간의 귀가 따라가기엔 너무 높은 음들이 있다구요." 박사가 말했다.

"당신은 우리에게 대단한 선물을 줬어요." 파가니니가 말했다. "난 런던에 당신 음악의 진가를 알아볼 만큼 음악적으로 뛰어난 사람들이 있을 거라 믿고, 또 그러기를 바랍니다."

이때 리젠트 극장 정규 관현악단의 음악에 맞춰 팬터마임 공연이 시작됐다. 박사는 그 위대한 음악가에게 다시 고맙다는 인사를 받은 후 무대 뒤로 걸음을 옮기면서 자신이 세상에 선보인 이 작품을 이해하는 사람이 전혀 없다 해도 자신은 노력에 대한 보상을 받았다고 생각했다.

사실 공연이 시작된 첫날 밤, 박사나 극장 단장 모두 자신들이 얼마나 대단한 돌풍을 일으켰는지 전혀 모르고 있었다. 그런 성공은 처음엔 다소 약하게 시작하지만 시간이 지날수록 커지는 법이기 때문이다. 박사가 흥행사로서 이룬 마지막 성공작이 된 카나리아 오페라는 둘리틀 서커스단 역사상 가장 위대한 작품이었을 뿐 아니라 런던의 공연계에서도 놀라운 작품이었다.

공연은 성공적이었지만 처음엔 그걸 믿는 사람이 아무도 없었다. 박사는 다음 날 아침 런던에서 발행되는 주요 신문들을 모두 캐러밴으로 배달해 달라고 주문했다. 각 신문별로 평이 큰 폭으로 엇갈렸는데, 몇몇은 오페라에 대해 좋게 평한 반면 다른 신문들은 형편없다고 말했다. 어쨌든 모든 신문이 지면의 상당 부분을 오페라에 할애했다. 한두 신문은 박사의 오페라가 금세기의 가장 위대한 예술적 업적이라며 '뮤지컬의 혁명'이라고 부른 반면, 어떤 신문들은 평할 가치도 없다고 말했다.

어느 신문은 이렇게 평했다. "지난 밤 리젠트 극장에서 둘리틀이라는 이름의 동물원 주인이 무대에 짹짹거리는 새들을 세워 놓고 교양 있는 청중 앞에서 양철판과 망치, 혁지, 딸랑이 등으로 구성된 오케스트라에 맞춰 말도 안 되는 사기를 쳤다."

훨씬 많은 신문들은 음악 애호가들이 오페라를 어떻게 받아들이는지 파악하기 전에 직설적인 평가를 내리기를 주저했다. 이들은 오페라를 “낯설지만 흥미로운”, “기이한”, “재미있는”, “독특한”, “참신한” 등의 단어로 표현했다. 파가니니가 작품을 관람한 후 좋은 평가를 내린 게 많은 의견에 큰 영향을 미쳤다.

훌륭하다는 반응이나 형편없다는 반응, 냉담한 반응 등 극과 극으로 엇갈린 이 모든 평가는 일반 대중에게 큰 호기심을 불러일으켰다. 그렇게 평가가 엇갈리는 것이라면 그게 무엇이든 살펴볼 가치가 있는 게 틀림없었다. 둘째 날 밤 리젠트 극장에는 첫날보다 더 많은 인파가 몰렸다. 게다가 음악과 다른 예술을 같이 다루는 문화계에서도 카나리아 오페라는 여러 주 동안 주요 화젯거리였다. 신문 기자들은 파가니니 씨에게 오페라 평을 써 달라고 요청했다. 첫째 주에 리젠트 극장을 찾은 유명 작곡가들 역시 신문에 의견을 써 달라는 요청을 받았다. 요청을 받아들여 글을 쓴 사람들 중에는 여전히 작품이 형편없다고 딱 잘라 비판하는 이들도 있었다. 그러나 논쟁은 여전히 계속되었고 극장은 밤마다 사람들로 점점 더 꽉꽉 들어찼다.

언론에서 여전히 많은 얘기가 계속되는 가운데 또 다른 문제가 등장했다. 수수께끼의 인물 둘리틀 박사는 누구인가? 파가니니가 말한 대로 정말 새들과 얘기할 수 있나? 곧이어 웨스트엔드에 있는 박사의 빈 집과 그린히스에 있는 서커스단 캐러밴에는 그를 보려는 신문기자들이 하루 종일 밀려들었고, 그들은 이 믿기 힘든 일이 사실이냐고 외쳐 댔다.

헤라클레스가 존 둘리틀 박사로 변장하고 인터뷰에 응했다.

하루 종일 인터뷰를 하거나 스케치의 대상이 되고 싶지 않았던 박사는 변장을 한 채 가능한 한 사람들을 피해 다니려 애썼지만 별로 성공적이지 못했다. 그러자 헤라클레스가 박사를 구할 방법을 생각해 냈다. 그는 박사의 키 큰 모자를 쓰고 조끼 안에 베개를 넣은 다음 박사를 대신해 하루 종일 의자에 앉아서 스케치의 대상이 되고 인터뷰도 하겠다고 제안했다.

이 기간 동안 런던에서 발행되는 신문들에 이상한 '존 둘리틀 박사'의 초상화가 실리고 박사가 말했다는 이상한 음악적 견해가 실린 건 다 그런 이유 때문이었다. 불쌍한 헤라클레스는 박사의 모자를 쓸 수는 있었지만(모자에 천을 덧대서 자신의 머리 크기에 맞췄다.) 박사의 머릿속에 들어갈 수는 없었기 때문이다. 사실, 음악에 관한 한 차력사는 낫 놓고 기역 자도 몰랐다.

리젠트 극장의 단장들은 물론 이 모든 논란과 광고 효과를 반겼다. 이런 추세가 이어지면 상류층이나 음악 애호가들은 물론이고 일반 대중들도 오페라를 보고 싶어 하는 건 시간문제라는 사실을 알고 있었기 때문이다.

아니나 다를까, 첫 번째 주말이 되자 입장권을 구할 수 있겠냐는 요청이 어찌나 빗발쳤는지 단장들은 매일 밤 입장 못 하는 사람들까지 수용할 수 있도록 훨씬 더 큰 극장을 빌려 오페라를 상연하는 걸 진지하게 고려하게 되었다.

하지만 어느 누구보다도 박사의 공연 성공에 기뻐한 건 바로 동물 식구들이었다. 매일 저녁 퍼들비 팬터마임 팀이 마지막 인사를 마치고 나면 녀석들은 분장실에 모여 분장을 지우며 그날 밤 공연에 대해 이야기꽃을 피웠다.

대브대브가 열 번째 말했다. "우리가 박사님이 이번에 버는 돈을 다 써 버리지 못하게 막을 수만 있다면 박사님은 모든 게 잘될 거야. 박사님이 극장주들과 어떤 계약을 한 건지 모르겠어. 하지만 그게 뭐든 이렇게 청중이 많다면 최소한 조금이라도 돈을 벌겠지."

지프가 앞발로 피에로 옷을 머리 위로 잡아당기며 말했다. "하지만 기억해. 이익이 얼마가 되든 나머지 단원들과 다 같이 나눠야 한다는 걸. 헤라클레스, 광대 호프, 토비의 대장, 펀치와 주디 인형극 담당자, 머그 부부 그리고 핀토 형제랑. 그 이익을 여덟 명이 나누면 큰돈도 그렇게 크진 않을걸."

대브대브가 방금 벗은 발레용 치마로 거울을 닦으면서 말했다. "상관없어. 그래도 큰돈일 거야. 아, 박사님이 우리가 퍼들비에 돌아갈 때 필요한 돈을 나이 든 말이나 아픈 고양이들을 위한 집을 마련하는 데 다 써 버리지 않으면 좋겠어."

"그리운 퍼들비…" 지프가 아직도 매일 차고 다니는 그 유명한 황금 목걸이에 머리를 밀어 넣으면서 중얼거렸다. "아, 오래된 정원을 다시 보면 좋겠다. 그리고 시장이랑 다리도, 강도!"

"그리고 집도." 대브대브가 한숨을 쉬었다. "거긴 지금 페인트칠이 다 벗겨져서 엉망진창일 게 분명해."

"우리가 그곳을 떠난 후로 평생이 지난 것 같아." 거브거브가 투

“하지만 기억해.” 지프가 앞발로 피에로 옷을 머리 위로 잡아당기며 말했다.

덜댔다. "이 지긋지긋한 고무풀 같으니라고! 떨어지질 않네! 시오도시아가 가발을 붙일 때 다른 방법을 쓰면 좋겠어. 아! 텃밭의 풀이 제멋대로 자라서 대황밭이 잡초에 묻혀 버렸겠다."

스위즐이 다소 슬프게 말했다. "너희들은 돌아간다는 생각을 하니까 기쁘겠지만 난 그 기쁨을 너희와 함께 나눌 수 없어. 거기서 나랑 토비는 빠져 있는걸. 박사님이 공연 사업을 그만두면 우리는 박사님을 더 이상 볼 수 없겠지. 박사님이 부자가 되면 우리도 기뻐할 거라고 기대하진 마. 박사님이 떠나면 끔찍할 거야. 박사님 덕택에 우리에게 서커스는 다른 삶이 됐는걸. 내 주인 호프는 어떤 면에선 괜찮은 사람이야. 토비의 주인 크로켓도 마찬가지고. 그렇지만 존 둘리틀 박사님이 떠난다면 세상은 지금과 똑같지 않을 거야."

지프가 말했다. "허! 그건 생각 못 했네. 흐음, 기운 내! 우리가 뭔가 할 수 있을 거야. 이제 박사님은 그랩이랑 블래키까지 개들을 정말 많이 데리고 있어. 호프랑 크로켓이 이 일로 돈을 많이 번다면 너희들이 박사님과 함께 퍼들비로 가는 걸 허락할지도 몰라. 가족을 갈라놓는 건 너무 심하잖아."

→ 10장 ←

동물 광고

웨스트엔드에 있는 극장에서 오페라가 거둔 성공은 서커스 공연에도 영향을 미쳤다. 신문들은 오페라 작품과 전날 밤 청중 속에 있던 유명인사들에 대해 거의 매일 보도하면서 그 대단한 박사가 런던 외곽에서 운영하는 새롭고 특이한 서커스단도 함께 언급했다. 그리고 오래지 않아, 다른 도시에서도 그랬듯, 평소에는 서커스단에 결코 발걸음을 하지 않는 상류층 사람들이 그린히스로 떼 지어 몰려들었다. 동물들의 복지를 바라는 많은 인물들이 서커스단 동물들이 좋은 환경에서 공연한다는 사실을 언급하면서 개인적으로 박사를 홍보했다. 또한 수많은 학교가 서커스단을 방문해 박사와 매슈, 시오도시아와 동물들 덕에 박하사탕과 차를 제공

받으며 더할 나위 없이 멋진 시간을 보냈다.

두 번째 주 초에는 또 다른 일이 생겼는데, 이전 성공 때는 전혀 없었던 일이었다. 바로 동물 광고에 관한 일이었다. 신문들과 대중은 여전히 존 둘리틀 박사(몇몇 기자들은 그를 퍼들비의 마술사라고 불렀다.)가 동물들의 말로 대화한다는 게 사실인지 지대한 관심을 보였다. 박사가 새 합창단에게 동시에 노래를 시키는 등 온갖 새로운 일을 할 수 있다는 사실은 이미 증명되었다. 박사에게 이 동물들로 하여금 연습 없이도 기꺼이 이상한 재주를 뽐내게 하는 아주 신기한 힘이 있다는 것도 의문의 여지가 없었다. 하지만 그가 동물들과 진짜 이야기를 하는지는 여전히 논쟁의 대상이었다.

이 모든 논쟁과 언론의 관심에도 불구하고 박사는 항상 그래 왔듯이 겸손하게 행동했다. 그는 그 주제에 대해 얘기하기를 거부했다. 박사는 동물들이 출연한 작품은 모두 동물들에 의해, 동물들의 자유의지로 완성되었다고 말했다. 그리고 박사가 작업 중에 실제로 동물들과 대화를 했는지 여부는 사람들이 결과를 보고 판단해야 한다고 말했다.

그는 회사들로부터 광고를 위해 동물들을 빌려 달라고 요청하는 편지를 상당히 많이 받기 시작했다. 편지에는 돈을 두둑하게 지불하겠다고 적혀 있었다. 새장을 만드는 한 회사는 콜로라투라 피피넬라, 즉 그 유명한 콘트랄토 카나리아가 저민 가에 있는 가게 창문에서 그 회사가 만든 새장의 우수한 품질을 보여 주기만 하면 하루에 20기니를 지불하겠다고 썼다.

하루에 세 시간만 일하면 되니까 한 시간에 7기니씩 버는 셈이었다. 피피넬라는 새장 안팎을 폴짝폴짝 뛰어다니기만 하면 됐는데, 피피넬라가 바깥 세상을 자유롭게 날아다니기 보다 이 새장에 머무는 걸 택할 만큼 이 새장이 아주 편안하고 품질이 좋다는 걸 보여 주는 게 광고의 목적이었다.

소시지 제조업자에게서도 편지가 왔다. 이 신사는 거브거브가 또 다른 가게 창문에서 늙은 광대의 익살스러운 행동을 하면 마찬가지로 두둑하게 사례하겠다고 제안했다. 거브거브가 할 일이라곤 줄넘기 줄 대신 그 회사 상품인 케임브리지셔 돼지고기 소시지를 이용해 퍼들비 팬터마임에서 했던 것처럼 줄넘기 춤을 추는 것뿐이었다.

동물 광고와 관련된 또 다른 편지가 박사의 관심을 끌었는데, 거기엔 푸시미풀류를 필요로 한다고 쓰여 있었다. 그 편지는 머리가 둘 달린 동물을 샌드위치맨(몸 앞뒤에 두 장의 광고판을 달고 다니는 사람—옮긴이)으로 고용하길 바라는 대형 레스토랑에서 온 것이었다. 편지에 따르면 푸시미풀류는 "언제든 메리맨 레스토랑에서 식사하세요. 점심 정식이 1실링 6펜스"라고 쓰인 광고판을 달고 레스토랑 근처 큰길 몇 곳을 걷기만 하면 됐다.

박사가 매슈 머그에게 편지 몇 통을 읽어 준 다음 외쳤다. "세상에! 이 사람들이 우리를 도대체 뭐라고 생각하는지 알고 싶군요. 난 동물들에게 이렇게 악랄하고 인정머리 없게 구는 걸 한 번도 보지 못했어요."

상류층 사람들이 그린히스로 떼 지어 몰려들었다.

동물 먹이 장수가 생각에 잠긴 채 자신의 턱을 문지르며 말했다. "흐음, 글쎄요, 박사."

"뭐가 글쎄라는 거지요, 매슈?" 분개한 박사가 물었다.

"난 당신이 그 제안을 일언지하에 거절하는 게 과연 좋은 일인지 잘 모르겠네요. 이 회사가 만든 새장이 다른 것보다 좋다면 피피넬라가 그 사실을 광고하는 건 문제가 없잖아요? 대놓고 이 회사들을 무시하기보다는 당신이 생각하는 이상적인 동물 광고를 하도록 제안한다면 좋은 일을 하면서 돈도 많이 벌 수 있을 거예요."

박사가 말했다. "매슈, 이해할 수 없군요. 이 모든 생각이 나에겐 굉장히 혐오스러울 뿐더러 동물들도 그렇게 생각할 거라고 확신해요. 내가 생각하는 이상적인 광고라니, 그게 무슨 뜻이죠?"

"사람들이 동물들을 좀 더 생각하고 좀 더 배려하도록 만드는 광고지요." 동물 먹이 장수가 의자에서 일어서며 열정적인 어조로 말했다. "당신은 평생토록 사람들이 동물들을 좀 더 배려하도록 만들기 위해 애써 왔잖아요? 이제 기회가 왔어요. 여기 이 모든 사람들에게 '친애하는 귀하께: 당신은 비열하기 짝이 없는 사람이군요'라고 쓸 게 아니라 '친애하는 귀하께: 저와 제 동물들은 말 못하는 동물들을 인도적으로 대우한다는 원칙을 널리 알릴 수 있는 광고라면 무엇이든 관심이 있습니다'라고 써서 보내요."

박사가 끼어들었다. "매슈, 말을 못 하다니요? 난 여태껏 말 못하는 동물을 만난 적이 없어요. 하지만 무슨 뜻인지는 알겠어요. 말을 끊어서 미안해요. 계속해 봐요."

동물 먹이 장수가 말을 이었다. "그 사람들이 박사가 원하는 광고에 대한 계획도 세워 온다면 하지 않을 이유가 없잖아요?"

"동물들은 어떻게 하고요?" 존 둘리틀 박사가 물었다. "동물들이 그 아이디어를 조금도 좋아할 것 같지 않은데요."

매슈가 말했다. "나이 많은 푸시미풀류는 좋아하지 않겠죠. 샌드위치맨을 하다가는 부끄러워서 죽어 버릴 테니까. 하지만 다른 동물들은, 만약 그 광고로 인해 다른 동물들의 환경이 좋아진다면, 몹시 기뻐할 거예요. 예를 들어, 새장 제조업체가 보낸 제안을 받아들여 봐요. 장담컨대, 피피넬라가 절대 마다하지 않을 거예요. 만약 새장이 당신 맘에 들지 않으면 업체에 당신이 좋아할 만한 걸로 만들라고 말해요. 그리고 당신은 그걸 광고하는 거지요. 무슨 말인지 알겠어요?"

동물 먹이 장수가 정직한 광고의 장점에 관한 설명을 끝내자 박사가 말했다. "흐음, 매슈, 당신 말엔 일리가 있어요. 하지만 나쁜 상품을 소개할 기회에 비해 좋은 상품을 소개할 기회가 적을까 봐 걱정이 돼요."

매슈가 말했다. "글쎄요. 이 사업은 아직 시작도 하지 않은 거나 마찬가지예요. 당신은 오늘 아침에 받은 편지들을 다 읽지도 못했잖아요. 농업박람회 소위원회에서 온 편지가 있다고 하지 않았어요?"

"맞아요, 있어요." 존 둘리틀 박사가 가까이에 쌓인 편지 더미로 몸을 돌리며 말했다. 그는 더미를 뒤적인 끝에 중요해 보이는 파란색 봉투를 찾아냈고 봉투 속에 든 편지를 매슈에게 읽어 줬다.

"흐음, 글쎄요, 박사." 동물 먹이 장수가 말했다.

그가 편지를 다 읽자 동물 먹이 장수가 말했다. "바로 이거예요. 이보다 더 좋은 기회가 어디 있겠어요? 농장 동물들의 환경을 개선하기 위해 왕립농업학회와 협력하려고 사람들에게 보낸 초대장이에요. 박람회든 새로운 전시회든 그 행사에 도움이 될 만한 아이디어를 보내 달라는 거잖아요. 내 생각엔 이건 정말 큰 영예에요. 왕립농업학회는 구멍가게 같은 데가 아니에요. 이 나라에서 가장 크지요. 여왕님도 회원 중 한 명인걸요. 당신은 이제 동물 전문가로 이름을 알리고 있어요. 이건 기회라고요."

"그래요, 매슈!" 박사가 일어나면서 말했다. "당신 말이 맞아요. 예전에 내가 소를 위해 발명한 컵들 기억나요?"

동물 먹이 장수가 말했다. "기억나고말고요. 소들을 위한 둘리틀 위생 컵은 구제역이 퍼지는 걸 막게끔 설계되어 있었죠. 하지만 농부들의 관심을 끌진 못했어요. 예전부터 쓰던 것들 때문에 당신이 발명한 컵이 시장에서 외면받은 거죠. 당신이 학회의 후원을 받아 그 컵을 농업박람회에서 선보이면 농부들이 당신의 아이디어를 다른 눈으로 보게 될 거예요."

박사가 여전히 매슈의 말에 대해 골똘히 생각에 잠겨 있는데 방문 두드리는 소리가 났다.(이 방은 웨스트엔드의 커다란 집에 있었다.) 박사의 "들어오세요!"라는 대답에 시오도시아가 존 둘리틀 박사와 얼굴이 닮은 듯한 작고 뚱뚱한 남자를 데리고 들어왔다.

"박사님, 이분이 당신을 만나고 싶다네요." 머그 부인이 말했다.

손님이 말했다. "내 이름은 브라운이오. 마지막으로 당신을 본

게 내가 파는 약이 좋지 않다며 나를 블로섬 씨 서커스단에서 내쫓았을 때지요."

존 둘리틀 박사가 말했다. "아, 이제 기억나요. 흐음, 쫓겨난 건 내 탓이 아니에요. 당신 잘못이지. 사람들이 당신 말에 귀를 기울이지 않게 된 건 당신이 돌팔이 의사가 만든 가짜 약을 판다는 걸 알게 되었기 때문이에요. 그런데 왜 다시 온 거지요?"

브라운이 말했다. "바로 그거예요. 그 일을 당했을 때 몹시 화가 나긴 했지만 당신에게 나쁜 감정은 없어요. 내가 판매한 게 좋은 약이 아니었다는 것도 인정해요. 그래도 해가 되는 건 아니었어요. 이번엔 좋은 약을 가져왔지요.(키 작은 남자는 주머니에서 인쇄된 라벨이 붙어 있는 병을 꺼냈다.) 말이 바르는 건데 품질이 아주 좋은 도포제지요. 이 약의 효과는 믿어도 좋아요. 여기에 놔두고 갈 테니 당신이 시험해 보고 사용도 해 보세요. 그리고 진짜 효과가 좋다고 생각되면 내가 그걸 팔 수 있게 도와주세요. 그날 저녁 당신이 그 연단에서 나를 쓰러뜨린 후 난 하루 벌어 하루 먹고 사느라 힘들었어요. 난 이 도포제에 대한 확신이 있어요. 당신의 의견을 듣고 싶군요."

박사가 친절한 어조로 말했다. "흐음, 어쨌든 당신은 끈기가 있군요. 당신이 만든 그 도포제를 꼭 분석해 보도록 하지요. 그리고 그게 동물을 치료하는 데 조금이라도 도움이 된다면 최선을 다해서 당신을 돕도록 하지요."

시오도시아가 작고 뚱뚱한 남자를 데리고 들어왔다.

11장

거브거브의 먹는 궁전

이즈음 박사의 동물 식구들이 머무는 공식 숙소는 비어 있는 웨스트엔드의 큰 주택으로 바뀌었다. 퍼들비 팬터마임 출연진들을 극장에서 더 가까운 곳에 두기 위한 조치였다. 하지만 녀석들은 아직도 거의 날마다 하루의 일부를 서커스단에서 보냈다. 그리고 런던 숙소와 그린히스를 왔다 갔다 하는 걸 큰 즐거움으로 여겼는데, 존 둘리틀 박사가 이제는 녀석들을 마차에 태울 형편이 됐기 때문이다.

동물들은 그 크고 멋진 5층 저택에 살러 온 첫날, 지하실부터 다락방까지 구석구석을 탐험하며 큰 즐거움을 누렸다. 대브대브는 오자마자 살림을 하려면 부엌에서 살고 있는 오페라 출연 새들은 다른 데로 옮기게 해야 한다고 박사에게 말했다. 냄비 몇 개와 프라이팬들, 가구 몇 점도 사야 한다고 했다.

거브거브의 관심을 단박에 사로잡은 새 집의 가구들 중 하나는 덤웨이터, 지하 부엌에서 조리한 음식을 식당이나 다른 위층으로 옮기는 데 사용하는 승강기였다. 거브거브가 승강기에 얼마나 열광했는지 대브대브는 승강기를 타고 장난치는 거브거브를 제지할 수 없었다.

그 집에 온 첫날 저녁, 동물 식구들이 앉아서 저녁을 먹으려고 할 때 거브거브가 말했다. "내가 멋진 게임을 개발했어. 봐, 음식 승강기가 집안 매 층마다 서잖아. 새로운 게임이 뭔지 알겠니?"

"양파 찾기! 아니면 실내에서 하는 음식 먹기 대결 같은 거겠지 뭐." 지프가 대꾸했다.

거브거브가 말했다. "아니야, 들어 봐. 좋은 생각이라니까. 내 생각 중에 가장 멋진 생각 같아. 난 궁전을 지을 거야. 먹는 궁전. 궁전에는 층이 아주 많을 거고 승강기로 음식들을 제일 아래층에서 꼭대기까지 옮길 거야. 모든 층에는 식당이 있는데 다 달라. 다락방에는 아이스크림 유치원이 있지. 물론 궁전을 설계하려면 훌륭한 식품 건축가가 필요해. 음, 5층에는 빵 응접실이 있고 그 아래층에는 수프 라운지가 있어. 그러면 위층에서 아이스크림을 먹는 사람들에게 수프 마시는 사람들 소리가 들리지 않겠지. 수프 라운지에 있는 넓은 탁자에는 적어도 열두 가지 수프가 온종일 차려져 있을 거야. 3층에는 스튜 스튜디오가 있어. 아일랜드식 스튜, 굴라

거브거브와 덤웨이터

시(고기와 파프리카를 넣은 헝가리식 스튜—옮긴이), 카레 등이 차려져 있어. 다음에는…"

"아, 그만 좀 해!" 대브대브가 끼어들었다. "우린 네 그 바보 같은 게임이 어떻게 될지 다 알아. 층마다 다른 종류의 식당을 차린 다음 네가 저 덤웨이터를 타고 오르락내리락할 거고 멈추는 각 층에서 배 터지게 먹으려는 거겠지. 제발 좀 와서 탁자에 앉아. 너 때문에 저녁이 늦어지잖아."

"누구 때문에 좋은 생각들이 버려지는군." 거브거브가 애석해하며 죽 그릇 앞에 앉았다. "그래도 그렇게 꾸미면 가정이라고 부를 만한 집이 될 텐데."

"그런데 거브거브, 모든 층을 식당으로 꾸미면 넌 어디서 자려고?" 박사가 물었다.

거브거브가 말했다. "물론 아침 먹을 준비를 해야 하니까 덤웨이터 안에서 자야죠. 그런데 박사님, 오래 잘 필요가 없어요. 박사님이 각 층에 들렀다가 내려올 때쯤이면 또 배고파질 거고 그러면 꼭대기 층부터 다시 먹기 시작하게 돼요."

새 장치에 한껏 들뜬 거브거브는 그 장치를 이용해서 음식을 먹을 방법이 무궁무진하게 많다는 사실에 하루 종일 신났다. 거브거브는 토마토 찬장과 사과 벽장을 어디에 둘지, 상상 속 먹는 궁전에 뭘 더 갖다 둘지 고민하면서 덤웨이터를 타고 끝없이 오르락내리락했다. 그러다가 어느 날 녀석이 층 중간에 끼어 점심도 못 먹는 일이 생겼다. 녀석이 어디 있는지 알고 있던 대브대브가 도와 달라는 외침을 듣고도 녀석을 따끔하게 혼내기 위해 식사가 끝날 때까지 못 들은 척하고 도와주러 가지 않았던 것이다.

12장

공연 구경에 나선 동물들

여러분도 상상하다시피, 바쁜 생활에 익숙한 박사의 식구들에게도 이 시기는 굉장히 흥분되는 날들이었다. 날마다 새로운 일이 일어나는 것 같았다. 크리스마스 시즌이 되자 런던 시내는 더 화려해졌고 인파로 북적거렸다. 인파로 꽉 찬 거리를 뚫고 지나가는 것 자체가 대도시에 와 보지 않은 사람에게는 꽤 큰일이었다.

이미 말했다시피 동물들은 런던에서 상연되는 수많은 공연 중 하나만이라도 보여 달라고 존 둘리틀 박사를 조르곤 했다. 박사는 그러려고 했지만 바쁘기도 하고, 당연한 말이지만, 대부분의 극장들이 동물들(특히 돼지와 오리)을 청중으로 받아들이지 않았기 때문에 부탁을 들어주지 못하고 있었다. 그런데 오페라 상연 셋째 주의 어느 날 박사는 처음으로 좀 쉬면서 기분 전환을 해야겠다고 생각했다. 공연장에 데려가겠다고 동물 식구들과 한 약속이 생각난 박사는 자리를 얻을 수 있을지를 두고 매슈와 의논했다. 항상 신문을 보면서 서커스나 오페라를 홍보할 수단을 찾는 데 여념이 없었던 머그 씨는 좋은 기회라고 생각했다. 하지만 그는 전혀 내색하지 않고 이렇게 말할 뿐이었다.

"알겠어요, 박사. 자리를 알아볼게요. 동물들이 어느 공연을 보고 싶다고 하던가요?"

박사가 말했다. "거브거브는 딕 위팅턴, 그러니까 프리볼리티 극장에서 하는 팬터마임을 보고 싶어 해요. 하지만 개들은 웨스트민스터 음악당에서 하는 보드빌 쇼를 보고 싶어 한답니다. 그 곳 프로그램에 잘 훈련된 동물 몇 마리가 출연해요. 지프와 스위즐, 토비는 직업상 관심을 갖는 거예요. 동물들을 음악당에 데려가는 게 낫겠어요. 물론 극장 측에서 동물들이 들어가는 걸 허용해야 가능하겠지만."

박사는 오래전부터 자신의 뒤를 따라오는 이상한 동물 가족들과 함께 거리를 걷는 것에 익숙했지만, 최근에 돈을 번 이후에는 편의상 동물들을 마차에 태워 이동하는 경우가 잦아진 게 사실이었다. 그는 매슈가 극장 측으로부터 동물들을 데리고 들어가고 된다는 동의를 과연 받을 수 있을지 미심쩍었다.

동물 먹이 장수는 입장권을 사기 위해 일반 매표소로 가지 않았다. 그는 가장 멋진 정장으로 차려입고 면도를 한 다음 웨스트

동물 먹이 장수는 웨스트민스터 음악당의 소유주를 찾아갔다.

민스터 음악당의 소유주를 찾아갔다. 그는 잘난 척하며 자신을 존 둘리틀 박사의 동업자라고 소개했다. 그리고 그 위대한 작곡가 겸 공연 기획자가 다음 주 수요일 낮 공연 특별석 입장권을 원한다고 말했다. 입장할 손님은 현재 리젠트 극장에서 카나리아 오페라에 이어 공연을 하고 있는 유명한 퍼들비 팬터마임 출연진이며 이들은 개 세 마리와 돼지, 오리, 올빼미와 흰쥐로 구성되어 있다고 말했다. 매슈는 극장주에게 현재 모든 런던 사람들의 화제의 중심에 서 있는 위대한 존 둘리틀 박사가 직접 오기 때문에 웨스트민스터 음악당 홍보에 큰 도움이 되리라는 걸 상기시켰다. 그리고 손님들은 특별석에 앉을 것이므로 다른 청중들이 아마 반대할 수 없을 거라고 말했다.

웨스트민스터 극장주는 이게 극장 홍보에 좋은 기회라는 걸 단번에 알아챘다. 그는 매슈의 요청대로 특별석에 앉도록 허락했을 뿐 아니라 공연 관람에 대한 감사를 표하기 위해 입장권을 공짜로 주었다. 그러자 동물 먹이 장수는 그 어느 때보다 더 자신이 타고난 홍행사라는 확신을 갖고는 (여전히 가장 멋진 정장과 최고의 매너로 무장한 후) 런던에 있는 모든 신문사를 죄다 돌아다녔다. 그는 신문 편집자들에게 존 둘리틀 박사가 다음 주 수요일에 단원들과 함께 웨스트민스터에 갈 테니 기사를 쓰고 공연을 관람하는 유명한 동물들의 모습을 스케치할 기자들을 보내라고 말했다.

퍼들비 팬터마임 극단원들은 자신들의 좌석을 구했으며 그렇게 오랫동안 바라던 공연을 드디어 보게 되었다는 걸 알고 대단히 기뻐했다. 딕 위팅턴을 원했던 거브거브 역시 웨스트민스터 공연이 여러 공연으로 구성된 버라이어티 쇼이며 그중에 동물들이 주인공으로 나서는 공연들도 있다는 박사의 설명을 듣자 아주 기뻐했다. 떠나기 전에 얼굴을 씻겨 주겠다는 시오도시아의 말(거브거브는 보통 세수를 할 때 엄청나게 소란을 피웠다.)에도 녀석의 흥분이 가라앉지 않을 정도였다.

일행은 마차를 탔다. 음악당 입구에는 매슈가 미리 대기시킨 신문기자 몇 명이 박사와 인터뷰를 하기 위해 기다리고 있었다. 박사는 오늘은 하루 휴식을 위해 나온 거라며 인터뷰를 거절했다. 하지만 매슈는 들어가기 전에 잠깐 그들에게 한마디만 하라고 박사를 설득했다.

단장에게 이 특별한 단체 손님들에 대한 주의사항을 들은 좌석 안내원들은 깍듯하고 극진한 태도로 그들을 특별석으로 안내했다. 자리로 가는 동안 동물 가족들에게 줄 초콜릿을 가져오지 않았다는 걸 깨달은 박사는 그건 녀석들에 대한 예의가 아니라고 생각했다. 그래서 매슈를 밖으로 내보내 초콜릿을 가져오라고 할 셈이었다. 하지만 특별석에 들어서자 극장주가 동물들을 위해 이 부분까지 신경 썼다는 걸 알 수 있었다. 좌석마다 동물들 각자가 먹을 기념품이 놓여 있었던 것이다. 거브거브 자리에는 당근 한 다발, 흰쥐 자리에는 치즈 한 조각, 대브대브 자리에는 정어리, 투투 자리에는 작은 고기 파이, 박사와 매슈 자리엔 초콜릿 한 상자, 개 세 마리의 자리에는 각각 어린 양고기 커틀릿이 놓여 있었다.

“이런, 저를 알아봤어요!” 거브거브가 말했다.

"정말 사려 깊은걸!" 박사가 캐러멜을 씹으면서 말했다. "굉장히 사려 깊어. 세상에! 청중들 좀 봐! 극장이 꽉 찼어."

기대감에 설렌 동물들이 특별석 아래와 자신들 주변의 인파를 훑어보았다. 하지만 녀석들은 곧 자신들에게 상당한 이목이 집중되고 있다는 걸 깨달았다. 극장 안에 있는 모든 사람들이 자기들 쪽을 가리킨 채 쑥덕거리고 있었던 것이다.

거브거브가 말했다. "이런! 저를 알아봤어요. 박사님, 일어나서 인사를 해야 할까요?"

존 둘리틀 박사가 말했다. "아니, 그럴 필요 없단다. 그리고 공연이 곧 시작될 거야."

첫 번째 공연은 세 마리 개가 함께하는 유랑 희극이었다. 지프와 토비, 스위즐은 이 공연에 큰 흥미를 보였다. 녀석들은 서로에게 공연에 대한 자신들의 생각을 끊임없이 속삭였고, 아슬아슬하게 균형 잡는 곡예가 이어질 땐 흥분한 나머지 무대 위에 있는 개들을 향해 짖기 시작했다. 이 행동은 더 큰 반향을 불러일으켰다. 연기를 하던 개들이 이들이 짖는 소리에 위를 쳐다보았고 존 둘리틀 박사를 알아보고는 박사 일행에게 가려고 객석으로 뛰어들었기 때문이다. 하지만 잠시 후 혼란이 가라앉았고 잡힌 개들은 무대에 있는 주인들에게 돌려보내졌다.

두 번째 공연과 세 번째 공연 사이에 대브대브가 거브거브에게 말했다.

"넌 왜 공연 내내 얼굴에 그 멍청한 미소를 지은 채 그렇게 가만히 있는 거야?"

거브거브가 말했다. "쉬잇! 신문기자 한 명이 나를 스케치하고 있어. 아래 두 번째 줄에 있어. 난 최고로 멋지게 보이고 싶다고."

지프가 말했다. "그 사람은 널 그리는 게 아니야. 박사님을 그리고 있는 거지."

그때 특별석의 출입문을 두드리는 소리와 함께 극장주가 감사하다는 말을 전하려고 친히 모습을 드러냈다.

그는 잠깐 감사인사를 전한 후 말했다. "다음 공연이 끝난 후 중간 휴식 시간에 당신 일행이 나가서 산책로를 거닐면 좋겠어요. 관객들로부터 당신 일행을 더 가까이에서 보고 싶다는 요청이 쏟아지고 있거든요. 물론 당신이 반대하지 않는다면 말이죠."

"기꺼이 그렇게 하죠." 거브거브가 최대한 위엄을 갖추고 말했다.

3부

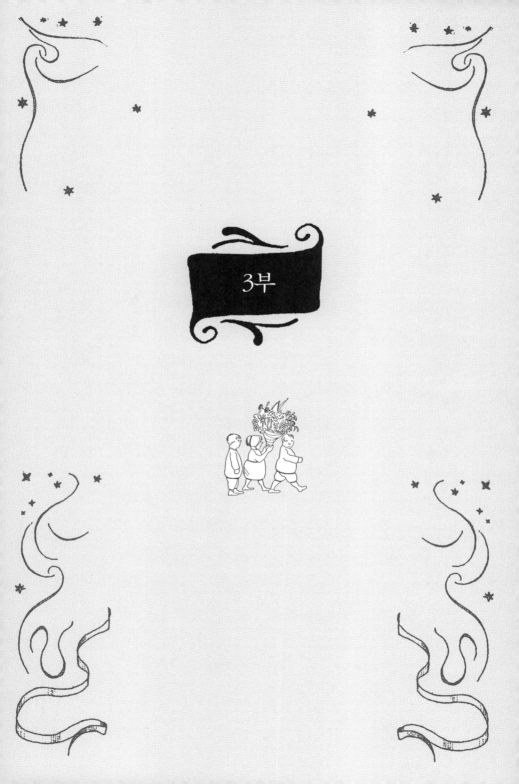

1장

공주의 만찬

중간 휴식 시간에 박사 일행이 웨스트민스터 음악당의 산책로라고 불리는 곳에 모습을 드러냈을 때 이들은 엄청난 반향을 불러일으켰다. 그곳은 1층 좌석 뒤의 공간으로, 사람들이 앉아서 휴식을 취할 수 있도록 작은 탁자가 놓여 있었다. 앉아 있는 게 지루한 관객들을 위해 다리를 뻗거나 거닐 수 있는 공간도 마련되어 있었다.

거브거브가 개들이랑 대브대브와 함께 이리저리 돌아다니는 동안(투투와 흰쥐는 군중들을 피하려고 박사의 어깨 위에 머물렀다.) 아이들은 신나서 낄낄거리며 꼬리에 꼬리를 문 채 동물들을 따라다녔고 어른들은 마치 왕실 결혼식 때 길가에 늘어선 군중들처럼 동물들이 걸을 수 있게 양쪽으로 물러서 있었다. 소곤대는 소리가 여기저기서 들렸다.

"저기 키 큰 모자를 쓴 사람이 존 둘리틀 박사예요. 눈이 사팔뜨기인 사람은 박사의 조수고. 박사는 모든 동물과 말이 통한다는군요." 뚱뚱한 남자가 아내에게 말했다.

"전 믿을 수 없어요. 그래도 얼굴은 친절하게 생겼네요." 여자가 대답했다.

그 여자의 손을 잡고 있던 작고 포동포동한 소년이 말했다. "엄마, 사실이에요. 학교에 퍼들비 팬터마임을 본 친구가 있는데 자기가 본 공연 중 최고로 멋진 공연이었대요. 돼지는 진짜 신기하대요. 오리는 발레용 치마를 입고 춤을 추고 저기 가운데, 박사님 바로 뒤에 있는 개가 피에로 역을 한대요."

"그래, 윌리. 하지만 그렇다고 해서 저 남자가 동물들과 얘기한다고 말할 순 없어." 여자가 말했다. "말이 안 통해도 열심히 연습하면 멋지게 해낼 수 있단다."

"하지만 제 친구가 저분이 얘기하는 걸 봤대요." 소년이 말했다. "공연 중간에 돼지가 쓴 가발이 흘러내리니까 박사님이 무대 끝에서 돼지 말로 돼지를 불렀대요. 그리고 돼지가 박사님 말을 듣자마자 앞발을 들어서 가발을 제대로 썼대요."

거브거브는 극장에서 자신이 연기하는 걸 본 아이들 모두가 자신을 대단한 희극배우, 역사적으로 중요한 배역인 늙은 광대 역을 잘 이해한 첫 동물 배우라고 말하는 걸 듣고는 그 어느 때보다 더 거드름을 피웠다. 중간 휴식 시간이 끝났음을 알리는 종이 울리기 전 한 여학생이 다가오더니 박사에게 사인을 해 달라고 부탁했다. 그러자 다른 사람들도 축하 인사를 건네고 인터뷰 등을 요청하며 박사의 산책을 가로막았다.

이 사람들 중에는 박사에게 피피넬라와 새장 광고를 하고 싶다고 편지를 보낸 남자도 있었다. 그는 자연학자이자 작곡가인 박사를 직접 만나게 되어 기쁘다고 말했다. 그는 카나리아 오페라를 이미 네 번이나 봤는데 내일모레 시골에서 자신을 방문하는 고모와 함께 또 보러 갈 예정이었다. 그는 떠나기 전에 카나리아 프리마돈나가 광고하는 걸 허용할지 결정했냐고 물었다. 존 둘리틀 박사는 먼저 피피넬라와 의논해야 한다며 하루나 이틀 안에 결과를 알려 주겠다고 말했다.

이 대화를 절반쯤 들은 듯한 사람이 다가오더니 강한 프랑스 억양으로 자신을 파리에서 온 M. 쥘 풀랭이라고 소개했다. 향수 제조업자인 그는 최근에 둘리틀 박사에 대한 기사를 대단히 많이 읽었고 지금은 아주 유명해진 개 지프에 대한 기사도 읽었다고 했다. M. 풀랭은 신문에서 지프의 경이로운 후각 능력에 대한 이야기(물론 매슈가 기자들에게 들려준 이야기다.)를 읽고서 지프라면 향수 제조에 필요한 기술 과학 분야에 유용한 정보를 많이 제공할 수 있을 거라는 믿음을 갖게 됐다. 그는 회사가 지프에게 자문을 구하려고 하는데 인터뷰할 때 박사가 통역을 맡아 주겠냐고 물었다.

박사의 식구들은 공연을 하게 되면서 일상적인 생활 습관에 많은 변화가 불가피해졌다. 서커스만 하던 예전에는 매일 저녁 8시면 동물들의 하루 일과가 다 끝났고 박사는 항상 9시까지는 동물들이 잠자리에 들어야 한다고 주장했다. 하지만 이제 그들의 일과는 11시 전에 끝나는 법이 없었기 때문에 일찍 잠자리에 드는 건 불가능해졌고 늦은 저녁 식사가 일상다반사가 되었다.

동물들은 모두 이 생활을 즐겼다. 공연이 끝난 다음 런던의 큰 집으로 돌아와 대브대브가 오믈렛과 샐러드, 코코아를 준비하는 동안 녀석들은 수다를 떨면서 즐거운 시간을 보냈던 것이다.

늦은 야식 말고도 거브거브의 마음에 든 변화가 또 있었는데 바로 늦어진 기상 시간이었다. 덤웨이터를 자신의 침실로 정한 거브거브는 그 안을 밀짚 방석으로 채웠다. 이 위대한 희극배우는 아침 10시나 11시까지 드르렁드르렁 평화롭게 코를 골았고 식구들의 아침을 준비하러 나온 대브대브는 덤웨이터 안으로 냄비 뚜껑을 던져 녀석을 깨우곤 했다.

공연이 끝나도 만찬 초청이 이어져 취침 시간이 더 늦어지곤 했다. 한번은 동물들 모두 아름다운 러시아 공주가 소유한 대단히 우아한 저택에 초대받았는데 이 공주는 특이한 파티를 여는 걸 좋아하는 사람이었다. 그녀는 퍼들비 팬터마임 극단과 유명세를 떨치고 있는 콘트랄토 카나리아를 손님으로 초대해야겠다는 생각에 강하게 끌렸다. 박사는 공주가 박사 일행에게 파티에서 웃기는 괴짜 역할을 기대하는 게 틀림없다고 생각해 초대를 거절하기로 마음먹었다. 그런데 박사가 회신을 보내기도 전에 이번엔 구두로 초청 의사가 전해졌다. 초청의 말을 전한 사람이 다름 아닌 위대한 파가니니여서(파가니니가 먼저 공주에게 사뭇 진지하게 그 아이디어를 낸 것이었다.) 박사는 동물 식구들을 대신해서 매우 기쁘게 초청을 받아들였다.

피피넬라와 트윙크 역시 초청되었고 공주는 이들을 태우기 위해 개인용 마차에 하인 둘을 딸려 보냈다. 만찬은 정말 화려하고 훌륭했다. 유럽 대륙의 내로라하는 오페라 스타들과 위대한 작곡가들, 공작과 백작들, 수많은 하층 귀족들 등 이 도시의 주요 인사들이 모두 그곳에 모였다.

뛰어난 사람들이 많았지만 이 모임의 주빈은 뭐니뭐니해도 퍼들비 팬터마임 단원들이었다. 모두들 동물들의 멋진 행동과 놀라운 식사 예절에 깜짝 놀랐다. 물론 작은 사고가 한두 건 일어나긴 했지만 심각한 사고는 없었다. 예를 들면, 이들이 아름다운 가구들로 꾸며진 대저택에 처음으로 도착했을 때 지프는 공주의 하얀 앙고라 고양이를 쫓아 굴뚝까지 기어 올라가면서 자신의 등장을 알렸으며 굴뚝에서 구조된 앙고라 고양이는 씻으러 가야 했다. 저녁 식사 중에 하인 한 명이 셀러리를 갖고 왔을 땐 거브거브의 행동이 작은 화젯거리가 되었다.(거브거브는 후작부인과 심포니 오케스트라의 지휘자 사이에 앉았다.) 그릇에 있는 셀러리를 모두 자기에게 준 거라고 여긴 거브거브가 셀러리 한 개를 집는 대신 한 그릇을 몽땅 비웠던 것이다. 또 후식이 나오자 거브거브는 사과를 자르거나 오렌지 껍질을 벗기지 않고 입속에 통째로 집어넣어 손님들을 경악케 했다.

하지만 그 외에는 저녁 시간이 아주 멋지게 흘러갔다. 그리고 식사가 끝난 뒤 피피넬라와 트윙크가 박사의 재봉틀 반주에 맞춰 그들이 출연한 오페라의 3막에 나오는 이중창을 불러 손님들을 흐뭇하게 했다.

2장

지프와 향수 제조업자

매슈가 예언했듯이 동물들은 광고에 대한 얘기가 나오자 기꺼이 박사를 도우려 했을 뿐 아니라 광고 아이디어에도 큰 관심을 가졌다.

동물들을 낮 공연에 데려간 바로 그날 존 둘리틀 박사가 공연 후 저녁 식사 때 광고에 대해 얘기했다.

흰쥐가 외쳤다. "박사님, 동물 먹이 장수 말이 맞아요! 제대로 된 광고를 하면 정말 좋은 일을 할 수 있어요. 그리고 광고를 하면 우리도 진짜 재밌을 거예요. 돼지고기 파는 정육점 창문에서 줄넘기를 하며 왈츠를 추는 거브거브를 생각해 보세요!"

"난 누굴 위해서든 소시지를 광고할 생각은 없는걸." 거브거브가 단호하게 말했다. "줄넘기 줄 만드는 사장님을 위해 일하든 장난감 가게 같은 곳에서 춤을 추든 상관 안 해. 그런데 소시지라고? 당치 않아!"

"그럼, 네 말이 맞아." 존 둘리틀 박사가 말했다.

지프가 말을 이었다. "그런데 박사님, 박사님이 광고할 만한 다른 것들을 생각해 봐요. 특히 동물들을 위한 거요. 박사님이 저한테 실험했던 옴 치료제 있잖아요. 박사님한테 편지를 보낸 에스키모 개들을 위해 박사님이 겨울용 털 성장 촉진제를 개발한 거 기억나요? 그거 대단했는데. 두 달 동안 제 털이 얼마나 빨리 자랐는지 아프리카 날씨 속에서 더워 죽는 줄 알았어요."

트윙크가 말했다. "그 유명한 둘리틀 표 카나리아 감기약은 어때요? 오래된 동물 가게는 모두 하나같이 자기만의 상표를 붙인 감기약을 팔아요. 하지만 박사님 것처럼 좋은 건 하나도 없죠. 새들에게 가장 좋은 약을 주는 게 어때요?"

"평발인 새끼 오리에게 좋은 박사님만의 운동법도 있잖아요." 대브대브가 끼어들었다. "모든 엄마 오리들이 박사님이 개발한 운동법에 따라 아이들을 키우게 된다면 박사님은 모든 오리들에게 진짜 좋은 일을 하시는 거예요."

흰쥐가 찍찍거렸다. "그 바보 같은 늙은 쥐 때문에 제 털이 온통 파란색으로 염색됐을 때 박사님이 저에게 발라 준 털 복원제 있잖아요. 그거 정말 엄청나게 중요한 발명품이에요."

스위즐이 말했다. "전 박사님이 동물 진료와 동물 약에 대한 책을 쓰고 저 바보 같은 수의사들이 그 책을 읽게 된다면 정말 많은 도움이 될 거라고 생각해요. 박사님에게 치료받은 동물들 빼곤 존 둘리틀 박사님이 의학에 얼마나 큰 기여를 했는지 아무도 몰라요."

저녁 식사 자리에서 늦도록 활발한 논의가 이어졌고 모든 동물들은 박사가 오랫동안 동물들과 살아 오면서 겪은 특이한 경험을 토대로 이뤄 낸 놀라운 발명품과 발견을 어떻게 광고하고 세상에 알릴지 여러 제안을 쏟아 냈다.

긴 토론 끝에 새벽 2시쯤 돼서 박사가 광고 일을 해 보겠다고, 동물 식구들의 도움을 받겠다고 약속한 후에야 동물 식구들은 각자 침대로 향했다.

"알겠다." 박사가 벽난로 선반에 있는 초를 가져와 불을 붙이면서 말했다. "아침에 이 편지들 중 몇 통에 답장을 할게. 어떻게 될지는 두고 봐야지. 하여튼 그 사람들하고 얘기하는 게 해가 되는 건 아니니까. 내가 원하는 방식대로 광고하는 데 동의하지 않을 땐 제안을 거절하면 그만이야. 지프, 일단 파리에서 온 향수 제조업자를 만나야겠어. M. 풀랭 씨나 그의 직원들 같은 기술자들이 연구하면 네 후각 능력이 과학에 큰 도움이 될 거야."

다음 날 박사와 지프는 파리에서 온 M. 풀랭 씨를 만나러 갔다. 그 유명한 향수 제조업자는 최근에 프랑스에서 데려온 전문가들, 직원들과 함께 런던에 지사를 설립한 상태였다.

그는 박사가 개와 함께 나타나자 기뻐했다. 존 둘리틀 박사가 제안을 받아들이지 않기로 결정하고 답장마저 보내지 않기로 한 게 아닌가 걱정되기 시작한 참이었기 때문이다. 그 프랑스 남자는 허름한 차림의 박사를 극진하게 예우하며 안쪽 사무실로 인도했다. 그는 사람을 보내 여러 화학자와 공장장, 관리자를 불렀다.

모두 다섯 명쯤 되는 사람들이 도착하자 M. 풀랭 씨는 문을 닫은 다음 프랑스 어로 회의를 진행했다. 풀랭 씨는 박사가 프랑스어에 능통하다는 사실을 이미 알고 있었다.

그가 말했다. "여러분에게 저명한 과학자 존 둘리틀 박사를 소개하게 되어 매우 기쁩니다. 이분은 인류 역사상 처음으로 동물들과 성공적으로 교류한 분입니다. 박사님이 동물들 말을 할 수 있다는 사실을 많은 사람들이 의심하지만 저는 믿습니다. 그리고 박사님의 발견들은 틀림없이 과학에 큰 기여를 할 겁니다. 여러분, 우리 사업은 향과 관련된, 냄새와 관련된 일입니다. 하지만 어느 누구도 개만큼 냄새를 잘 맡을 순 없습니다. 특히 이 개는 평범한 개가 아닙니다. 이 개의 목에 걸려 있는 황금 목걸이는 이 개가 바다에서 사람의 생명을 구해 받은 것인데 그 일은 오로지 놀라운 후각 덕에 가능했습니다. 박사님, 제 말이 맞죠?"

"그렇습니다." 박사도 프랑스어로 대답했다. "전 그 이야기가 대중에 알려진 줄 몰랐어요. 지프는 그 이야기를 자랑하는 걸 좋아하지 않아요. 아마 제 조수 머그 씨가 신문사에 알려준 것 같군요. 하지만 이미 알려진 이상 부인할 수는 없죠. 맞아요, 그 이야기는 사실입니다."

"아주 좋습니다." M. 풀랭 씨가 말했다. "여러분, 전 우리가 이 놀라운 개의 자문을 받게 되어 아주 운이 좋다고 생각합니다. 이 개에게 무엇이든 질문하길 바랍니다."

그러자 냄새에 관한 한 대가인 지프가 평가할 향수 견본이 앞에 놓였다. 지프의 첫 마디(물론 박사가 개의 말을 프랑스어로 번역했다.)는 M. 풀랭 씨와 직원들에게 놀라움을 안기기에 충분했다.

지프가 이 회사의 가장 비싼 향수에 코를 대고 킁킁대더니 이렇게 말했던 것이다. "아니, 여기서 치즈 냄새가 나는 걸요!"

"치즈 냄새라고!" 선임 화학자가 앞으로 몸을 쑥 내밀더니 자신이 직접 병에 코를 대고 냄새를 맡고는 소리쳤다. "실수한 게 분명해요. 아니, 여기서는 치즈 냄새가 안 나요. 재스민과 호리병박나무 냄새 밖에 안 나는데요. 이건 우리가 정말 자랑하는 향수예요."

지프가 말했다. "어쩔 수 없어요. 물론 당신이 말한 꽃향기도 맡았어요. 하지만 치즈 향도 나는걸요. 카망베르 치즈 향이요."

탁자에 둘러앉은 전문가들 사이에서 실망스런 탄식이 터져 나왔다.

"이거 끔찍하군요." M. 풀랭 씨가 주먹을 꽉 쥔 채 말했다. "우리가 자랑하는 향수 '사랑의 몽상'에 치즈 향이 섞여 있다니! 나한텐 그 향이 안 나지만 개가 그 향을 맡았다면 고객들이 그 향을 맡을 수도 있어요. 달베르, 이 병을 마지막으로 만진 사람이 누구죠?"

"병에 라벨을 붙인 사람입니다." 관리자 M. 달베르 씨가 말했다.

"그럼 지금 당장 책임자를 오라고 해요. 그리고 그 사람이나 아래 직원에게 치즈를 먹는 습관이 있다면 우린 당장 그 사람의 식단을 바꿔야 해요. 우리가 만든 이 아름다운 '사랑의 몽상'에서 카망베르가 떠오른다는 말이 조금이라도 나와선 안 된다구요. 절대로."

곧 관리자 M. 달베르 씨가 회의실을 나가더니 이내 작고 깡말라 보이는 프랑스인을 데리고 돌아왔다. 그는 갑작스러운 회사 사장의 호출에 벌벌 떨고 있었다. 그는 라벨 작업자들의 감독관이었다.

M. 풀랭 씨가 손가락으로 그를 가리키며 고함쳤다. "당신, 치즈를 먹나요? 대답해요!"

그 키 작은 남자는 눈에 눈물이 그렁그렁해진 채 아내가 공장에 가져가라며 자신을 위해 싸 준 치즈 샌드위치(카망베르 치즈가 든)를 점심으로 먹곤 한다고 고백했다. 하지만 그는 언제나 샌드위치 냄새가 향과 섞이지 않게 조심하고 또 조심했다. 사실 그는 향수를 병에 담고 라벨 붙이는 작업을 하는 방과 멀리 떨어진 다른 방에서 샌드위치를 먹었다.

"상관없어요." M. 풀랭 씨가 냉정하게 말했다. "그 냄새가 이미 향수나 라벨에 어느 정도 뱄으니까. 샌드위치를 공장에 가져오면 안 돼요. 치즈를 꼭 먹겠다면 쉬는 날 먹도록 해요."

그리하여 그 키 작은 남자는 카망베르 치즈는 쉬는 날에만 바닷가에 가서 먹겠다고 굳게 약속한 후에야 회의실에서 나올 수 있었다.

지프에게 질문을 던지라며 이 자리에 불려 온 사람들은 처음엔 이 모든 과정이 우습다고 생각했다. 그들은 개 따위가 사업과 관련해 뭔가를 가르칠 수 있을 거라 믿지 않았고 대부분의 대중들과 마찬가지로 박사가 동물들의 생각을 진짜 이해하고 통역할 수 있다는 사실을 미심쩍어했다. 하지만 놀랍게도 라벨 작업자의 감독관이 치즈를 먹었다는 사실이 밝혀지자 그들은 이 자문 과정에 뭔가 과학적 가치가 있겠다고 생각하기 시작했다. 그리하여 아주 진지한 분위기에서 전문가 지프의 상담이 시작됐고 사람들은 지프가 테스트할 변기 속 물, 향료 주머니에 든 가루, 향수비누들을 가져왔다.

그런데 지프의 코는 인간이 만든 향수를 평가하기엔 지나치게 예리하고 섬세한 것 같았다. 지프의 평가는 화학약품 냄새가 너무 강한 제품 한두 개를 빼면 대부분 야박했다. 지프는 계속해서 원래 제품에 밴 전혀 다른 냄새를 감지해 냈다.

"머릿기름이라는 생각이 안 들어요." 지프가 병을 옆으로 치우면서 말했다. "여러분 역시 1킬로미터 밖에서도 여기서 여기서 라드 냄새를 맡을 수 있을 거예요. 그리고 이 비누에 대해 말하자면, 이걸 만든 사람이 집에서 짠 옷을 입었어요. 분명히 집에서 짠 양모 냄새가 나요. 그리고 비누를 만들 때 악취가 심한 지방을 사용했어요."

"이 냄새를 맡아 보렴." M. 풀랭 씨가 얼굴에 바르는 분이 든 앙증맞은 새틴 상자를 앞으로 밀면서 말했다. "우린 항상 이게 향이 좋다고 생각했어."

"담배 냄새!" 지프가 한 번 냄새를 맡더니 말했다. "담배 냄새만 나는걸요. 프랑스 담배예요."

M. 풀랭 씨는 절망했다.

잠시 후 그가 말했다. "네가 좋아하는 향수가 뭔지 말해 줄래?"

"구운 쇠고기요. 구운 쇠고기 향 향수를 만드는 게 어때요?"

"아, 세상에!" 그 프랑스 남자가 실망스럽다는 듯이 말했다. "하지만 숙녀들은 구운 쇠고기 향을 풍기길 바라지 않는걸!"

지프가 말했다. "왜 안 좋아하는지 모르겠어요. 그건 건강한 사람이 풍기는 냄새인걸요."

결국 회사 제품들에 대한 지프의 야박한 평가로 인해 모두가 의기소침해지자 박사가 좀 더 유익한 방향으로 회의를 진행하기 위해 이렇게 말했다.

"여러분, 제 생각에는 우리가 지프에게서 향에 대한 전반적인 강의를 듣거나, 녀석의 경험에 비춰 볼 때 어디에서 가장 우아하고 아름다운 향수를 찾을 수 있는지 물어본다면 지프의 능력에서 더 많은 이익을 얻어 낼 수 있을 것 같은데요."

"당신 말이 옳아요." M. 풀랭 씨가 벌떡 일어서며 외쳤다. "향수를 다루는 데 필요한 자질이 바로 미묘함이죠. 섬세함과 세밀함, 세련미가 필요해요. 그리고 신에게 맹세코 이 개는 모두 다 가지고 있어요. 그런데 정작 좋아하는 향수가 구운 쇠고기 냄새라니! 세상에!"

박사가 말했다. "그건 취향 문제일 뿐이에요. 냄새에 관한 개의 취향은 천성적으로 여러분과는 다릅니다. 하지만 제가 대중이 어떤 걸 좋아하는지 지프에게 설명해 준다면 녀석이 당신을 도울 수 있을 거예요."

박사가 지프에게 설명을 조금 해 주자 곧 냄새 전문가 지프가 탁자의 상석 쪽으로 몸을 일으키더니 냄새에 대해 개괄적인 강의를 했다. 둘리틀 서커스단에 있는 시오도시아의 일지에 따르면 이 날 아침은 역사상 처음으로 개가, 심지어 통역을 통해 사람에게 강의를 한 날로 기록되어 있다.

지프의 강연은 큰 성공을 거뒀고 M. 풀랭 씨와 그의 직원들은 앞서 지프가 자신들의 기술에 아주 냉정한 평가를 내렸음에도 강연에 주의 깊게 귀를 기울였다. 지프는 강연의 첫 부분에서 '냄새의 분리'에 관해 설명했다. 녀석은 아주 순수한 냄새를 얻기 위해 한 가지 냄새를 완벽하게 분리해 내는 게 얼마나 어려운지 30분이 넘게 자세히 설명했다. 지프는 풀랭 앤 컴퍼니가 만든 제품 대부분이 이 부분에서 문제가 있다고 말했다. 냄새를 잘 맡는다는 사람들 중에도 이걸 잘 못하는 이들이 많다고 했다. 지프에 의하면, 사람들은 바닷가에서 오랫동안 킁킁대며 냄새를 맡은 다음 "바다 냄새 정말 좋네!"라고 말하고는 그걸로 끝이라고 했다. 하지만 그들은 매번 바다 냄새만 맡은 게 아니었다. 바다 냄새와 섞여 있는 수십 가지 다른 냄새, 하지만 자라면서 '바다 소금 냄새'라고 부르던 바로 그 냄새를 맡은 것이었다. 이어서 견공 선생은 자신이 '집단 냄새'라고 부르는 학습 사례들, 즉 일상생활에서 자주 마주치는 여러 냄새들이 결합된 예를 설명했다. 사람들은 집단 냄새를 분석해서 각기 다른 냄새로 분리할 수 있을 때까지는 결코 '개코'

가 될 수 없다는 것이다.

지프는 강연 후반부에선 박사가 자신에게 말한 내용을 바탕으로 회사 사람들이 향수 시장을 위해 찾아 헤매는 특별히 신비로운 향들을 어디서 찾을 수 있는지 설명하는 데 집중했다. 이 내용은 많은 부분이 큰 호기심을 유발했고 듣는 사람들을 적잖이 놀라게 했다. 예를 들어 지프는 특정한 들쥐들이 판 오래된 구멍 밑바닥에는 언제나 같은 비율로 섞인 여러 나뭇잎들이 똑같은 방식으로 층을 이루며 쌓여 있는 걸 볼 수 있다며, 냄새가 좋은 이 나뭇잎들로 방향제를 만들면 그 향이 가장 멋진 화단에서 나는 그 어떤 향보다 은은하다고 했다. 지프는 왜가리의 친척인, 다른 새들의 깃털과 특별한 이끼를 이용해 둥지를 트는 습지 새에 대해서도 얘기했다. 이 새에게서도 부드럽고 연한 향이 나는데, 자신의 생각에는 그 부드럽고 연한 향기가 타의 추종을 불허한다고 했다. 지프는 들쥐와 토끼들을 쫓다가 우연히 맞닥뜨린 나무 뿌리에 대해서 자세히 얘기했는데, 그 뿌리는 상처가 나면 놀라운 향을 풍긴다고 했다.

M. 풀랭 씨의 비서는 박사가 통역한 모든 내용을 받아 적었다. 그리고 바로 그 주에 파리에서 온 그 향수 제조업자는 지프가 얘기한 재료들을 찾기 위해 식물학자와 자연학자를 고용했다. 그 결과 몇 달 후 새로운 향수와 화장품 여러 종류가 시장에 나왔는데 세련된 소비자들을 사로잡은 이들의 섬세한 향기 덕에 풀랭 앤 컴퍼니의 명성은 세계 구석구석으로 퍼져 나갔다.

→ 3장 ←

광고에 출연한 동물 식구들

평상시 실리를 추구하는 것과 거리가 먼 박사였기에 냄새 전문가 지프의 자문 대가로 M. 풀랭 씨에게 사례를 받기로 한 건 아니었다. 하지만 이 프랑스 남자는 매우 관대하게 처신했다. 앞에서 설명한 인터뷰 뒤 얼마 지나지 않아 박사에게 상당한 액수의 수표가 도착했다.

봉투에서 수표를 꺼내 금액을 확인한 박사가 말했다. "허! 지프, 이건 원칙적으로 네 돈이야. 내가 번 게 아니지."

"박사님, 제가 그 돈으로 도대체 뭘 하겠어요?" 지프가 뒤뜰에 있는 쥐의 냄새를 맡으려고 창밖으로 코를 쑥 내밀며 말했다. "박사님이 받으세요. 박사님은 맨날 돈이 궁하잖아요. 더군다나 박사님 덕택에 제가 이렇게 오랫동안 좋은 집에서 지내고 있는걸요."

대브대브가 흥분해서 말했다. "박사님, 또 그러시네요. 돈이 들어올 때마다 박사님은 그 돈을 안 받겠다고 해요. 박사님 같은 사람은 한 번도 본 적이 없다니까요."

박사가 말했다. "하지만 대브대브, 우린 지금 오페라로 떼돈을 벌고 있어. 난 이제 전혀 가난하지 않아. 지난주에 우린 블로섬 씨가 떠난 후 서커스단이 진 빚을 모조리 갚았어. 그런데도 내 은행 계좌에는 내 평생 가졌던 돈보다 더 많은 돈이 남아 있단다."

대브대브가 말했다. "박사님이 쓰는 돈을 생각하면 은행 계좌에 얼마가 있든 절대 큰돈이 아니에요. 지금 제게 남은 단 한 가지 소원은 박사님이 다시 무일푼이 되기 전에 퍼들비로 돌아갔으면 하는 거예요."

박사가 수표를 손으로 만지작거리며 말했다. "그래도 난 이 돈을 지프의 이름으로 은행에 넣어야 할 것 같아. 누가 알겠니? 지프가 돈이 필요한 날이 올지. 살다 보면 무슨 일이든 일어날 수 있으니… 은행이 개의 이름으로 저축 계좌를 만들어 주는지 모르겠구나. 굉장히 흥미로운 부분이야. 그걸 알아봐야겠어."

지프가 풀랭 앤 컴퍼니와 회의를 한 며칠 후 세인트 제임스 가에 규모는 작지만 고급스러운 가게를 갖고 있는 개 목걸이 제조회사로부터 새로운 제안이 왔다. 이곳은 온갖 반려동물 용품을 만드는 회사였다. 상류층 여성들은 자신이 기르는 포메라니안에게 입힐 양털 스웨터나 애완용 개를 위한 도자기 사발, 페르시안 고양이를 재울 비단 덮힌 바구니 등을 사러 이곳을 찾았다. 이 회사는 돈을 많이 버는 곳이었다. 그들은 박사에게 보낸 편지에서 광고 방법에 관해서는 박사와 박사의 동물들에게 전적으로 맡기겠다고 말했다.

이 소식을 들었을 때 지프는 별 관심을 보이지 않았다.

"그런 가게를 잘 알죠. 그 사람들은 돼지처럼 뚱뚱한 퍼그(중국이 원산지인 애완견의 일종—옮긴이)나 쓸 만한 온갖 별스럽고 바보 같은 것들을 팔아요. 새틴으로 만든 리본 목걸이랑 뼈다귀 모양으로 생긴 강아지용 고무 젖꼭지처럼 하나도 쓸모 없는 쓰레기들이죠. 그런 가게와 관련된 일은 하지 않는 게 낫겠어요. 배불리 먹어 보려고 런던 이스트엔드 주변을 어슬렁거리면서 돌아다니는 착한 개들이 수없이 많은데… 사람들이 똥개라고 부르긴 하지만 진짜 개들이죠, 왜 사교계 귀부인들이 키우는 응석받이 애완견들만 그 바보같이 뚱뚱한 배에 양털 스웨터를 두르고 다녀야 하는 거죠?"

박사는 지프의 의견에 동의했고 이 일은 하지 않기로 했다. 그런데 이 대화를 우연히 들은 대브대브가 나중에 지프를 한쪽으로 불러 박사가 이런 식으로라도 돈을 벌 수만 있다면 좋은 거라고 녀석에게 설명했다.

대브대브가 말했다. "들어봐, 지프. 돈을 많이 벌수록 우린 박사님이 더 빨리 퍼들비로 돌아가게 할 수 있어. 그리고 그 돈 대부분은 아무튼 결국 필요한 동물들한테 쓰일 거야."

지프가 말했다. "알았어. 내가 뭘 준비할 수 있는지 알아볼게. 하지만 새틴 목걸이나 고양이 요람 광고는 하지 않을 거야."

일을 시작한 지프는 박사의 도움으로 개 목걸이를 파는 가게의 창문에서 보여 줄 흥미로운 쇼를 준비했다. 지프는 둘리틀 박사의 캐러밴에 머무르는 다른 개들, 그러니까 스위즐과 토비, 그랩과 블래키를 조연 배우로 초빙했다. 녀석들은 환상의 조합이었다. 스위즐은 평상시 물건, 사람 가리지 않고 무엇이든 우스갯소리의 소재로 삼는 희극배우였다. 토비는 몸집은 작지만 무슨 일이든 자신이 좌지우지해야 직성이 풀리는 자만심 강하고 건방진 개였다. 그랩은 심성이 진짜 착한 개인데 생긴 건 꼭 사나운 전사 같았다. 반면에 몸집이 큰 레트리버인 블래키는 진중한 개의 훌륭한 표본이었다.

이들이 준비한 연극은 아주 간단했는데 대부분 즉흥적으로 이루어졌다. 녀석들은 마치 개들의 사교 클럽에 온 것 마냥 창문 안쪽에 앉거나 그 주위를 서성거렸다. 장사꾼으로 분한 지프가 개들에게 목걸이, 겨울 재킷, 개 비누 등 팔 물건들을 가져왔다. 토비는 어느 것에도 만족하지 못하는 버릇없고 까탈스러운 애완견 역할을 맡아 놀라운 연기를 보여 줬다. 블래키는 커다란 목걸이와 코트, 거기 있는 다른 물건들을 죄다 착용해 보는 좀 더 품위 있는 큰 개 역할을 맡았다. 어릿광대인 스위즐은 거기 있는 것들을 어떻게 사용하는지 모르는 척했다. 녀석은 목걸이는 안팎을 거꾸로 찼고 코트는 위아래를 바꿔 입었으며 어디든 걸려 넘어지기 일쑤였고 모든 걸 엉망진창으로 만들었다.

가게 창문으로 보이는 살아 있는 동물들은 언제나 행인들의 시선을 끌게 마련이다. 하지만 개들의 행동을 보려고 가게 주변에 이렇게 많은 군중이 몰려든 건 처음 있는 일이었다. 경찰들이 무슨 일이 생겼는지 보러 왔다. 경찰들이 오자 당연히 뭔가 심각한 일이 일어났다고 생각한 사람들이 구름처럼 모여들었다. 그리하여 이 가게는 최고의 광고 효과를 누렸다.

언제나 뛰어난 사업 수완을 자랑하는 매슈 머그는 가게 주인들에게 이 개들이 그 유명한 둘리틀 동물 극단 소속이라는 사실을 알리는 표지판을 창문에 붙이도록 했다. 이 표지판은 말할 것도 없이 카나리아 오페라와 퍼들비 팬터마임, 그린히스의 서커스를 알리는 데 큰 도움이 되었다.

소시지 제조회사들을 돕는 광고를 거절한 거브거브는 한참 뒤 웨스트엔드 장난감 가게를 위한 광고에서 큰 성공을 거뒀다.

이 돼지 코미디언은 즐겁게 뛰노는 아이들에게 둘러싸여서 줄넘기도 하고 태엽 달린 장난감도 가지고 놀면서 구경꾼들을 즐겁게 만든 건 물론이고 스스로도 아주 신나는 시간을 보냈다.

피피넬라 역시 자신에게 광고를 의뢰한 새장 제조업체가 만든 새장을 직접 검사한 다음 계약을 이행했다. 피피넬라가 할 일은 굉장히 간단했는데, 생기 넘치는 모습으로 새장 안팎을 뛰어다니며 새장의 디자인이 마음에 든다는 걸 보여 주기만 하면 됐다. 그런데 피피넬라의 대단한 목소리가 얼마나 멀리까지 알려졌는지,

그 가게는 피피넬라의 존재만으로도 녀석에게 지불한 시간당 7파운드라는 어마어마하게 큰돈보다도 더 많은 돈을 벌어들였다.

4장

주머니 당나귀

하지만 박사나 박사의 식구들이 출연한 광고 중에 가장 유용했던 건 단연코 왕립농업학회와 함께 진행한 광고였다. 규모가 크고 공신력 있는 이 학회는 매년 런던의 가장 큰 홀 중 한 곳에서 박람회를 개최했다. 학회는 그 홀뿐 아니라 인근 땅과 다른 건물들에서도 소규모 행사와 전시회를 열었다. 그건 오랫동안 대중들과 함께 해 온 연례 행사였다. 이 행사는 2주 동안 열리는데 런던 시민들뿐 아니라 수많은 농부들, 농업과 축산업에 관심 있는 사람들이 잉글랜드 곳곳에서 찾아와 성황을 이뤘다.

2주간 계속 열리는 쇼도 물론 있지만 각 날짜별로 몇몇 특별한 볼거리가 있었다.

하루는 가축 심사가 열렸는데 품종이 가장 훌륭한 소나 제일 뚱뚱한 양에게 상이 돌아갔다. 다른 날에는 잉글랜드 도처에서 온 훌륭한 종마들과 쟁기 끌기 대회에서 우승한 말들의 퍼레이드가 열렸다. 또 다른 날에는 버터 휘젓기 대회, 유제품 전시회, 예쁜 가금류 전시회 등이 열렸다.

매슈 머그는 박사가 왕립농업학회로부터 편지를 받았다는 소식을 듣자마자 박사와 아무 상의도 없이 박람회 위원회를 방문했다. 쇼는 아직 시작되지 않았지만 다음 주에 곧 열릴 예정이었다. 매슈는 평상시와 마찬가지로 위원회에 자신을 존 둘리틀 박사의 동업자라고 소개했다. 그는 왕립농업박람회의 성공을 위해 그 유명한 자연학자를 초대한 위원회의 지혜와 선견지명에 찬사를 보냈다. 그렇게 한번 뜸을 들인 매슈는 위원회에 자신의 동업자가 이룩한 놀랄 만한 발견과 발명품들, 과학적 업적들을 한 시간도 넘게 설명했다. 매슈의 설명 대부분은 박사가 실제로 성취한 것들보다 훨씬 과장된 것이었다. 어쨌든 그의 설명은 위원회 사람들이 깊은 인상을 받을 만큼 설득력이 있었다.

머그 씨가 한 발 빠르게 움직인 결과, 이틀 후 위원회 회장과 총무가 직접 박사를 방문했다. 이 방문은 그 유명한 박사에게도 결코 작은 영예가 아니었다. 그들이 방문했을 때 그린히스에 있었던 박사는 큰 자부심을 느끼며 이 유명한 손님들이 서커스단을 둘러볼 수 있게 안내했다.

그들은 서커스단에 있는 모든 동물들이 훌륭한 환경에서 살고 있는 걸 보고 기뻐했다. 프레드는 손님들에게 자신이 관리하는 모범 우리와 그들이 이전엔 한 번도 본 적 없는 코끼리 우리, 사자 굴 등을 보여 주었다.

하지만 그들이 가장 인상 깊게 본 건 박사의 서커스단에 있는 마구간들이었다. 마구간은 존 둘리틀 박사의 자부심이었다. 법랑 철기 여물통과 흰색 도기 물통들, 빨 수 있게 면으로 꼰 밧줄과 담요, 말들이 직접 열고 닫게 설계된 환기통, 놀랄 만한 청결함, 건강한 기운과 홍겨운 분위기에 손님들은 숨이 멎을 정도로 놀랐다. 그들은 박사에게 이 모든 걸 어떻게 이뤘으며 어디서 이런 아이디어를 얻었냐고 물었다. 박사는 웃으며 화제를 바꾸려 했다. 하지만 위원회장은 어물쩍 넘어가지 않았다.

"어서요! 우리에게 이야기하고 싶지 않은 건가요?"

박사가 말했다. "아, 아닙니다. 기꺼이 말씀드리겠습니다. 하지만 아마도 당신들은 저를 믿지 않을 거예요. 사람들 대부분이 그렇거든요. 이 마구간의 세부시설들과 도구들 모두 말들이 직접 발명했어요. 말들이 모든 아이디어를 낸 거죠. 이곳이 바로 말들이 생각하는 꿈의 마구간이에요. 전 단지 말들의 소망을 이루어 준 거랍니다. 저는, 음, 말의 언어로 얘기하거든요."

위원회장과 총무가 그린히스를 방문한 결과, 위원회는 박사가 농업박람회에 참가하기를 더욱 간절히 바라게 되었다. 박람회가 대중들에게 선보이기 이틀 전, 위원회는 축사에 대한 조언과 다른 부분에 대한 아이디어를 얻기 위해 박람회가 열리는 홀과 인근 지역의 방문을 요청하는 특별 초대장을 박사에게 보냈다.

말할 것도 없이 매슈가 이 여행에 동행했다. 대브대브도 같이 갔는데, 박사가 에일즈베리 오리 전시회에 대한 대브대브의 의견을 듣고 싶어 했기 때문이다. 지프 역시 따라갔는데 학회가 주최하는 훈련받은 양치기 개의 특별 전시회에 지프가 큰 흥미를 보였기 때문이고 상을 받은 감자가 보고 싶었던 거브거브도 일행에 합류했다.

박람회 장소는 그들의 예상보다 훨씬 컸다. 몇몇 진열대와 천막이 아직 세워지지 않았고 많은 곳이 여전히 공사 중이었지만 전체 박람회장의 규모는 엄청났다. 쟁기와 써레, 수확기, 부화기, 닭장과 달걀 담는 통, 양털 깎는 가위, 목축용 울타리, 상 받을 만한 야채, 토마토 재배용 온실, 토양 질을 측정하는 화학약품, 마차를 끄는 거구의 말부터 셰틀랜드 산 작은 당나귀에 이르기까지 과거에 썼거나 지금도 쓰고 있는 모든 농업 관련 용품과 동물이 다 있었다. 건물 안팎 어디든 말 그대로 물건들 천지였다.

매슈는, 항상 그렇듯, 박사의 지식을 자랑할 기회를 호시탐탐 엿보고 있었다. 그리고 셰틀랜드산 당나귀들을 보고 감탄한 존 둘리틀 박사가 발길을 멈추자 당나귀들을 전시하는 사람이 다가와 박사에게 말을 걸었다.

"박사님, 당신이 직접 당나귀를 키울 때 아주 흥미로운 일들을 했다고 들었습니다."

박사가 웃었다. "세상에! 매슈가 그 일도 자랑했나요? 네. 어느 정도 했지요. 많이 하진 않았어요."

매슈가 외쳤다. "이런! 당신이 만든 난쟁이 당나귀는 대단했는걸요? 여기 있는 이 셰틀랜드산 당나귀들보다도 작지 않았나요?"

박사가 말했다. "그래요. 확실히 그렇긴 했어요."

"흐음, 지금 셰틀랜드 제도에서는 몸집이 작은 당나귀를 원해요. 잘 어울리고 체구가 아주 작은 당나귀들은 부르는 게 값이죠. 우린 당신이 가르쳐 주는 거라면 뭐든 기꺼이 배울 겁니다."

박사가 말했다. "매슈가 말한 건 몇 년 전 버마에서, 그러니까 제가 항해할 때 있었던 일이에요. 그때 특별한 쌀에 대해 알게 됐는데 가축이 태어났을 때 그걸 먹이면 놀랄 정도로 몸이 자라지 않았어요. 당시 버마에선 작은 동물들이 대유행이었고 전 제가 품종개량을 할 수 있을지 알고 싶었어요. 몇 번의 실험을 거쳐 전 제 모자에 쏙 들어갈 만큼 작은 당나귀를 만들어 냈답니다. 아주 똘똘하고 작은 동물이었어요. 하지만 그 종을 다시 만들진 않았죠. 녀석이 그렇게 비정상적으로 작은 자신의 모습을 전혀 좋아하지 않는다는 걸 알게 됐거든요. 물론 녀석은 죽을 때까지 모든 버마 숙녀들의 귀여움을 독차지했고 아주 즐거운 시간을 보냈어요. 그런데 어느 날 이 당나귀를 토끼로 착각한 개가 녀석을 입에 물고 달아나 버리는 바람에 전 한참 동안 개를 쫓아갔어요. 그러고 나서야 전 정상적인 크기였다면 감히 공격할 생각도 하지 못했을 그 많은 적들로부터 그 당나귀의 목숨을 지키려면 녀석이 하고 싶은 대로 하게 놔둬선 안 된다는 사실을 깨달았어요. 그건 절대 온당

하지 않아요. 결국 전 녀석을 시암 왕에게 바쳤고 왕은 녀석을 위해 작고 특별한 정원을 만들었죠. 매로부터 녀석을 지키기 위해 정원 주변엔 커다란 담을 쌓고 담 위엔 쇠창살을 설치했어요. 그리고 전 더 이상 주머니 당나귀를 만들지 않기로 결심했지요."

왕립농업박람회에서 박사가 한 역할은 굉장히 유용했다. 우선, 박사는 자신이 가축을 위해 만든 위생 컵을 시연하기 위해 위원회로부터 훌륭한 말 여섯 마리와 소들, 특별한 진열대를 제공받았다. 이 컵은 몇 년 전 구제역의 확산을 막고 다른 동물들의 불만을 예방하기 위해 그가 발명한 것이었다. 말이 코를 안쪽으로 밀어 넣으면 물이 나와 자동으로 채워지는 일종의 자체 배수 장치였다. 이 컵은, 사용하지 않을 때는, 물이 빠진 다음 자체적으로 헹궈지기도 했다. 그래서 가축들은 언제나 신선하고 깨끗한 물을 공급받을 수 있었다.

시연에 참가한 말들과 소들은 둘리틀 박사의 위생 컵을 어떻게 사용하는지 금세 알아차렸고, 진열대 주변은 박람회 내내 이들을 보려는 사람들로 북적거렸다.

박사는 동물 약국도 소개했다. 여기에는 그가 수의사로서 오랜 경험을 통해 믿을 만한 제품이라고 인정한 각종 약과 도포제, 비누, 털 복원제 등이 전시되었다. 그중에는 브라운 씨가 만든 바르는 근육통 약도 있었는데 존 둘리틀 박사는 이 약을 분석한 결과 굉장히 효과가 좋다는 사실을 발견했다. 또한 박사가 직접 만든 카나리아 기침약(다른 가금류에게도 잘 들었다.), 피부약 등 많은 제품이 전시됐다.

박사는 매일 오후 이 동물 약국에서 수의사로 일하는 동안 찾아낸 동물 치료법들을 직접 선보였다. 지프와 대브대브는 날마다 그린히스로 떼 지어 오는 환자들 대부분을 이리로 보냈다. 박사는 동물 의학에 관심 있는 사람들에게 자신의 경험이 도움이 될 수 있도록 사람들이 보는 앞에서 뼈를 맞추고 개와 송아지, 말이 앓는 갖가지 병을 치료했다.

박람회에 온 많은 수의사들은 이 동물 약국과 진료소를 보고 이맛살을 찌푸렸고 돌팔이 의사라며 박사를 깎아내리려 했다. 하지만 박사의 치료법이 너무나 대단했기에 사람들은 결국 박사의 천재성과 놀라운 기술을 믿어 의심치 않게 되었다. 또한 박사를 시기하더라도 그가 의학박사 학위를 갖고 있다 보니 그에게 적대감을 내보이기가 힘들었다. 얼마 지나지 않아 수의사들은 박사가 자신들보다 훨씬 많이 알고 있다는 걸 확신하게 됐고, 박사에게 배우게 되어 기쁠 따름이었다.

박람회 마지막 한 주 동안 박사의 상담 시간은 가축을 치료하고 약을 소개하는 일종의 수업 시간이 되었다. 박사가 양의 부러진 어깨뼈를 맞추고 절름발이 말을 치료하며 소 이빨을 금으로 때우는 등 이전에는 한 번도 본 적 없는 정교하고 놀라운 솜씨로 동물들을 치료하는 동안 그의 진열대는 그 모습을 보고 듣는 수많은 수의사와 학생들에 가려져 거의 보이지 않았다.

박람회가 끝났을 때 위원회는 올해 박람회의 입장객이 이전보다 두 배나 늘어났는데, 대중들의 이런 놀라운 관심은 모두 존 둘리틀 박사가 전시회에 참가한 덕택이라고 말했다.

5장

둘리틀 서커스단, 회의를 하다

리젠트 극장에서 상연되는 카나리아 오페라는 성공한 극단들이 세운 모든 기록을 깼다. 매주 상연이 계속될수록 관객 수가 줄기는커녕 극장이 점점 꽉 들어찼고, 매일 밤 자리가 없어 발길을 돌리는 사람들 수가 계속 늘어났다.

스트랜드에 있는 패티스에서 또다시 100번째 공연을 축하하는 만찬이 열렸다. 그런데 이번엔 첫 번째 식사 때 식탁을 에워쌌던 얼굴 몇몇이 보이지 않았다. 처음부터 둘리틀 서커스단에서 일한 단원들 중 상당수가 많은 돈을 벌어 은퇴했기 때문이다. 헤라클레스는 장미 정원이 딸린 바닷가의 평화로운 작은 집으로 떠났고 핀토 형제와 헨리 크로켓, 그리고 펀치와 주디 인형극을 하던 사람도 떠났다.

게다가 식사가 끝나고 모두가 한마디씩 할 때 광대 호프가 일어나더니 자신이 사람들 앞에 서는 건 이번이 마지막이라고 말했다. 그는 은퇴할 만큼 충분히 돈을 벌었고 훌륭한 친구이자 단장인 존 둘리틀 박사와 헤어지는 게 싫긴 하지만 평생 동안 외국 여행을 하고 싶었으며, 이제 비로소 여행을 할 정도로 돈을 벌었다고 했다. 또한 자신의 개 스위즐이 박사 곁에 남기로 했고, 자신의 기억을 생생하게 간직한 절친한 친구이자 오랜 세월 동안 서커스 인생의 동반자였던 스위즐이 서커스단에 남아 있기에 자신도 서커스를 완전히 떠난다고 생각하진 않는다고 말했다.

이번 만찬 때 서커스단이 입은 옷은 첫 번째 식사 때 입은 옷과는 아주 많이 달랐다. 의상 담당자이자 둘리틀 서커스단의 역사 기록자인 머그 부인은 보석 장식을 해서 반짝반짝 빛났다. 매슈가 자리에서 일어나 길고 거침없는 연설을 할 때 그의 상의 가슴팍엔 커다란 다이아몬드가 세 개나 달려 있었고 손가락엔 그것들보다 더 큰 다이아몬드 반지를 끼고 있었다. 박사 자신은 본드 가의 재단사가 만든 새 맞춤 정장을 입었다. 하지만 박사는 오페라단이 런던에 온 걸 환영하는 만찬 때 입은, 뒤가 터져 버린 옷에 비하면 이 옷은 전혀 편하지 않다고 했다.

박사는 연설을 할 때 만찬 식탁에서 익숙한 얼굴들이 더 이상 눈에 띄지 않는 사실에 대해 말했다. 그는 이 공연 사업을 계속하는 동안 많은 사람들이 자신이 하고 싶은 일을 깨닫고, 진짜 하고 싶은 일을 할 기회를 갖게 되어 기쁘다고 말했다. 그는 사람들이 돈의 도움을 받는 게 아니라 돈 때문에 정작 가장 하고 싶은 일을 못 한다면서 자신은 돈 자체를 항상 끔찍한 저주로 여긴다고 말했다. 그들은 런던에 3개월째 머무르고 있었다. 그리고 봄의 새싹이 돋는 공원 나무들을 보자 퍼들비에 있는 집과 정원, 아주 오랫동안 잊고 지냈던 계획들이 떠올랐다. 박사는 다시 3개월이 지나기 전에 공연계에서 은퇴하길 원한다며, 카나리아 오페라를 성공으로 이끈 단원들도 다른 사람들처럼 꿈을 찾아 떠나길 바란다고 말했다.

광대 호프가 둘리틀 서커스단을 떠나는 건 큰 사건이었다. 작별 인사를 할 때가 되자 스위즐과 호프 둘 다 서로를 부둥켜안고 눈물을 흘렸다. 스위즐은 사랑하는 두 사람 사이에서 어쩔 줄을 몰랐다. 호프 옆에 있고 싶었지만 존 둘리틀 박사와 박사의 쾌활하고 멋진 식구들 곁에 머무르고 싶기도 했다. 둘 다 할 수는 없는 노릇이었다. 스위즐은 호프가 박사를 통해 편지로 근황을 전하겠다고 약속한 후에야 기분을 풀었다. 그러고 나서도 녀석이 옛 주인을 저버렸다며 양심의 가책을 느껴 그날 밤 내내 잠을 이루지 못하자 지프와 토비도 덩달아 눈을 붙일 수 없었다.

"있잖아." 다른 식구들이 드디어 스위즐이 잠이 들었다고 확신하며 마음을 놓았을 때 녀석이 별안간 입을 열었다. "주인님을 혼자 가게 두지 말았어야 했어. 개가 있어야 할 곳은 주인 곁이라고 하잖아. 엄청나게 친절하고 자상한 주인님이 바로 호프였거든. 몇 년 동안 그렇게 잘 해 줬는데도 주인님을 저버린 끔찍한 욕심쟁이가 된 기분이야."

"아, 그만 좀 잊고 잠이나 자!" 토비가 짜증을 내며 말했다. "난 네가 왜 그렇게 자책을 하는지 모르겠어. 넌 먹고살려고 일한 거야. 사실 주인님과 너 둘 중에 네가 더 나은 광대였다구. 호프보다 네 익살이 관객들에게 더 큰 웃음을 줬어. 이제 네 주인은 돈을 많이 벌어서 공연을 그만둔 거잖아. 네가 그 돈을 벌게 도와줬고. 세계 여행을 하면서 인생을 즐기겠다는 호프를 따라가는 것보다 둘리틀 박사님 곁에 남는 게 더 좋다면 그걸 선택하는 게 옳은 거야."

스위즐이 생각에 잠긴 채 말했다. "응, 그런 것 같아. 그래도 호프는 참 괜찮은 사람이었어."

"내 주인님 헨리 크로켓도 좋은 사람이었어." 토비가 말했다. "그래도 난 주인님을 떠났어. 아니 사실은 주인님이 날 떠난 거지, 너랑 똑같이. 나도 박사님 곁에 머무르고 싶었어. 난 펀치와 주디 쇼가 잘 되도록 주인님을 도왔고 죄책감 따윈 느끼지 않아. 맙소사! 개들도 원하는 삶을 살 자격이 있는걸."

그제야 스위즐은 수긍했고 호프에 대해 양심의 가책을 느끼지 않게 되었다. 지프와 토비는 새벽 두 시가 한참 지나서 기상 시간 조금 전에야 짧게나마 단잠이 들었다. 녀석들이 이야기할 때 박사 역시 오페라에 대한 여러 문제들을 생각하느라 깨어 있었다. 그리고 녀석들의 숙소가 박사의 방 밖 통로에 있어서 녀석들의 대화가

"아, 그만 좀 잊고 잠이나 자!" 토비가 말했다.

박사에게 모두 들렸다.

(여러분이 기억하다시피 항상 자신의 권리를 주장하는) 토비가 비록 개일지라도 자신들의 삶은 자신들 것이라고 한 말을 들은 박사는 생각에 잠겼다. 그리고 다음 날 회계사인 투투와 한 시간 이상 돈 문제에 대해 얘기한 후 서커스 단원들을 모아 회의를 열었다.

박사는 회의를 하기 위해 식구들을 데리고 그린히스로 갔다. 그 모임은 동물들 수가 사람들 수보다 훨씬 많았다. 박사는 지금까지 단원들 수가 얼마나 줄었는지 정확하게 깨닫지 못하고 있었다. 소규모 공연을 여는 가장 큰 천막 중 한 곳에 모인 단원들 앞에서 박사가 먼저 사람들에게 영어로 말한 다음 동물들에게 동물 언어로 말했다.

"우리가 실행한 협동조합 방식이 큰 성공을 거뒀다고 말할 수 있을 것 같습니다. 그런데 우리의 은행 잔고가 늘어나는 데 카나리아 오페라의 인기가 크게 기여했으므로 이제 공연에서 아주 중요한 역할을 한 동물들과 이익을 나눠야 공평하다는 게 제 생각입니다. 우리 서커스단이 해체된다면 어떤 경우라도 공연에 참가한 모두가 돈을 받는 게 바람직합니다. 따라서 전 동물 단원들도 같은 방식으로 우리와 이익을 공유하고 자신들 이름으로 은행 계좌를 개설해야 한다고 제안합니다. 이 문제를 검토한 결과 동물들도 특정 은행에서는 은행 계좌와 수표책을 가질 수 있다는 걸 알게 되었습니다. 누군가가 동물들을 위해 수표를 작성할 권한을 위임받기만 하면 말이죠. 여러분을 이곳에 부른 이유는 이 문제를 토론하기 위해서이고 지금 이 사안을 투표에 부칠 것을 제안합니다."

짧은 논의가 이어졌다. 물론 동물들은 한두 마리 예외는 있었지만 박사의 의견에 대찬성이었다. 천막을 치는 일꾼과 서커스장 매표소에서 입장권을 파는 직원만 적극적으로 반대했는데, 그들은 동물들에게 왜 돈이 필요하냐며 제안에 반대한다고 말했다.

하지만 나머지 세 사람, 박사와 매슈와 프레드는 찬성했고 그 발의는 찬성 세 명, 반대 두 명으로 통과되었다.

그날 밤 공연이 끝난 후 박사는 저녁 식사 도중 그 문제에 대해 이야기하면서 그런 아이디어를 제안한 이유를 좀 더 설명했다.

박사가 컵에 다시 코코아를 따르면서 말했다. "동물들이 나이 들 때를 대비해서, 그땐 내가 아마 더 이상 여기 없을 텐데, 돈을 줘야겠다고 생각한 것만은 아냐. 이익을 나눔으로써 동물들의 지위가 전반적으로 올라가기를 바라는 거지. 옛말에 '돈이면 다 돼' 라는 말이 있거든."

"'돌면 다 된다'고 말씀하셨어요?" 거브거브가 물었다.

"아니, 돈이면 다 된다고." 박사가 다시 말했다. "돈은 끔찍한 거야. 그런데 나만 돈이 하나도 없다면 그것 역시 끔찍해. 내가 사람들에게 항상 가지고 있는 가장 큰 불만 중 하나가 바로 동물들을 존중하지 않는 거란다. 그런데 많은 사람들이 돈은 대단히 존중하지. 동물들이 자신들의 은행 계좌를 갖게 된다면 존중하라고 주장할 만한 위치가 되는 거야. 누군가가 옳지 않거나 불공정하게 대

녀석은 하루에도 너덧 번씩 투투를 귀찮게 했다.

할 경우 직접 변호사를 고용하고 다른 사람들처럼 가해자를 고소할 수도 있어."

"그런데 동물들은 어떻게 수표를 작성하죠, 박사님?" 회계사 투투가 물었다.

존 둘리틀 박사가 말했다. "변호사들, 여러 은행 지점장들과 그 문제를 이미 상의했단다. 그 사람들 대부분은 미쳤다며 내 말에 귀를 기울이지 않았어. 그런데 두 은행, 이스트민스터 앤 첼시와 미들섹스 합자 은행은 누군가가 위임장을 받아서 예금과 출금 수표를 작성한다면 동물들 명의로 계좌 개설하는 걸 반대하지 않겠다고 했단다. 물론, 변호사 부분은, 고소를 하게 된다면 법원이 어떻게 할지 두고 봐야겠지. 아주 새롭고 흥미로운 일이 될 거야. 난 고소 사건이 어떻게 진행될지 지켜볼 수 있게 빨리 고소 사건이 생기면 좋겠어. 아무튼 동물들이 자신들의 계좌를 열거나 변호사를 고용할 수 있다면 이 사회에서 동물들의 지위가 향상될 거야."

둘리틀 협동조합 서커스단의 이익을 동물들에게 나눠 주기 위한 방법이 마련되자 실제로 서커스단 동물들의 이름으로 은행 계좌가 개설되었다.

거브거브는 자신의 이름으로 된 수표책을 받자 대단히 기뻐했다. 녀석은 이스트민스터 앤 첼시에 자기 돈이 얼마나 많은지 알아보려고 하루에도 너덧 번씩 투투를 귀찮게 했다. 또 길 가다가 만난 모든 돼지들을 향해 자신에게 말조심하지 않으면 변호사에게 편지를 보내 법정에 세우겠다고 빼겨 댔다.

지프는 미들섹스 합자은행에 계좌를 열었고 박사가 풀랭 씨로부터 녀석 몫으로 받은 상당한 금액을 보유하게 됐다.

대브대브는 통장에 돈을 넣고 싶지 않다고 말했다. 녀석은 처음엔 그 아이디어를 전혀 좋아하지 않았다. 하지만 충분히 생각해 본 후 아주 좋은 일이라고 결론을 내렸는데, 돈 일부를 박사가 쓰지 못하게 모아 뒀다가 나중에 박사가 퍼들비로 돌아가 평화로운 일생을 보낼 때 쓸 수 있기 때문이었다.

→ 6장 ←

돈 쓰는 법

일단 동물들의 이름으로 돈을 저축한 다음 동물들이 그 돈을 쓰고 싶은 데 쓰도록 하는 것, 즉 동물들이 돈을 제 맘대로 하도록 하는 게 박사의 의도였다. 사실 그는 동물들이 그 돈으로 뭘 할지 무척 궁금했다. 그건 새로운 실험이었다.

새로 생긴 그 많은 돈을 어디에 쓰든 내버려두면 동물들이 대부분의 돈을 허비해 버릴 거라고 사람들은 생각할지도 모른다. 그러나 박사가 동물들에게 그 문제에 대해 이래라저래라 하지 않았는데도 동물들은 서로에게 충고와 조언을 아끼지 않았다.

동물들이 처음으로 재산을 갖게 된 날 저녁, 박사는 단장들과 이야기를 하느라 극장에 늦게까지 머물렀고 동물 식구들은 박사

동물 식구들은 저녁 식사를 하기 위해 둘러앉았다.

없이 저녁을 먹으려고 타운 하우스의 부엌에 둘러 앉았다.

"지프, 넌 네 돈으로 뭘 할 거니?" 흰쥐가 물었다.

지프가 대답했다. "아직 잘 모르겠어. 이스트엔드에 '개를 위한 국밥집'을 열고 싶다고 생각하긴 했는데. 개들을 위한 무료 숙박 시설 말이야. 넌 그 길 주변에 굶주린 개들이 얼마나 많은지 모를 걸. 떠돌이 개들이 와서 아무 질문도 받지 않고 뼈다귀나 제대로 된 식사를 한 끼 먹고 밤에 잠도 잘 수 있는 곳이면 좋겠어. 난 그것에 대해 전에 박사님께 말씀드린 적이 있어. 박사님은 어떻게 하면 좋을지 알아보자고 하셨지."

"아, 안 돼. 하지 마!" 대브대브가 말을 끊었다. "노쇠한 말이나 떠돌이 개를 위한 쉼터는 더 이상 안 돼! 모두 사절이야! 난 그게 뭘 뜻하는지 알아. 너, 마차 끌다가 은퇴한 말들을 위한 협회 기억해? 우리가 박사님이 하지 않길 바라는 게 바로 그런 거야. 난 지금 가진 돈을 은행에 넣어 둘 거야. 박사님은 이제 부자일 걸. 투투가 말한 게 사실이라면 박사님은 런던 시장만큼이나 부자야. 그렇지만 돈 쓰는 거라면 박사님을 따라갈 사람이 아무도 없지. 박사님이 다시 가난해지는 날이 올 게 분명해. 우리 이름으로 은행에 저축해 둔 돈을 그때까지 갖고 있으면 우리가 박사님을 도울 수 있을 거야. 박사님은 우리가 번 돈을 마음대로 하실 자격이 있어. 너희도 잘 알겠지만 박사님이 아니었다면 우린 땡전 한 푼 없었을 걸."

거브거브가 가슴을 쑥 내밀면서 말했다. "난 내 돈으로 청과상

사업을 할 거야."

"아, 제발, 말 좀 들어!" 대브대브가 눈을 치켜뜨면서 툴툴거렸다.

거브거브가 말했다. "왜 안 돼? 난 이제 잉글랜드에 있는 배추를 다 살 만큼 부자야. 런던에서 제일 돈 많은 동물 중 하나라고."

"넌 세상에서 제일 멍청한 돼지야." 살림꾼은 콧방귀를 뀌었다. "그리고 아마 넌 네 야채들을 팔기도 전에 다 먹어 치울걸. 진짜 청과상을 할 거면, 제발 부탁이니까 우리 가족이 퍼들비로 돌아갈 때까지 좀 기다려."

녀석들은 돈을 마음대로 쓸 수 있게 된 첫 동물들인데도 서로 여러 얘기를 나눈 후 무분별하고 바보같이 돈을 쓰려 들지 않았다. 이들이 장만한 새 물건들도 모두 필요한 것들이었다. 박사는 동물들도 제대로 대우받기만 하면 사람들처럼 분별 있게 행동할 거라는 자신의 이론이 이번 일을 통해 충분히 증명됐다고 생각했다.

물론, 동물들이 새로 생긴 돈으로 아무것도 사지 않길 바란다는 건 부자연스러울 것이다. 모두들 투투에게 자신의 통장에 돈이 얼마나 있는지 물어본 다음 거브거브가 말한 대로 돈이 생긴 걸 기념하는 의미에서 나름대로 조금씩 쇼핑을 했다.

흰쥐가 첫 번째로 산 건 외국산 치즈였다. 흰쥐는 박사와 함께 웨스트엔드에 있는 고급 식료품점에 가서 지금까지 나온 모든 종류의 치즈를 각각 100그램씩 샀다. 그중 절반은 박사가 이름도 들어 보지 못한 것들이었다. 어떤 건 음식이라면 모르는 게 없는 거브거브에게도 생소했다. 거브거브는 자신이 쓰고 있는 『음식 백

거브거브는 발굽을 광냈다.

과사전』(10권)이라는 책에 포함시키기 위해 그 치즈들의 이름과 맛에 대한 설명을 꼼꼼히 적었다.

거브거브는 온실용 채소와 과일을 사는 데에 돈을 쓰기로 했다. 녀석은 아티초크부터 포도에 이르기까지 제철이 아니어서 구하기 힘든 청과를 조금씩 샀다. 우연히 그 가게에 있던 한 여자 손님은 박사가 돼지에게 주려고 그 맛난 것들을 샀다는 사실에 큰 충격을 받았다.(거브거브는 그 자리에서 산 것들을 조금씩 먹어 보았다.) 오지랖 넓은 그녀는 그렇게 맛있는 걸 돼지에게 줬다며 박사에게 불평을 해 댔다.

"제가 제 돈으로 산 거라고 저 여자에게 말해 주세요." 거브거브가 입에 아스파라거스를 한가득 물고는 거들먹거리며 거리로 나오면서 말했다.

거브거브가 누리기로 한 또 다른 사치는 바로 매일 발굽을 광내는 것이었다. 이 일은 박사의 타운 하우스에서 멀지 않은 곳에 사는 작은 구두닦이 소년이 맡았다. 매일 아침이면 거브거브는 발굽이 자신의 얼굴이 비칠 정도로 반질반질해질 때까지 아주 우아하게 계단에 서 있었다. 대브대브는 이 일에 격분했다. 대브대브는 발굽 광내기가 아무 짝에도 쓸모없는 바보 같은 돈 낭비라고 했다. 하지만 박사는 하루에 1페니밖에 안 든다며 그렇게 큰 낭비는 아니라고 말했다. 그리고 별거 아닌 것에 작은 돈 쓰는 것조차 못하면 거브거브 자신이 돈을 가진 게 무슨 의미가 있겠냐고 했다.

화가 난 대브대브는 깃털을 곤두세운 채 말했다. "갠 그걸 왜 해야 한대요? 그 바보 같은 발을 광내 봐야 걔한테 좋을 게 하나도 없어요. 우리한테도 아무 도움 안 되고요."

거브거브가 말했다. "참 나, 생각하고는! 난 이 도시에서 옷을 제일 잘 입는 돼지인걸."

대브대브는 코웃음을 쳤다. "넌 아무것도 안 입은 게 제일 나아."

"흐음, 아무튼 내가 가장 말쑥해. 그리고 내가 제일 잘 차려입어야 해. 난 유지해야 할 명성이 있거든. 내가 거리를 지날 때마다 아이들이 날 가리키면서 '봐 봐! 유명한 코미디언 거브거브야!'라고 말하잖아."

"유명한 멍청이겠지." 대브대브가 하던 요리 쪽으로 몸을 돌리면서 말했다. "저 뚱땡이가 한껏 멋을 내고 거리를 활보하는 한 전 부엌 싱크대에서 일하다 죽을래요."

박사가 말했다. "흐음, 대브대브, 너도 이젠 더 이상 살림을 할 필요가 없어. 우린 집사나 가정부를 둘 수 있단다.

대브대브가 말했다. "싫어요. 살림에 대해 불평하는 게 아니에요. 아무도 저처럼 박사님을 보살필 수 없어요. 이건 제 일이에요. 전 이 일을 그 누구에게도 넘겨 주고 싶지 않아요. 제가 싫은 건 저 멍청한 돼지가 계단에 서 있는 바람에 매일 아침 거리를 지나는 사람들 모두 재가 발굽 광내는 걸 보게 되는 거예요. 쟨 깨끗한 걸 좋아하는 게 아니에요. 그냥 그게 멋지다고 생각하는 거라고요."

가게에서 물건 사는 데 첫 번째 돈을 쓰지 않은 동물들도 있었다. 대브대브는 결국 설거지를 도울 가정부를 고용하기로 결정했다. 그리고 새로 고용한 가정부의 임금을 박사의 계좌가 아닌 자신의 계좌에서 줘야 한다고 주장했다.

"어쨌든 그 여자는 제 조수니까 제가 돈을 줘야 해요. 박사님 돈은 가정부 월급 말고도 쓸 데가 많을 테니까요. 물론 가정부는 다른 곳에서 자야 해요. 가정부가 펠리컨과 한 방을 쓴다면 모를까 이 집에 가정부를 재울 방은 없어요. 펠리컨들은 아마 같이 자는 걸 싫어할걸요. 동물들이 무대에 가자마자 으스대기 시작할 거예요. 박사님이 말씀하신 대로 두고 봐야죠."

가정부로 고용된 여자는 대브대브로부터 해야 할 일들을 지시받았고(물론 통역인 박사를 통해서) 기이한 동물 식구들과 아주 잘 어울렸다. 그녀는 극단 가족과 함께 생활하게 된 후 자신이 직접 무대에 서고 싶어 안달하게 되었다. 그녀는 오페라에서 노래를 부르고 싶어 했다. 대브대브는 부엌 싱크대에서 노래를 부르는 건 괜찮지만 오페라 무대에 서는 것은 가망이 없다고 말했다. 하지만 가정부는 박사를 볼 때마다 오페라 무대에 서게 해 달라고 졸라 댔다. 결국 박사는 그녀가 일을 마치고 집을 떠날 때까지 아예 집에 들어오지 않았다. 아침엔 침대에서 식사를 한 다음 방에 머물다가 복도나 계단에서 그녀와 마주치지 않고 바로 나갈 수 있게 그녀가 집 안 어디에 있는지 대브대브에게 알려 달라고 하곤 했다.

스위즐이 처음 돈을 쓴 곳은 부자가 된 다른 동물들과 사뭇 달랐다.

스위즐은 박사에게 치료받기 위해 그린히스로 찾아온 아픈 개들을 통해 런던 템스 강 남쪽 강변 교외에 자신의 여동생이 살고 있다는 사실을 알게 됐다. 스위즐은 여동생의 행방을 파악한 후 박사와 함께 산책을 나갔고, 내친김에 여동생을 찾아갔다. 스위즐의 동생은 결혼해서(스위즐은 7년 전에 여동생과 헤어졌다.) 지금은 슬하에 강아지 다섯 마리를 두고 있었다. 그중 두 마리가 병을 앓고 있었는데 스위즐의 여동생(이름이 매기였다.)은 오빠가 박사와 함께 방문하자 박사의 전문적인 조언을 들을 수 있다는 생각에 몹시 기뻐했다.

존 둘리틀 박사가 말했다. "흐음, 네 아이들은 전혀 심각하지 않단다, 매기. 지금 애들에겐 신선한 공기만 있으면 돼. 런던 공기는 별로 자랑할 만한 게 못 되지. 네 보금자리가 있는 이곳 헛간은 꽉 막혀서 통풍이 안 돼. 그러니 넌 강아지들을 좀 더 밖으로 내보내야 해."

매기가 말했다. "하지만 박사님, 어떻게요? 애들은 아직 제대로 걷지도 못하는걸요. 그리고 저 아이들이 걸을 수 있다 해도 위험을 피해 달아날 만한 분별력이 생길 때까진 거리에 데리고 나가지 못하겠어요."

존 둘리틀 박사가 생각에 잠긴 채 말했다. "그래, 그건 그렇지."

"박사님, 말씀 드릴 게 있어요." 스위즐이 문득 입을 열었다.

"제 여동생 가족을 위해 유모를 고용하는 게 어떨까요? 이젠 저

맵시 좋은 유모가 강아지 다섯 마리를 태운 유모차를 밀었다.

도 돈이 생겼으니 제가 그 돈을 낼게요."

결국 스위즐이 말한 대로 이루어졌다. 이틀 후 이 런던 시민들에게 둘리틀 박사의 선물이 하나 더 전달되었다. 맵시 좋은 유모가 런던 거리에서 다섯 마리의 강아지를 태운 유모차를 밀고 다니는 모습이 눈에 띄었는데, 강아지들이 하얀 양털로 짠 코트를 입고 있었던 것이다. 둘리틀 서커스단의 광대 개이자 강아지들의 자랑스러운 삼촌인 스위즐이 일행과 동행하기도 했다.

하지만 그 유모는 채용된 지 2주 만에 해고되고 다른 유모가 그 자리를 채우게 됐다. 강아지들이 유모가 사람들이 보는 앞에서 자기들 귀를 씻었다고 불평하면서 자신들을 좀 더 배려해 주는 유모를 원했던 것이다.

7장

동물 은행이 문을 열다

동물들도 돈이 있어야 한다는 박사의 생각에서 탄생한 게 하나 더 있었는데 바로 '동물 은행'이었다. 이 기관은 오래 존재하진 못했지만 동물들의 사회생활사 속에 등장한 놀랄 만한 것이기에 둘리틀 박사의 이야기에 주목할 만한 사건으로 기록할 가치가 있다.

자신보다 경제적으로 어려운 환경에 처한 개들의 복지에 항상 관심을 갖고 박사에게 먼저 그 계획을 심사숙고해 보라고 권한 건 바로 지프였다. 지프는 다리를 저는 거리의 화가를 위해 처음으로 돈을 벌려고 했던 자신의 경험(여러분이 이미 들은 이야기이다.)을 말하곤 했다.

"제가 중고 뼈다귀 가게로 돈을 벌 수 있다면 다른 개들도 마찬가지로 할 수 있어요. 그런데 다른 개들이 하려고 하지 않는 이유 중 하나가 돈을 벌더라도 맡길 곳이 없어서예요. 그래서 말씀드리는 건데 동물 은행을 세우면 어떨까요? 동물 은행이 생기면 동물들에게도 사람들처럼 재산을 가질 권리가 생겨요. 이 아이디어가 얼마나 실현 가능할지 모르겠네요. 동물들도 일을 해서 월급을 받든, 개인 사업을 해서 돈을 벌든, 다양한 직업을 가질 수 있어요. 그러려면 제일 먼저 필요한 게 동물 은행이에요."

박사가 말했다. "지프, 무슨 말인지 알겠어. 예를 들면 난 말들이 짐수레를 끄는 대가로 당연히 돈을 받을 권리가 있다고 생각했지. 정말 많은 일을 하잖아. 그리고 경비견이 경비원과 똑같은 금액을 받지 못할 이유가 없어. 경비견도 같은 일을 하고, 대개는 사람들보다 훨씬 더 잘 하잖니. 그 은행을 '일하는 동물들의 저축은행'이나 '고양이와 개 신탁회사'라고 부르는 건 어떨까?"

"싫어요. 전 고양이와 개란 말을 붙이지 않겠어요. 처음부터 싸움 날 것 같아요. 게다가 고양이들은 은행에 발걸음도 하지 않을걸요. 개들은 돈을 쓰지 않아요. 벌지도 않고요. 고양이들은 다 함께 살아간다는 생각이 없는 족속들이죠. 천성적으로 게을러요. 개들은 부드러운 햇살이 내리쬐는 곳이나 잠자기 좋은 불 옆자리만 있으면 끝이에요. 전 그냥 동물 은행으로 할래요. 은행은 어느 동물이든 원하면 돈이나 돈으로 바꿀 수 있는 물건을 가져갈 수 있고, 돈을 잘 관리해 주고 고객들을 속이지 않는다는 믿음이 있어야 해요."

"그래, 네 말이 맞는 것 같구나." 박사가 말했다.

박사가 말했다. "그래, 네 말이 맞는 것 같구나. 흐음, 어떻게 할지 알아봐야겠다. 그런 기관의 일을 기꺼이 맡아 줄 은행 직원을 찾기가 힘들 거야. 은행 직원들은 굉장히 독특하단다. 그 사람들의 자존심이 말이나 개에게 수표 끊어 주는 걸 허락하지 않을지도 몰라. 그리고 자본가들이 이 일에 관심을 갖게 하는 것도 힘들 거야. 동물들이 저축을 하면 은행은 그 돈을 동물을 위해 투자해야 해. 그렇지 않으면 동물들에게 이자를 줄 수 없거든. 일단 두고 보자. 나에게 정원에 있는 펠리컨과 홍학을 빌려줬던 돈 많은 자연학자를 만나 봐야겠다. 그 사람은 런던의 모든 은행에서 이자를 받고 있지. 이 아이디어에 관심을 가질 게 틀림없어."

돈 많은 자연학자가 시간을 내서 동물 은행 설립 작업에 들어간 존 둘리틀 박사를 만났다. 부유한 자연학자는 도울 수만 있다면 뭐든 하고 싶어 했다. 동물 은행에 대한 박사의 설명을 듣자 그가 말했다. "둘리틀 박사님, 동물들에 대한 사람들의 대우가 나아진다면 동물 은행의 광고만으로도 보람이 있을 겁니다. 상당히 무모한 것 같긴 합니다만, 설령 동물 은행을 유지하는 게 불가능하다 해도 시작해 보는 게 좋겠어요. 성공 가능성이 더 큰 다른 분야로 노력이 이어질 수도 있으니까요."

곧 그는 자신이 아는 은행원들에게 연락해서 이 계획을 시도해 보도록 설득했다. 마침내 런던의 좋은 자리에 위치한 건물을 임대했고 벽에 튼튼한 금고를 설치했다.

출입문 위에 '동물 은행'이라고 쓰인 큰 간판을 걸었고 창문에도 흰색 도료로 은행 이름을 썼다. 사무직원과 출납원을 채용했으며 이들이 쓸 책상과 계산대, 돈을 보관하는 서랍을 만들었다. 원장과 커다란 회계장부를 인쇄했는데 뒤에 금색으로 은행 이름을 박았다. 수표책도 많이 준비했는데 동물들이 써도 닳지 않도록 특별히 질긴 종이로 만들었다.

이 밖에도 설립 목적 등 은행에 대한 모든 것을 설명하는 투자설명서라는 소책자를 수백 장 인쇄해 사람들에게 우편으로 보냈다. 동물 은행은 상당한 관심과 비판, 논평을 낳았다. 각종 신문의 만화란에 동물 은행에 대한 만평이 등장했고, 런던의 대형 일간지들은 깔보는 듯한 시선의 사설을 실었다. 하지만 부유한 자연학자의 후원을 받는 동물 은행 관계자는 이런 조롱에 신경 쓰지 않고 준비 작업을 계속해 나갔다.

신문에서 논의가 계속되자 사람들은 이 이상한 기관이 과연 성공할지, 동물들을 상대하는 은행 업무의 어려움을 어떻게 극복할지 굉장히 궁금해했다. 박사는 동물 은행이 실패하는 걸 막기 위해 신중하게 계획을 세웠다. 박사의 동물 식구들은 전날 밤 서커스와 오페라로 번 돈 중 자신들의 몫을 받았다. 동물 식구들은 런던에 있는 더 오래된 다른 은행에 이미 계좌가 있었지만 동물 은행에 대한 자신들의 신뢰를 보여 주기 위해 저축할 돈을 챙겨 은행 문이 열리기도 전에 줄을 섰다.

박사는 동물 식구들 외에 찌르레기들과 런던과 시 외곽에 있는 수많은 동물들은 물론 오페라에 출연한 다른 새들에게도 저축할

출입문 위에 큰 간판을 걸었다.

돈을 줬다. 그뿐만 아니라 투투와 흰쥐를 통해 잉글랜드 곳곳에 있는 모든 야생 동물들에게 전갈을 보내 은행 업무가 시작되는 시간을 알렸다. 은행에 물건이나 돈을 맡기고 싶은 동물들은 사람들에게 가능한 한 좋은 인상을 줄 수 있도록 개장 첫날 은행에 오게끔 했다.

은행은 가장 낙관적이었던 박사와 지프의 기대까지 훌쩍 뛰어넘을 만큼 반응이 좋았다. 은행이 위치한 거리는 개장 시간이 한참 남았는데도 이 이상한 행사를 보려는 인파로 가득했다. 게다가 베일에 싸인 존 둘리틀 박사, 최근에 신문에서 아주 중요하게 다뤄지고 있는 그 이름 덕에 사람들의 관심이 더 커졌다.

사람들 중에 시골에서 온 것처럼 보이는 늙은 여자가 있었는데 그녀는 은행에는 조금도 관심 없다고 말했다. 그런데도 신문들이 이 모든 일을 주도했다고 보도한 '퍼들비의 마법사'를 한 번이라도 보려고 새벽 5시에 기차를 타고 온 것이다.

순경들의 통제를 받으며 인도를 따라 쭉 늘어선 구경꾼 인파 외에 은행에 입장하려고 기다리는 동물 예금자들도 길게 줄을 서 있었다. 그중 박사의 동물 식구들은 얼마 되지 않았다. 말과 소, 개와 양, 고슴도치, 오소리, 족제비, 수달, 닭, 거위 말고도 온갖 종류의 동물이 와 있었다.

박사는 매슈와 부유한 자연학자에게 은행이 아직 문을 열지 않았지만 자신들의 계획대로 착착 굴러가고 있다고 말했다. 사람들이 동물들을 못살게 굴지 않는다는 것이었다. 박사는 원래 거리에 있는 남자아이들이나 부랑자들은 도시 사람들 눈에 이방인인 야생 동물들을 괴롭히거나 뒤를 졸졸 쫓아다니기 마련이라고 했다. 하지만 동물들이 일반 시민들처럼 은행에 돈을 저축하러 오자 사람들이 동물들을 정중하게 대하기 시작했다. 소심한 토끼나 되바라진 갈까마귀가 와서 줄을 서자 사람들이 농담을 하긴 했지만 아무도 그들을 못살게 굴거나 권리를 침범하려 하지 않았다.

마침내 이웃한 교회의 종이 9시를 알리자 인파들 사이에 흥분의 물결이 일었다. 은행의 커다란 문이 좌우로 활짝 열리는 게 보였다. 안에서 무슨 일이 일어나는지 보려고 사람들이 앞으로 우르르 몰려들었다. 경찰들은 사람들을 뒤로 물러나게 하기 위해 줄지어 서야 했다. 신문사에서 온 기자들은 동물 은행에 들어가는 첫 동물의 사진을 찍어야 한다며 좀 더 가까이 다가갈 수 있게 해달라고 아우성쳤다.

돈을 저축하고 싶은 동물은 위임권을 가진 사람과 함께 와야 한다는 게 은행의 규칙 중 하나였다. 돈을 저축하려는 동물이 은행 출입문에 오면 박사나 매슈가 함께 들어가서 출납원에게 동물의 이름을 알려 주었다.

오전 일과 동안 사람들이 기다려서 본 보람이 있다고 느낄 만큼 흥분된 순간이 여러 번 있었다. 한번은 오소리가 언덕에 구멍을 만들려고 땅을 파다가 발견한 100개도 넘는 아주 오래된 금화(오래전에 묻힌 보물이었다.)를 가지고 왔다. 출납원은 금화의 무게를 잰 다음 오소리의 이름으로 금화의 가치에 해당하는 금액을 입

사자는 매니저로부터 수표책을 받았다.

금했다. 빽빽한 인파를 뚫고 은행 문 앞에 당도한 화물열차에서 살아 있는 아프리카 사자가 프레드와 함께 내리자 사람들이 또다시 웅성거렸다. (둘리틀 서커스단의 사자였다.) 동물의 왕은 아주 위엄 있는 모습으로 동물 은행으로 들어가 10파운드를 저축한 후 동물 은행의 매니저로부터 금테가 둘러진 특별한 수표책을 받고 짧게 한마디 했다. 사자는 이날 최고 스타가 됐고 그의 모습은 런던에서 발간되는 모든 석간신문에 사진과 함께 실렸다.

8장

퍼들비 소식

은행이 계속 유지되기 위해서는 엄청나게 많은 예금이 끊임없이 들어와야 했다. 은행이 문을 연 첫날 은행을 찾은 예금자들이 굉장히 많긴 했지만 이들이 저축한 돈은, 모두 다 합치더라도, 그리 크지 않았다.

게다가 수표책을 갖게 된 많은 동물 고객들은 너무 기쁜 나머지 그 즉시 수표를 사용하기 시작했다. 그리고 이들의 잔고가 처음부터 적었던 탓에 동물들은 돈이 없던 예전 상태로 돌아가고 말았다.

떠들썩했던 은행 개장 첫날이 지나자 은행에서 업무를 보는 손님들 수도 눈에 띄게 줄었다. 도시에서 멀리 떨어진 곳에 사는 동물들이 도시의 은행에 오는 건 힘든 일이었다. 동물 은행의 지점장은 첫 주가 지나자 박사에게 고객에게 이자를 주려면 예금이 훨씬 더 많아야 한다고 말했다.

하지만 부유한 자연학자는 동물들과 박사를 위해서라도 은행이 최소 2주 동안은 문을 열어야 한다고 생각했다. 그는 은행이 손해를 보면 자신이 보상을 할 것이며 은행이 전혀 이익을 내지 못하더라도 은행 직원들이 봉급을 받게 하겠다고 약속했다.

대브대브는 박사가 은행과 관련해 맡은 역할 때문에 한시도 마음을 놓지 못했다. 녀석은 지프와 투투에게 박사가 퍼들비로 돌아가기 전까지 자신은 절대 안심할 수도, 행복할 수도 없을 거라고 누누이 말했다.

"물론 돌아간다 해도 난 돈 문제에 관한 한 박사님을 믿을 수가 없을 거야. 그래도 돈 쓸 생각은 덜 하시게 될 거야. 여기 런던에서는 너무나 많은 일들이 일어나니까 박사님이 하루하루 무슨 일을 하실지 알 수가 없어. 동물 은행이 망해 갈 때 박사님이 전 재산을 들여 동물 은행을 살리려 한다는 걸 내가 들은 건 정말 천운이었어. 박사님은 동물 은행에 돈을 예금하시겠다면서 이미 큰 도움을 준 자연학자 친구가 더 이상 돈을 잃으면 안 된다고 말씀하셨어. 내가 그 말도 안 되는 생각을 말리느라 한 시간도 넘게 걸렸지 뭐야."

신문들은 만화를 통해 동물 은행이 문 닫은 사실을 비웃어 댔지만 정작 동물들이나 동물 은행이 문을 열도록 도운 사람들은 그 누구도 결코 실패라고 생각하지 않았다. 언제나 광고할 기회를 노

대브대브가 말했다. “난 돈 문제에 관한 한 박사님을 믿을 수가 없어.”

리는 매슈 머그는 동물 은행이 문을 연 마지막 주까지 흥미로운 일들을 연이어 성사시켰다. 동물 학대 예방이나 이와 비슷한 목적을 가진 많은 단체들이 초청되어 은행을 돌아보고 박사를 만났다. 이 모든 행사가 신문에 기사화되었고 이로 인해 카나리아 오페라와 둘리틀 서커스단의 이름이 대중의 관심을 받았다.

매슈는 박사의 지시에 따라 서커스와 오페라가 얼마 후 막을 내릴 것이라고도 발표했다. 동물 먹이 장수의 이 발표로 인해 사람들은 이번이 이 대단한 공연을 볼 마지막 기회라 생각했고, 그 어느 때보다 더 많은 인파가 리젠트 극장과 그린히스 서커스장으로 몰렸다.

이 일이 있은 후 얼마 지나지 않아 대브대브는 또다시 새로운 일을 시작하려드는 거브거브 때문에 거의 미칠 지경이 되었다. 저녁 식사를 마친 어느 저녁, 이제 부유한 코미디언이 된 돼지가 문득 말을 꺼냈다.

"박사님, 저에게 생각이 하나 떠올랐어요."

"가장 좋은 생각 중 하나야?" 불가에서 몸을 녹이던 지프가 물었다.

"응. 정말 제일 좋은 생각 중 하나야." 거브거브가 탁자에서 침대에 누워 먹을 사과를 신중하게 고르면서 말했다. "들어 보세요. 꽤 심각한 내용이었던 카나리아 오페라가 크게 성공했고 이제 곧 막을 내리잖아요. 그럼 이제 희극적인 음식 오페라를 해 보는 건 어떨까요?"

동물 식구들이 한꺼번에 웃음을 터뜨렸다. 하지만 대브대브는 그 터무니없는 소리에 웃을 기분이 아니었다. 대브대브는 그 대단한 희극배우에게 다가가더니 녀석의 코앞에 청구서를 들이밀며 말했다.

"너, 다시 바보 같은 짓을 시작해서 박사님이 퍼들비로 돌아가는 걸 막으면, 내가 살림하는 동안은 너한테 국물도 없을 줄 알아."

"흐음, 그런데 잠깐만." 박사가 웃으면서 말했다. "거브거브가 말한 음식 오페라를 만들진 않더라도 제안을 듣는 게 해가 되진 않을 거야. 거브거브, 네가 말하는 게 어떤 종류의 공연이니?"

녀석이 말했다. "아주 가벼운 거예요. 시적인 장면이 한 군데 있는데, 달빛이 비칠 때 음식 요정들이 봄 상추 옆에서 춤추는 그 장면만 빼면 내내 웃겨요."

"근데 어떻게 음식들만 잔뜩 나오는 오페라를 쓸 수 있을지 모르겠구나. 우리한테 설명을 좀 해 보렴." 박사가 말했다.

거브거브가 말했다. "예를 들면 칼과 포크의 사중주라는 곡이 있어요. 사람들이 식탁에서 칼과 포크로 진짜 큰 소리를 내는 거죠. 그리고 동시에 멈추면서 콘서트가 끝나는 거예요. 사람들이 넷일 경우 이 사람들 모두가 정해진 시간 안에 음식을 다 먹도록 연습하면 칼과 포크 소리가 흥겹게 들릴 거예요. 박사님이라면 굉장히 재밌는 사중주를 만들어 내실 수 있을 거예요."

박사가 말했다. "알겠다. 또 다른 건 없니?"

거브거브는 신중하게 침대에서 먹을 사과를 골랐다.

"제가 생각한 건 수프 합창곡이에요. 사람들이 수프를 마실 때 다들 다른 소리를 내더라고요. 어떤 면에서 보면 진짜 음악 같아요. 여기 있는 토비같이 작은 개들이 제일 높은 파트를 맡아 마시는 소리를 내면 돼요. 그리고 베이스는…"

"돼지들이 하면 되겠다." 지프가 끼어들었다.

대브대브가 투덜댔다. "정말 말할 수 없을 정도로 천박해! 박사님, 제가 숙녀라는 걸 까먹기 전에 제발 저 돼지 좀 침대로 보내세요!"

"거브거브야, 네 오페라에 춤은 없니? 마구 마셔 대는 것밖에 없어?" 스위즐이 물었다.

거브거브가 대답했다. "물론 춤도 있어. 1막에 냅킨 발레가 있고 2막에는 굉장히 웅장한 웨이터들의 행진이 있지. 게다가 피날레에는 뛰노는 케이퍼 소스도 있고. 아, 음식 오페라는 아주 변화무쌍해. 아리아 중 한 곡은 '내 주전자가 부르는 노래들'이라는 곡이야. 뻥튀기 뻥이라는 웃긴 등장인물이 부르는 '작고 불쌍한 과자 부스러기'라는 노래도 있어. 아주 경쾌해. 그리고 '달빛 쏟아지는 쓰레기 더미 옆에서 절 만나 줘요'로 시작하는 사랑의 발라드도 있어."

"네 오페라를 들으면 먹다가 체할 것 같아." 지프가 말했다.

거브거브가 설명했다. "웅장한 오페라는 아니야. 가벼운 오페라라고. 부담스러운 식사가 아니라니까. 사람들이 말하는 프랑스식 오페라 전채 요리라고나 할까."

"나라면 오페라 만찬이라고 부르겠다." 지프가 비꼬듯 말했다.

박사가 말했다. "있잖니, 대브대브. 뭔가가 있어. 거브거브에겐 아이디어가 있다니까."

"전 제가 쓸 수 있을 거라고 언제나 생각했어요." 돼지가 낮은 목소리로 중얼거렸다.

박사가 말을 이었다. "그리고 거브거브도 이젠 이름이 알려졌잖아. 거브거브가 그 오페라를 썼다는 사실이 대중 사이에서 큰 반향을 일으킬 거야."

대브대브가 소리쳤다. "하느님, 제발 우리 좀 구해 주세요! 우린 무대에 충분히 오랫동안 서지 않았나요? 충분히 성공했고, 돈도 충분히 벌지 않았나요? 런던 사람들은 바보 같은 동물 쇼를 영원히 보러 오지 않을걸요. 박사님, 제가 보기에 그 공연은 박사님의 전 재산을 몽땅 날려 먹기 딱 좋겠어요. 박사님은 왜 공연히 긁어 부스럼을 만들지 못해 안달이세요? 박사님은 퍼들비로 돌아가고 싶잖아요. 우리 모두 돌아가고 싶어요. 좋아요, 그럼 우리가 아직 돈이 많을 때 해 봅시다. 이 돼지의 허영심도 사라지고 박사님 돈도 사라지겠죠."

"접시 덮개들이랑 댕그랑댕그랑 울리는 포도주 잔들, 온갖 주방 기구들로 멋진 오케스트라를 갖출 수 있을 거야." 거브거브가 생각에 잠긴 채 말을 이었다.

박사가 공연 사업에서 완전히 손을 떼기로 한 바로 전날 불쌍한 대브대브는 새로운 극단을 만들지도 모른다는 얘길 듣고 눈물을

치프사이드 부부

흘릴 뻔했는데, 다행스럽게도 대화 도중에 런던 참새 치프사이드가 불쑥 등장했다.

이 훌륭한 합창단 지휘자는 아내 베키와 함께 퍼들비에 가서 일주일을 보냈다. 펠리컨들과 홍학들은, 당연하지만, 100여 차례 이상 계속된 공연 후 자신들의 역할에 완벽히 익숙해졌고, 치프사이드는 며칠 동안 퍼들비에 가서 변화를 갖는 게 자신과 아내에게 좋겠다고 결심했던 것이다. 참새 두 마리가 나타나자마자 박사를 포함한 식구들 모두 음식 오페라는 까맣게 잊고 퍼들비 소식을 전해 달라고 아우성쳤다.

치프사이드는 이 모든 질문 세례에 대답했다. "멋지죠. 정말 멋져요. 여기저기에 있는 산사나무의 잔가지들 빼고는 아직 꽃이 보이지 않지만요. 곳곳의 나무에 초록 새싹이 돋고 봄이 진짜로 왔어요. 정원이요? 흐음, 말 안 하는 편이 더 낫겠어요. 잔디 사이로 크로서스 몇 송이가 힘겹게 얼굴을 내밀고 있긴 해요. 잔디 사이로 머리를 간신히 내밀었는데 정원이 엉망이 되어 버린 걸 보면 누구라도 마음이 아플 거예요. 작년에 말라죽어서 잔디밭을 뒤덮고 있는 풀 더미의 높이가 30센티미터는 될 거예요. 박사님. 빨리 돌아가서 정원을 손보지 않으면 잡초 때문에 집도 찾을 수 없을걸요."

대브대브는 아끼는 집에 대한 치프사이드의 설명을 듣자 슬퍼졌다. 그러나 박사 역시 치프사이드의 말에 충격을 받은 듯하자 내심 만족스럽기도 했다.

"사과나무는 어떠니, 치프사이드?" 잠시 침묵이 흐른 후 이내 존 둘리틀 박사가 물었다.

참새가 대답했다. "거의 죽어 가고 있어요, 박사님. 솜씨 좋은 정원사가 나서서 바로 손을 쓴다면 살릴 수 있을지도 몰라요. 열매를 맺지 못한지 오래됐고 이젠 사과나무라기보다는 수염 난 할아버지 같은걸요. 하긴 찌르레기들과 개똥지빠귀들도 나무 안에 똑같은 걸 짓긴 하네요."

"허어, 참! 나이 많은 절름발이 말은? 물론 잘 지내겠지?" 박사가 중얼거렸다.

치프사이드가 말했다. "네, 별일이야 없죠. 그런데 말이 박사님께 전해 달라고 부탁한 얘기가 있어요. 말은 제가 박사님께 얘기를 어떤 식으로 전해야 할지 일일이 말했어요. 박사님의 감정을 상하게 하고 싶지 않았던 거죠. 말은 외로운 것 같아요. 물론 먹고 싶은 건 뭐든지 먹어요. 풀을 먹고 싶으면 언제든지 뒷마당에 나가요. 박사님이 퍼들비에서 건초와 먹이를 파는 상인에게 편지를 쓴 후로는 귀리나 온갖 곡식을 먹고 싶은 만큼 먹어요. 그런데 말은 저한테 이렇게 말했어요. '박사님께 내가 불평하는 건 아니라고 전해 줘. 다만, 난 박사님이 말들의 이름으로 케틀비에 마련한 농장에서 마차를 끌다가 은퇴한 말들의 협회를 시작하셨다고 들었어. 나에겐 오랜 친구가 있어. 그레이트컬밍턴에서 소방마차를 끌다가 은퇴한 말인데 그 협회에 가입했어. 불평하는 건 아닌데, 여긴 대화할 친구가 아무도 없어서 끔찍하게 외로워. 박사님이 앞으로도 오랫동안 퍼들비를 떠나 계실 거라면 날 그 협회 농장으로

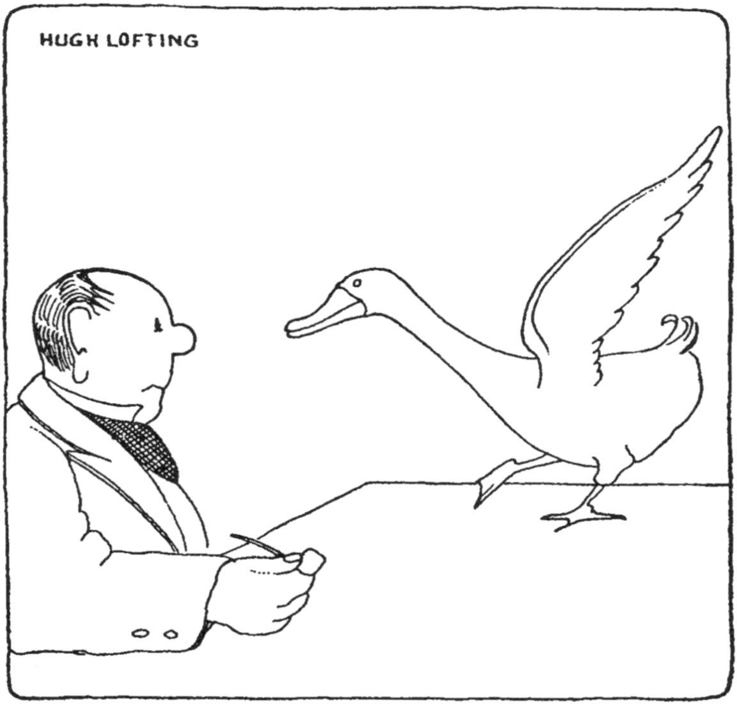

“자, 보세요.” 대브대브가 부산하게 움직였다.

보내 주면 좋겠어. 혼잣말하는 게 점점 지겹거든.'"

치프사이드의 말이 끝나자 대브대브가 부산하게 움직이며 말했다. "자, 보세요, 박사님! 박사님이 돌아가지 않으면 가장 오래된 우리 친구들 중 한 명을 잃게 생겼어요. 게다가 웨스트컨트리에서 가장 멋진 정원도 다 망가지고 집도 다 무너지게 생겼다고요. 빨리 돌아가지 않으면 그곳을 예전 상태로 되돌리지 못할 거예요. 수리가 아예 불가능할 거라고요."

"그래, 네 말이 맞는 것 같구나." 박사가 말했다. "그리고 맹세하는데, 나도 옛집이 다시 보고 싶어서 견딜 수가 없어. 거브거브의 오페라는 좀 미뤄야겠다. 우리가 공연 사업에서 손을 뗀 후에라도 나중에 퍼들비에서, 원작자의 생일을 축하하면서 우리끼리 공연을 할 수도 있을 거야. 이제 잘 들으렴, 치프사이드. 내일 다시 퍼들비로 날아가서 절름발이 말에게 내가 가능한 한 빨리 돌아간다고 전하렴. 우린 여길 떠나기 전에 마무리해야 할 일들이 있단다. 물론 우리에 있는 동물들이 제대로 보살핌을 받는지 살펴야 해. 하지만 가능한 한 빨리 우리 모두 퍼들비로 돌아갈 거야."

9장

조베르지 유령의 전설

서커스단의 문을 닫는 건 작은 일이 아니었다. 생각할 일과 준비할 일들이 산더미처럼 많았다. 준비가 진행되는 동안 대브대브는 막판에 무슨 일이 일어나서 공연 사업을 그만두려는 박사의 뜻이 바뀌거나 미뤄지게 될까 봐 점점 더 전전긍긍했다.

하지만 이번엔 존 둘리틀 박사 자신이 마음을 단단히 먹어서 그 무엇도 방해할 수 없을 것 같았다.

박사가, 뭐랄까, 돈 낭비(대브대브의 말에 따르면) 없이 큰일을 마무리 짓는 건 상상하기 힘든 일이었다. 박사의 지출 목록 중에서 가장 큰돈은 우리에 있는 야생동물들 때문에 나간 것이었다. 우리에 남아 있는 동물은 단 세 마리, 코끼리와 표범 그리고 사자인데 모두 아프리카 출신이었다. 여러분은 박사가 녀석들 모두를 고국으로, 자유의 품으로 보내 주겠다고 발표했을 때 우리에서 터진 환호성을 들었어야 했다! 표범은 기쁨의 비명을 지르며 우리 안에서 펄쩍펄쩍 뛰었다. 사자가 얼마나 크게 포효했는지 그린히스의 주민들은 세상이 망하는 줄 알았고, 신난 코끼리가 목청껏 울부짖으며 춤을 추는 바람에 마구간이 부서질 뻔했다. 거브거브는 미리 계획한 소동을 일으켜 소피가 탈출하도록 도운 밤이 생각난다고 말했다.

그런데 동물들을 아프리카로 돌려보내는 데 드는 비용이 물론 비싸긴 하지만 돈이 그렇게 많이 드는 이유가 그게 다는 아니었다. 존 둘리틀 박사는 녀석들이 서커스단에서 충실하게 일한 것에 대한 보답으로 모든 걸 실컷 누리면서 여행해야 한다고 생각했던 것이다. 박사는 동물들을 실어 보낼 때 늘 쓰는 방식은 절대 안 된다고 강하게 반대했다. 닭부터 코끼리까지 어느 동물에게도 충분한 공간이 주어지지 않는다고 말했다. 그리하여 박사의 동물들은 녀석들만을 위한 배를 타게 됐다!

가엾은 대브대브! 대브대브는 코끼리와 사자, 표범이 탈 정도로 큰 배를 빌리는 데 얼마나 돈이 드는지 정확히 알진 못했지만 비싸다는 사실은 알고 있었다. 겁에 질린 대브대브가 날개를 위로 치켜들었다.

"도대체 왜 녀석들이 런던과 아프리카를 왕복하는 일반 정기선을 타고 가면 안 되는 거죠?"

박사가 말했다. "왜냐하면 대브대브, 일반 배엔 다른 화물이나 승객도 타기 때문에 그런 크기의 동물들에게 충분히 큰 공간을 제공할 수 없거든. 게다가 이런 일반 우편선과 정기선은 큰 항구만 들르는데 내 동물들은 그곳에 내리자마자 잡히거나 총에 맞을 게 뻔해. 난 녀석들이 오랫동안 일했으니까 항해하는 동안 제대로 쉬고, 내리고 싶은 곳에 바로 내리면 좋겠어."

그리하여 살림꾼의 반대에도 불구하고 박사는 배를 구하기 위해 런던 신문들에 광고를 냈다. 그는 우편으로 수십 통의 답장을 받았다. 박사는 아주 까다롭게 배와 선장, 선원을 골랐다. 광고를 보고 답장을 보낸 사람들 중 대다수가 무슨 화물을 싣고 가는지, 어떤 상태로 항해해야 하는지 알게 되자 일을 못 하겠다며 거절했다. 박사는 동물들이 배 안에서 마음대로 오갈 수 있어야 하고 폭풍우가 치면 동물들을 오직 갑판 아래에만 둬야 한다고 주장했다. 항해 내내 가장 먼저 고려해야 할 것이 동물들이 모든 면에서 편안한지 여부였다.

프레드, 즉 동물원 사육사가 동물들과 동행한다는 사실(박사는 자신의 친구들이 제대로 대우받고 있는지 확인하기 위해 프레드를 보낼 예정이었다.)을 알게 된 몇몇 선장이 그 제안을 흔쾌히 고려하기로 했다. 그래서 동물들이 배와 선원을 마음에 들어하는지 알아보기 위한 작업에 착수했다.

일단 존 둘리틀 박사가 직접 방문해서 배 몇 척을 본 후 그 중 가장 훌륭한 배 두세 척을 고른 다음 코끼리와 사자, 표범을 서커스

코끼리가 선장을 만났다.

단의 여행용 마차에 태우고 부두로 가서 녀석들이 직접 선실을 살피고 선장과 선원들을 만나 보게 했다.

동물들은 두 번째로 본 배가 가장 마음에 든다고 말했다. 박사도 가장 마음에 들어한 배였다. 선장은 따뜻한 마음을 가진 나이 지긋한 뱃사람이었는데, 동물들을 소개받고 나서 동물들이 배에 탄 사람들을 해칠 의도가 없다는 걸 알게 되자 일등석 승객들에게 제공되는 최고의 서비스가 동물들에게 제대로 제공되는지 본인이 직접 살피겠다고 말했다.

박사는 동물들이 원하는 걸 프레드에게 알리면 프레드가 선장과 선원에게 알릴 수 있도록 동물들과 프레드 사이에 통하는 신호 체계를 마련했다.

박사가 오페라와 서커스를 통해 큰돈을 번 건 정말 다행이었다. 특별한 배를 빌리는 데 굉장히 많은 돈이 들 거라고 예상하긴 했지만 실제로 박사가 생각한 것보다도 훨씬 큰돈이 필요했기 때문이다. 무엇보다도 코끼리나 사자처럼 큰 동물들을 태우려면 배 전체를 수리해야 했다. 배가 항해에 나서기 전 몇 주 동안 목수들이 배에서 바쁘게 움직였다.

배 중앙에 코끼리를 위해 아주 호화스런 방을 만들었는데 날씨가 험악해졌을 때 코끼리가 쾅 부딪치지 않도록 사방에 특별히 부드러운 물질을 튼튼하게 덧댔다. 선원용 선실 자리엔 코끼리를 위한 거대한 목욕탕을 만들어 날씨가 더울 때 녀석이 더위를 식힐 수 있도록 했다. 사자와 표범의 방은 엇비슷했는데 값비싼 최신식 여행용품들로 꾸며졌다.

긴 항해에 필요한 식량을 준비하는 것도 엄청난 일이었다. 박사가 동물들이 사람들의 보살핌을 받게 되는 이 마지막 여행 동안 원하는 식사를 모두 먹을 수 있기를 바랐기 때문이다.

어쨌든 박사의 은행 계좌에는 이 모든 비용을 감당하고도 남을 만큼 큰돈이 있었다. 대브대브는 회계를 맡고 있는 투투에게 입출금 내역서를 보여 달라고 보챘는데, 박사와 투투는 대브대브에게 아직도 많은 돈이 남아 있다는 걸 보여 줄 수 있었다.

프레드가 돌아와서 박사에게 설명했듯 항해는 아주 즐거웠고 성공적이었다. 여행 내내 좋은 날씨가 여행자들을 도왔고 비스케이 만을 지나는 며칠 동안만 파도가 심했는데 그동안 코끼리는 호사스런 선실에 있는 침대에 쏙 들어가 있었고 사자는 휴게실에 있는 특별 제작된 소파에 기대 앉아 닭고기 국물을 마셨다. 나머지 항해 기간 동안 동물들은 하루 종일 갑판에 머무를 수 있었다. 바다 공기를 접하자 녀석들의 식욕이 어마어마해져서 굉장히 많은 식량을 실었는데도 항해 내내 동물들이 양껏 먹고 나자 식량창고가 바닥을 드러낼 정도였다.

박사는 고향에 대한 동물들의 설명을 통해 선장이 아프리카의 어느 해안으로 가야 할지 아이디어를 얻으려고 최선을 다했지만 동물들조차 박사에게 정확한 목적지를 확실히 제시하지 못했다. 당연한 말이지만 고향이 아닌 다른 곳에 대한 녀석들의 지리 지식이 굉장히 얕았기 때문이다. 따라서 가장 좋은 방법은 아프리카

박사는 동물들과 프레드 사이에 통하는 신호 체계를 마련했다.

해안의 여러 항구에 내린 다음 동물들이 직접 육지로 가서 그곳이 자신들의 고향인지 알아보게 하는 거였다. 박사는 표범이 서아프리카 어딘가에서 잡혔을 거라 생각하고 선장에게 먼저 시에라레온에 들러 그곳이 표범의 고향이 아닌지 알아보라고 말했다. 아니나 다를까 처음 정박한 곳에서 내린 표범은 기쁨의 포효와 함께 쏜살같이 정글로 달려갔고 다시는 소식을 들을 수 없었다.

하지만 코끼리와 사자의 고향을 찾는 건 쉽지 않았다. 사자는 자신의 고향이 아프리카의 산악지대인데 그곳엔 숲 사이사이에 드넓은 평원이 펼쳐져 있고 맑은 물이 흐르는 작은 시내가 많은 곳이라고 설명했다. 코끼리는 자신이 살던 곳에서 가장 기억에 남는 건 풀이 아주 길게 자라서 자신의 어깨 높이까지 오거나 더 컸다는 것과 땅이 대체로 평평하거나 완만하게 경사져 있었던 점이라고 말했다. 박사는 이 사실을 바탕으로 사자와 코끼리 둘 다 잠베지 강과 주바 강 사이 어디쯤에서 왔을 거라고 결론지었다. 하지만 그 지역은 해안선이 굉장히 길게 펼쳐져 있기 때문에 녀석들의 출생지를 찾으려면 여러 차례 땅에 상륙해야 했다.

배를 정박시킬 수 있을 만큼 제대로 된 부두도 없는 곳에서 코끼리를 뭍에 내리는 건 엄청난 일이었다. 따라서 여러 곳에 들르는 데는 많은 시간이 소요되었다.

여행에서 돌아온 프레드는 해안에 상륙할 때마다 들것과 기중기를 이용해 코끼리의 육중한 몸을 옮겼는데, 한번은 아프리카의 정부 관리들과 해경들이 오더니 뭘 하는지 알고 싶어 했다고 박사에게 말했다. 한 부유한 서커스단 주인이 서커스단에서 일하던 동물들을 고향 땅으로 돌려보내기 위해 특별한 배를 보냈다고 했더니 그들은 서커스단 주인이 돈 많은 미치광이가 분명하다고 말했다.

동물들이 상륙할 때마다 프레드는 맞게 찾은 건지 확인하기 위해 동물들과 함께 뭍에 내렸다. 사자와 코끼리 모두 잠베지 강 입구에서 남쪽으로 160킬로미터 정도 떨어진 육지에 내리자마자 바람 냄새를 맡았는데, 이들의 행동을 본 프레드는 드디어 맞게 찾아왔다고 생각했다. 그런데 프레드는 후에 자신이 이 장면을 보고 놀랐다고 박사에게 말했다. 코끼리와 사자의 설명에 따르면 그 둘은 아프리카의 각기 다른 곳에서 온 것 같았기 때문이다. 주변 지역을 훤히 볼 수 있는 나지막한 언덕에 오른 동물들은 이곳이 바로 자신들이 찾던 땅이라는 걸 확신한 것 같았다. 프레드는 녀석들이 떠나기 전 그에게 친절하게 대해 줘서 고맙다는 인사와 박사에게 전할 작별의 말을 하려고 한다는 걸 알 수 있었다. 하지만 동물들의 말과 신호를 잘 몰랐던 프레드는 녀석들이 하려는 말을 이해할 수 없었다. 아기 고양이처럼 이리저리 깡충거리며 뛰놀던 동물들은 결국 함께 언덕 비탈을 내려가더니 빽빽한 덤불 속으로 사라졌다.

프레드는, 다른 동물 두 종이 종종 같은 곳에서 살긴 하지만, 그들이 도착한 곳은 사자의 고향이지 코끼리가 살던 곳은 아닌 게 확실하다고 말했다. 그는 사자와 오랫동안 친구로 지낸 코끼리가 사자 곁에 머무르기로 결심한 거라고 생각했다.

코끼리는 코를 흔들며 나무 밑둥에서 춤을 췄다

그리고 이 사실은 훗날 박사가 아프리카 지역의 원주민들로부터 들은 기이한 전설과 잘 들어맞았다. 많은 사냥꾼들과 추격꾼들이 사자 한 마리와 코끼리 한 마리가 죽마고우처럼 함께 정글 사이로 다니곤 하는 걸 봤다고 주장했다. 이들은 밤이 되면 함께 소금 핥는 곳에 나타나곤 했는데 그곳은 수많은 야생동물들이 그 특별한 맛에 이끌려 모여드는 곳이었다. 묘한 아프리카의 달빛 아래서 사자가 코끼리의 등 위를 훌쩍 뛰어넘는 쇼를 펼치는 동안 코끼리는 나무 밑동에 서서 마치 자기를 위한 음악이 연주되는 듯 코를 이쪽저쪽으로 흔들며 특이한 춤을 추는 등 신기한 공연을 했는데 이 모습을 본 정글의 다른 동물들이 굉장히 즐거워했다고 한다. 원주민들은 이 특별한 밀림의 공연단에게 '조베르지의 유령들'이라는 이름을 붙여 주었다.

큰 경기를 치른 후 그곳에 온 백인 운동선수들은 겁 많고 미신을 믿는 원주민들이 상상의 나래를 편 것뿐이라며 신비로운 조베르지들에 관한 이야기에 별 관심을 두지 않았다.

하지만 박사는 그 이야기가 분명히 사실이라고 믿었다. 그는 둘리틀 서커스단의 원형 무대에서 사람들의 지시나 채찍질 없이도 자신들의 공연을 선보였던 서커스단 동물들이 이제 무대를 아프리카 정글 한가운데로 옮긴 거라고 생각했다.

10장

둘리틀 서커스단, 마지막으로 천막을 접다

박사가 돌아왔다는 소식이 퍼지자마자 동물 환자들이 끊임없이 몰려드는 바람에 박사는 런던과 그린히스에 머무는 내내 동안 수많은 동물 환자들을 돌봐야만 했다. 물론 이들은 대부분 사람들의 보금자리 근처에 사는 개와 고양이, 쥐, 새 같은 도시 동물들이었다.

박사에게 개들은 정말 흥미로웠다. 지프는 혼자 나가서 런던의 뒷골목과 빈민촌 주변을 어슬렁거리는 걸 좋아했는데, 아파 보이는 잡종 개나 집이 없어 보이는 떠돌이 개를 만날 때마다 직접 이야기를 나누고는 항상 박사의 주소를 알려 주곤 했다. 지프는 민주적이고 너그러웠다. 그리고 가난한 개들에게 도움의 손길을 내밀어야 한다고 생각했다.

이건 물론 굉장히 기특한 일이었지만 대브대브는 이 일에 눈곱만큼도 찬성하지 않았다. 박사는 그린히스에 있는 서커스단 캐러밴으로 돌아올 때마다 집 없는 떠돌이 개들 무리에 둘러싸여 있었다. 어떤 개들은 아프거나 발을 절었고 치료가 필요했다. 하지만 그 훌륭한 사람을 한번이라도 직접 만나고 싶다거나 밥 한 그릇이나 뼈다귀 한 개를 얻고 싶어서 오는 개들이 훨씬 많았다. 녀석들 모두, 말은 안 했지만, 그 유명한 동물 식구들의 일원이 되었으면 하는 소망을 품고 있었다.

시간과 품이 많이 드는데도 박사는 항상 개들을 반갑게 맞았다. 박사의 단 한 가지 후회는 지프가 원한 대로 녀석들을 모두 동물 가족의 일원으로 받아들이지 못한 것이었다. 지프는 자신의 유명한 주인이 다른 개들에게 관심을 보여도 결코 질투하지 않았다. 박사가 너무 많은 개들을 데리고 있을 수는 없다는 건 지프도 알고 있었다.

지프는 말하곤 했다. “결국 살아 보면 가장 똑똑한 동물은 개예요. 개들을 많이 데리고 있는 게 좋지 않을까요?”

지프가 또다시 런던 이스트엔드 지역에 개를 위한 무료급식소를 차리자고 제안한 건 박사가 서커스 생활을 접고 퍼들비로 돌아가기 위한 준비로 한창 바쁠 때였다. 지프는 자기 돈을 거기에 쓰고 싶다고 말했다. 하지만 박사는 무료 급식소를 계속 유지하려면 지프가 생각한 것보다 훨씬 많은 돈이 든다고 설명했다.

존 둘리틀 박사가 말했다. “지프, 상주하는 요리사가 최소한 한 명은 있어야 하는데, 음식 재료 값은 다 빼더라도 요리사 월급만 해도 일 년이면 상당한 돈이 들어!"

"흐음, 그럼 요리사 없이 할 수 있을 거예요. 개들은 날고기 먹는 걸 오히려 좋아할걸요. 뼈는 익히지 않은 게 언제나 더 좋고요." 지프가 말했다.

박사가 말했다. "흠, 목표를 그냥 뼈다귀 나눔터로 하고 너 대신 나눔터 일을 맡을 아이를 구하면 그렇게 돈이 많이 들진 않겠구나. 어쨌든 당분간은. 그렇지만 네 계좌에 있는 돈이 뼈다귀 나눔터를 내내 운영할 정도로 많진 않아. 그건 분명하단다."

지프는 굉장히 낙담했다. 하지만 녀석은 보급소를 계속 운영해 나가지는 못하더라도 나름 의미 있는 자선사업가는 될 수 있을 거라고 생각을 고쳐 먹었다. 지프는 박사를 통해 아이들에게 줄 임금을 알아본 다음 회계사 투투와 예상 비용을 계산해 보더니 돈이 바닥나기 전까지 일주일 동안은 나눔터를 운영할 수 있다는 걸 알게 됐다.

지프는 준비를 시작했고 건강하고 튼튼한 남자아이를 고용했다. 화이트채플에 있는 지하실을 빌리고 매일 신선한 뼈다귀를 공급할 정육점 주인과도 거래를 텄다. 물론 지프는 이 모든 거래를 박사를 통해 했는데, 모든 비용이 자신의 돈으로 지불되도록 꼼꼼하게 신경을 썼다.

이로써 짧은 기간 동안이긴 하지만 궁핍한 개들을 위한 지프의 이스트엔드 무료 뼈다귀 나눔터가 생겼다. 나눔터는 운영되는 동안 대단한 성공을 거뒀다. 지프는 거의 내내 지하실 문 앞을 지켰

지프는 건강하고 튼튼한 남자아이를 고용했다.

박사는 함께 가고 싶어 하는 개들에게 둘러싸였다.

다. 굶어 죽을 것 같은 잡종개들이 밤낮으로 터벅터벅 계단을 오르내렸는데 이들은 새끼 양의 갈비뼈부터 양의 어깨뼈에 이르기까지 다양한 크기의 뼈다귀를 받아 갔다. 지프는 나눔터에 들어올 자격이 있는지 확인하기 위해 들어오는 개들을 빠짐없이 세심하게 관찰했다. 고급 목걸이를 찼거나 털을 가지런히 빗질한 개들이라면 부유한 집에 살고 있으면서 단지 호기심에 와본 게 분명했다. 지프는 이런 녀석들을 쫓아 버렸다. 하지만 떠돌이 개들에겐 정중하고 친절하게 대했고 가장 불쌍한 개의 시중을 직접 들기도 했다.

지프의 뼈다귀 나눔터에서 둘리틀 식구들이 곧 런던을 떠나 퍼들비로 돌아갈 거라는 사실이 알려지자 함께 가고 싶어 하는 개들이 박사를 빙 에워쌌다. 딱한 대브대브를 더욱 화나게 한 사람은 다름 아닌 매슈 머그였다. 모든 종류의 개를 다 좋아했던 동물 먹이 장수가 따라가겠다고 나선 잡종개들을 다 데려가자며 박사를 설득하는 지프를 뒤에서 부추겼던 것이다.

대브대브가 말했다. "지프, 박사님이 저 개들 중 반만 데리고 간다 하더라도 엄청나게 많은데, 저 추레한 동물들을 도대체 다 어디에 둘 건지 알고 싶구나. 난 네가 좀 더 분별이 있는 줄 알았는데. 퍼들비 집은 이미 붐벼. 퍼들비로 데려가 달라는 잡종개를 다 데려가자며 네가 거드는데 저 멍청한 매슈도 그러고 있어. 우리 집이 호텔처럼 크다고 생각하나 봐."

지프가 말했다. "흐음, 집은 작다 하더라도 정원은 충분히 크잖아. 개들은 밖에서 지낼 수 있어."

대브대브가 성나서 콧방귀를 뀌었다. “그래, 그곳은 잡종개 수백 마리가 헤집고 다니는 멋진 정원이 되겠구나. 정원은 꽃을 위한 공간이지 런던 거리에서 온 잡동사니들을 위한 곳이 아니라고.”

결국 박사는 훗날, 그러니까 퍼들비에 다시 제대로 정착한 다음 땅을 한 자락 사서 ‘마차를 끌다가 은퇴한 말들을 위한 휴식 농장’과 비슷한 ‘잡종개들을 위한 쉼터’를 시작할 수 있을 거라고 말했다. 지프는 이걸로 만족해야 했다.

서커스단에 있는 나머지 동물들을 처리하는 건 큰 동물들을 아프리카로 돌려보내는 것처럼 어렵진 않았다. 박사는 자신에게 펠리컨과 홍학을 빌려준 적이 있는 부유한 자연학자를 통해 곧 미국으로 항해를 떠나는 믿을 만한 사람 윌슨 씨에 대해 듣게 되었다. 박사는 블로섬 씨가 “유명한 후리구리”라고 부른 주머니쥐와 파티마가 킹코브라라고 부른 미국검정뱀 여섯 마리를 그에게 맡기기로 했다. 이 녀석들은 같이 여행하기 쉬운 애완동물들은 아니었지만 어쨌든 개인 수하물로 가져갈 만큼 작은 크기로 제작된 상자 속에서 편안하게 지낼 수 있었다.

윌슨 씨는 자연학자하고는 거리가 먼 사람이었다. 하지만 특별히 호의를 베풀어 항해 기간 동안 사람들이 주머니쥐와 뱀들을 제대로 보살피는지 살펴보겠다고 박사에게 약속했다.

존 둘리틀 박사는 윌슨 씨에게 간단한 부탁을 했다고 생각했는데 그게 아니었다. 사실, 고향에 돌아가기 전 녀석들이 일으킨 큰 소동이 사람들에게 큰 피해를 준 건 아니었다. 항해하는 동안 한

승무원에게 맡겨진 주머니쥐는 갑판에서 바람을 쐬다가 배의 돛대가 새로운 종류의 나무라고 생각하게 됐다. 녀석은 별안간 엄청난 속도로 돛대로 기어 올라가더니 밧줄에 꼬리로 매달렸다. 기어 올라가는 데 소질이 없는 승무원은 주머니쥐를 불렀지만 녀석은 내려오기 싫어했다. 볼거리가 생기자 승객들이 갑판에 모여들었다. 결국 선장의 호출을 받은 선원 한 명이 주머니쥐를 잡기 위해 돛대 꼭대기로 올라갔다. 하지만 녀석은 쉽게 잡히지 않았다. 녀석은 삭구에 새로 마련한 보금자리에서 보이는 풍경이 마음에 들었고 남은 항해 기간 내내 거기에 머물기로 결심했다.

자신을 감옥으로 데려가려는 선원이 눈에 들어오자 주머니쥐는 마치 땅에 있는 것처럼 삭구를 타고 달리며 이 돛대에서 저 돛대로 옮겨 갔다. 그 선원은 줄타기 명수였지만 혼자서는 녀석을 잡을 가망이 없었기에 도와 달라고 아래쪽에 소리쳤다. 그러자 갑판선원 한 명이 더 올라왔다. 하지만 작고 민첩한 동물은 여전히 그들의 손에 닿지 않았다.

결국 남아 있는 선원들이 죄다 주머니쥐 사냥에 동원됐다. 녀석을 잡기 위해 여섯 명이나 나섰지만 주머니쥐는 끊임없이 추격자들의 손길에서 달아나며 풍경을 즐겼다.

밤이 왔지만 주머니쥐는 여전히 삭구에 머물렀고 선원 여섯은 여전히 끙끙거리며 밧줄을 타고 오르고 있었다. 선원들이 성공한 것이라곤 승객들에게 즐거운 볼거리를 선사한 것뿐이었다. 어둠이 내리자 사냥은 중단될 수밖에 없었다.

밤이 되자 차가운 바람이 불기 시작했고 주머니쥐는 자신의 꼭대기 보금자리가 좀 춥다는 걸 깨달았다. 결국 녀석은 스스로 내려왔다. 환풍기 뒤에서 덜덜 떨고 있다가 승무원에게 발견된 주머니쥐는 윌슨 씨 선실에 있는 따스하고 평안한 상자 속으로 아주 기쁘게 되돌아갔다.

윌슨 씨의 골칫거리는 여기서 끝난 게 아니었다. 배가 뉴욕에 정박한 후 세관 관리가 그의 짐을 풀어 조사하는 동안 항해 내내 갇혀 있던 검정뱀 여섯 마리가 상자에서 튀어나와 부두 여기저기를 기어 다니기 시작한 것이다. 그곳에는 뱀을 만지는 걸 무서워하지 않는 사람이 단 한 사람도 없었다. 그래서 뱀들을 다시 붙잡기 위해 동물원에서 특별한 사람을 보냈다.

동물원에서 사람이 도착한 다음 자신들이 쫓긴다는 걸 알게 된 뱀들은 겁을 집어먹고 승객들의 짐 사이로 몸을 던지더니 트렁크와 핸드백 뒤로 최대한 몸을 숨겼다. 그중 한 마리는 검사를 받으려고 열어둔 노부인의 여행 가방 안으로 들어갔는데 자신의 레이스와 숄 사이에서 꿈틀대는 네 발 달린 검정뱀을 본 가방 주인은 정신을 잃고 말았다.

하지만 결국 뱀들은 다 붙잡혔고 윌슨 씨는 동물원에서 온 남자에게 뱀들과 주머니쥐를 데려가서 자유롭게 풀어 주라고 부탁하며 수수료를 지불했다.

카나리아 오페라단은 물론 이 일이 있기 얼마 전 마지막 공연을 마치고 해체되었다. 오페라 공연을 도운 개똥지빠귀들, 굴뚝새들

구름처럼 많은 아이들이 거대한 꽃다발을 들고 찾아왔다.

과 나머지 새들은 원래 살던 곳으로 돌아갔다. 5개월 동안 오페라단 새들의 보금자리였던 박사의 타운 하우스는 텅 비었고 청소부들이 그곳을 정리했다. 그린히스의 둘리틀 서커스장에도 인적이 없었다. 천막과 마차, 캐러밴은 경매를 통해 팔려서 다른 곳으로 보내졌다. 박사는 기계로 작동하는 회전목마와 펀치와 주디 인형극장을 고아들을 위한 학교에 기증했다. 한때 화려하고 정교했던 서커스 후 남은 건 존 둘리틀 박사 자신의 캐러밴(블로섬 씨가 박사를 위해 제작하고 특별히 색칠까지 해 준 바로 그 캐러밴)과 머그 씨 부부의 캐러밴, 푸시미풀류의 무대가 다였다.

매슈는 너무 슬퍼서 차마 못 보겠다고 말했다. 하지만 아내 시오도시아는 그건 복에 겨운 소리라고 말했다. 설령 둘리틀 서커스단 시절이 끝났다 해도 이제 매슈는 자신의 인생 그 어느 때보다 돈이 많은 부자였기 때문이다.

그린히스 지역에 사는 수백 명의 아이들은(이 아이들은 박사가 특별히 청소년을 위해 고안한 서커스를 보러 오곤 했다.) 서커스단이 영원히 문을 닫을지도 모른다는 생각에 매슈보다도 훨씬 더 슬퍼했다. 박사가 떠난다는 말을 하기 하루 전날 구름처럼 많은 아이들이 큼지막한 꽃다발을 들고 찾아와 박사에게 작별 인사를 건넸다. 박사는 캐러밴의 계단에서 걸어 내려와 아이들에게 마지막으로 무료 박하사탕을 나눠 주었는데 나중에 퍼들비로 향하는 길에 매슈에게 말하길 서커스단 생활을 그만두면서 유일하게 마음이 아픈 때가 바로 이때였다고 했다.

둘리틀 박사의 모험 6

둘리틀 박사의 캐러밴

1판 1쇄 펴냄 2017년 9월 25일
1판 2쇄 펴냄 2020년 5월 25일

지은이 휴 로프팅
옮긴이 임현정

주간 김현숙 | **편집** 변효현, 김주희
디자인 이현정, 전미혜
영업 백국현, 정강석 | **관리** 오유나

펴낸곳 궁리출판 | **펴낸이** 이갑수

등록 1999년 3월 29일 제300-2004-162호
주소 10881 경기도 파주시 회동길 325-12
전화 031-955-9818 | **팩스** 031-955-9848
홈페이지 www.kungree.com | **전자우편** kungree@kungree.com
페이스북 /kungreepress | **트위터** @kungreepress
인스타그램 /kungree_press

ISBN 978-89-5820-485-5 04840

BY HUGH LOFTING

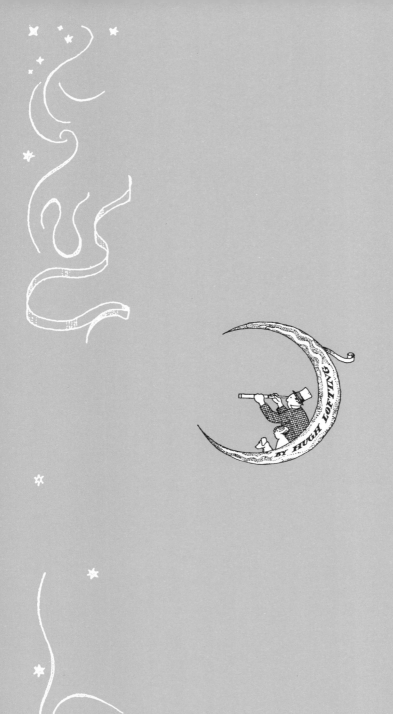

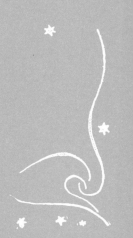